W0319253

WILDIS STRENG

Hammeltanz

DER BÜTTEL IST TOT! Onolzheim ist im Hammeltanz-Fieber, und zunächst verläuft alles friedlich und harmonisch. Das ganze Dorf bereitet sich auf den anstehenden Umzug mit dem Thema »In der Wildnis« vor. Doch dann brennt ein Umzugswagen, und jeder beschuldigt jeden. Die Stimmung ist getrübt. Nach der Hammeltanz-Zeremonie, bei der es auch nicht ganz mit rechten Dingen zugeht, wird der Büttel ermordet aufgefunden. Das hohenlohisch-westfälische Ermittlerduo Lisa Luft und Heiko Wüst findet schnell heraus, dass unter der idyllischen Onolzheimer Oberfläche so manche zwischenmenschliche Konflikte brodeln, in die auch das Mordopfer tief verstrickt war. Die Ermittlungen gestalten sich schwierig, denn am Hammeltanz sind die Leute niemals das, was sie zu sein vorgeben.

Wildis Streng ist in Crailsheim geboren und aufgewachsen. Nach dem Abitur studierte sie in Karlsruhe Germanistik und Malerei, seit 2006 arbeitet sie als Gymnasiallehrerin. Nach längerem Exil lebt sie heute wieder in ihrer Heimat und unterrichtet in Crailsheim Deutsch und Bildende Kunst. In ihrer Freizeit widmet sich die überzeugte Hohenloherin der Malerei, Fotografie und dem Schreiben. Aus ihrer Feder stammen bereits mehrere Kriminalromane rund um das sympathische hohenlohisch-westfälische Ermittlerduo Lisa Luft und Heiko Wüst. www.wildisstreng.de

Bisherige Veröffentlichungen im Gmeiner-Verlag:
Muswiese (2017)
Todesgleis (2016)
Dorftheater (2015)
Fischerkönig (2014)
Trauerweiden (2013)
Ohrenzeugen (2011)

WILDIS STRENG

Hammeltanz

Kriminalroman

GMEINER SPANNUNG

Personen und Handlung sind frei erfunden.
Ähnlichkeiten mit lebenden oder toten Personen
sind rein zufällig und nicht beabsichtigt.

Immer informiert

Spannung pur – mit unserem Newsletter informieren wir Sie
regelmäßig über Wissenswertes aus unserer Bücherwelt.

Gefällt mir!

Facebook: @Gmeiner.Verlag
Instagram: @gmeinerverlag
Twitter: @GmeinerVerlag

Besuchen Sie uns im Internet:
www.gmeiner-verlag.de

© 2018 – Gmeiner-Verlag GmbH
Im Ehnried 5, 88605 Meßkirch
Telefon 07575/2095-0
info@gmeiner-verlag.de
Alle Rechte vorbehalten
1. Auflage 2018

Lektorat: Claudia Senghaas, Kirchardt
Herstellung: Mirjam Hecht
Umschlaggestaltung: U.O.R.G. Lutz Eberle, Stuttgart
unter Verwendung eines Fotos von: © MMchen/photocase.de
Druck: CPI books GmbH, Leck
Printed in Germany
ISBN 978-3-8392-2315-4

Für Juliane und Regina

HAMMELTANZFREITAG, 17.42 UHR

Dass in Hohenlohe im Nordosten Baden-Württembergs seltsame Dinge passieren, ist ja bekannt. Die Menschen hier sind speziell, haben eine ganz besondere Mentalität. Und sie tun seltsame Dinge, manchmal. Und so kam es, dass an diesem Freitagabend im Oktober, als die Luft kalt war und sich der Atem vor den Mündern staute, eine Gestalt mit Uniform auf einem Fahrrad durch das vorabendliche Onolzheim, einem Stadtteil von Crailsheim, fuhr. Der Mann trug die Uniform mit Stolz, sie war schwarz mit roten Biesen und goldenen Knöpfen. Er schnaufte etwas auf dem Fahrrad vor Anstrengung, denn er war nicht einfach so unterwegs, und einen Teil seines Auftrags hatte er schon ausgeführt. Was er tat, war deshalb so anstrengend, weil er laut sein musste, richtig schreien eigentlich. Die Handglocke mit dem hölzernen Stiel, die er dabei schwenkte, tat ihm gute Dienste, sicherte ihm die Aufmerksamkeit derjenigen, für die er das alles hier machte, und es war eine ehrenvolle Aufgabe. Die goldene Pickelhaube auf seinem Kopf war schwer, er musste den Nacken bewusst aufrichten, um sie in einer würdigen Haltung zu tragen. Er war noch nicht sehr geübt darin, erst dieses Jahr hatte er das Amt von seinem Vorgänger übernommen, er war quasi ein Neuling, aber er war gewillt, den Posten gut auszufüllen, nach bestem Wissen und Gewissen, denn er wollte das schon immer machen, schon als Jugendlicher, lang, lang her. Einhändig lenkend wäre er in einer Kurve beinah vom Fahrrad gefallen, es war wohl doch ein Schnaps zu viel gewesen beim Vorglühen, aber der Alkohol hielt ihn gleichzeitig warm. Er bog in die Uhlandstraße ein und schwenkte wieder die Glocke, die ein volltönendes Klingeln von sich gab. »Achtung, Achtung, hiermit sei allen Bürgerinnen und Bürgern kund, dass ab heut die traditionelle Oonzamer Kärwe stattfindet. Unsere Gastronomie wartet mim Beschda von Küche und Keller auf. Am Sunndich und am Määndich jeweils und 13.30 Uhr ziacht dr Feschdzuach unter dem Motto »In der Wildnis« durch die Oonzamer Stroośa. Und am Määndi nach m Umzuach is dr traditionelle Hammeldanz drowwa auf m Feschdplatz. Und die Feschdhalle is an beiden Tagen geöffnet. Ihr seid alle recht herzlich eiglooda.« Dann läutete er wieder die Handglocke, mehrfach, ihr Klang war voll und wohltönend. Die Vorhänge vor den leuchtenden Fenstern schoben sich zur Seite, die Leute sahen heraus, öffneten die Fenster und winkten ihm zu, und er, er winkte zurück, und er wusste, das würde der beste Hammeltanz seines Lebens werden.

HAMMELTANZSAMSTAG

An diesem Samstagvormittag geschah ebenfalls Seltsames in Onolzheim, das von den Hohenlohern eigentlich nur »Oonza« genannt wurde. Kein Mensch sagte »Onolzheim«, denn da war ja der Tag rum, und so viel Zeit hatte hier niemand, denn hier hatte man zu tun, hier wurde geschafft. Und was es heute zu tun gab, wunderte wohl vor allem einen der Beteiligten, nämlich den Hammel. Er war von seiner Herde getrennt worden, von der Weide in Westgartshausen auf einen Anhänger verladen und nach Onolzheim gefahren worden. So weit war das ja nicht ungewöhnlich für ein Schafsleben, womöglich lief es genauso ab, wenn die Tiere zum Schlachthof gefahren und zu schmackhaften Koteletts verarbeitet wurden. Was hier in Onolzheim in der Waschküche eines Privathauses aber mit ihm geschah, war wohl sonst auf der ganzen Welt selten einem Schaf passiert. Der Hammel stand nämlich etwas bedröppelt in einer metallenen Zinkwanne, einer von der Art, wie sie zu Anfang des vorletzten Jahrhunderts benutzt worden waren. Um ihn herum hantierten drei Leute, zwei Männer und eine Frau. Und bis zu den Knien stand das Tier im angenehm temperierten Wasser, Seifenblasen stoben umher, wenn es sich bewegte. Einer der Männer hielt den Hammel mit sanftem, aber bestimmtem Griff fest, während der andere mit einer Handbrause nachgerade zärtlich und liebevoll warmes Wasser über den Rücken des Tieres laufen ließ. Die Frau quetschte eine gute Portion Babyshampoo der Marke »Caribbean Sunset« aus einer Plastikflasche auf die Schafwolle und massierte sie zärtlich in das ohnehin schon weiche, beigefarbene Fell ein. Das Schaf blökte leise und verzückt, noch nie in seinem Leben war es ihm so gut ergangen wie in der Onolzheimer Zinkwanne im warmen Wasser. Es genoss die Prozedur sichtlich, ließ sich hingebungsvoll hinter den Ohren kraulen, wölbte den Rücken dem erneuten warmen Wasserstrahl entgegen, ließ sich auch hinterher geduldig das nasse Fell bürsten, mit einer Wildschweinborstenbürste. Und der Hammel glaubte wohl, er sei das glücklichste Schaf auf Erden. Er hatte ja keine Ahnung, was ihm bevorstand.

Allerdings war der Hammel in der Badewanne nicht das einzige Tier in Onolzheim, das sich an diesem Tag über das, was um es herum geschah, sehr, sehr wunderte. Auch die 13 Kälber, in Hohenlohe »Moggele« genannt, die sich auf einem der Aussiedlerhöfe Richtung Jagstheim in einem Außenstall befanden, hatten so etwas wie heute noch nie gesehen. Senkten sich sonst ihre Mäuler stoisch in den Futtertrog, um sich gierig das angebotene Heu oder Silofutter zu schnappen, so war das Fressen heute eher nebensächlich. Direkt vor ihnen, wie auf einer Bühne, wurde soeben der Flamingowagen präpariert. Die Gruppe, die für den Wagen verantwortlich war, war die vom »Räumle«, einem alten Jugendraum auf eben diesem Aussiedlerhof. Die Mitglieder waren zwar dem Jugendalter schon entwachsen – viele hatten bereits eigene Kinder – aber das »Räumle« gab es immer noch. Soeben spritzte Ritchie, ein bulliger Kerl mit Vollbart und Latzhose, den Staub aus dem mit Teichfolie ausgelegten Becken auf dem Wagen. Über dem Becken befand sich eine Felslandschaft aus bemaltem Bauschaum, in der ein Gartenschlauch so installiert war, dass sich anschließend rosafarbenes Wasser über die Schaumfelsen ergießen würde. Aber nicht alle arbeiteten, es gab auch einige, die eben Pause machten, mit einem Bier in der Hand auf den extra aufgestellten Bierbänken vor der Scheune in der Herbstsonne saßen, Männer, Frauen und Kinder. Auch zwei Kinderwägen mit Säuglingen, die ab und zu brüllten, standen herum. Stefan, eines der Gründungsmitglieder der Gruppe, betrachtete sinnend und ähnlich interessiert wie die Kälber das Treiben. »Awwer Ritchie, oons muss mr soocha«, meinte er dann zu dem Mann, der sich gerade um das Flamingobecken kümmerte. Er wurde vom Lärm des herannahenden, pieksauber geputzten Bulldogs unterbrochen. Die 13 Kälber wandten kollektiv und immer noch kauend ihre Köpfe nach rechts und beobachteten, wie der Fahrer des Bulldogs, ihr Bauer nämlich, die enorme Ladeschaufel des Gefährts herabsenkte und letztlich seine Ladung, eine große Menge Schilf, neben dem Wagen abkippte. Stefan nahm einen Schluck Bier, erhob sich endlich und trat wie einige andere zum Wagen, um das Schilf rund um den künstlichen Teich anzubringen. »Awwer Ritchie, was ii soocha welld«, setzte er wieder an. »Unser Woocha wird dess Johr garantiert dr schänschd, doa kenna alli andera eipacka!«

ZUR GLEICHEN ZEIT IN TIEFENBACH

Heiko hustete. Und das ärgerte ihn. Er hasste es, krank zu sein, und zwar unendlich. »Mein armes Bärchen«, gurrte Lisa, seine Freundin und Kollegin, mit der er jetzt seit fast einem Jahr in Tiefenbach in einem schmucken Einfamilienhäuschen zur Miete wohnte. Er sandte ihr einen Blick aus seinen braunen, fast schwarzen Augen und fuhr sich mit seiner großen Hand durch das dunkle Haar, das seit einigen Monaten auch ein paar graue Strähnen durchzogen – immerhin gingen sie beide auf die 40 zu. »Du sollst mich nicht immer so bemuttern«, beschwerte er sich. »Das nervt.« Lisa lächelte und widersprach: »Aber das gefällt dir doch!« Heiko wollte wieder etwas einwenden, wurde aber von einem erneuten Hustenanfall unterbrochen. »Siehst du, das kommt davon«, tadelte Lisa sanft und reichte ihm die Tasse mit dem Fenchel-Anis-Kümmel-Tee, den sie in der Woche zuvor auf der Muswiese, dem ältesten und wichtigsten Jahrmarkt Hohenlohes, erstanden hatte. Heiko nippte nun doch gehorsam an dem widerlichen Kräutergebräu, naja, wenn's hilft. Der Muswiesenbesuch letzte Woche war wirklich exzessiv gewesen, zumal sie einen Mörder jagen mussten. Heiko hatte es daraufhin voll erwischt – eigentlich nicht ungewöhnlich nach der Muswiese, wo man sich schließlich viel im Freien in der bitteren Hohenloher Herbstkälte und im Matsch aufhielt.

Die Erkältung war trotzdem lästig. Garfield, Lisas rot getigerter Kater, witterte offenbar ein Aufmerksamkeitsdefizit, weil sich Lisa um Heiko kümmerte, und sprang mit einem eleganten Satz auf ihren Schoß. Das blöde Vieh. »Ist er nicht niedlich«, machte Lisa entzückt und kraulte das Tier, das Heiko vernichtend und, wie ihm schien, hasserfüllt taxierte, hinter den Ohren. »Hm«, äußerte sich Heiko unbestimmt, Sita war ihm da lieber, sein Rauhaardackel, der aktuell auf dem Sofa neben ihm vor sich hin döste, und auch Alfred, das große Kaninchen, das sie bei ihrem ersten gemeinsamen Fall geschenkt bekommen und das im Wohnzimmer inzwischen ein luxuriöses, selbstgebautes Gehege bezogen hatte. »Am Sonntag ist Hammeltanz«, wechselte Heiko das Thema. »Ach ja, richtig. Da müssen wir unbedingt hin«, beschloss Lisa. Sie hatte immerhin zwei Jahre in Onolzheim gewohnt und Gefallen an dem seltsamen Treiben gefunden. »Den Umzug schauen wir am Sonntag an«, bestimmte Heiko und räusperte sich. Lisa stand auf, holte ein Honigglas und rührte etwas Honig in seinen Tee. »Hier, mein Bärchen, etwas Honig für dich. Das beruhigt die Stimme.« Heiko brummte nun tatsächlich bärenartig. Sein Kosename war schon treffend gewählt. »Wirst du durchhalten?«, zweifelte Lisa. Heiko richtete sich etwas auf und meinte: »Aber natürlich. Feiern können die Hohenloher immer.«

SPÄTABENDS IM REITERSTÜBLE DER »ROSE«

Michel Schmidt stieß mit den anderen vom Stammtisch an. Meistens saßen sie weiter vorne in der »Rose«, um genau zu sein rechts vom Eingang um den Stammtisch herum. Aber heute war einer von zwei Hauptabenden des Hammeltanzes, also war die Onolzheimer Traditionsgaststätte nicht nur um den zu diesem Anlass mit einem Zelt überdachten Balkon erweitert, sondern auch noch um das sonst verschlossene Reiterstüble, in das man nur gelangte, wenn man die Bar umrundete und sich rechterhand durch eine relativ schmale Tür zwängte. Hier hingen allerlei Devotionalien von Reitern an den Wänden, Pferdebilder in Öl, Peitschen, Zaumzeuge. Allerdings war auch eine gewisse Affinität zu den USA und zur Cowboy-Kultur zu erkennen, dies äußerte sich in amerikanischen Autoschildern und entsprechenden gerahmten Fotografien. Der Ofen spendete behagliche Wärme, und auf den Bänken um die Tische, die man in die Stube gestopft hatte, drängten sich die Stammtischler. »Mensch Michel, des kou eichendlich net sei, des is sou schood«, meinte nun einer von ihnen. Michel, der heute das offizielle Hammeltanz-Shirt trug, das jedes Jahr neu designt wurde und das es nur mittels einer internen Liste zu bestellen gab, trank einen Schluck Bier und machte dann: »Hm?« Der andere seufzte, schüttelte dann den Kopf und führte weiter aus: »Du wärsch doch a besserer Büttel gwesa wie der Sichlers Andi. Dir is doch die Rolle quasi uff da Leib gschriewa.« Michel grinste und tätschelte sein Bäuchlein. »Und mit deinem Organ«, schaltete sich ein dritter Stammtischbruder ein. »Du hättesch den Hammeltanz mit einer echten Hingabe ausgschellt.« Michel trank wieder einen Schluck Bier und meinte dann: »Och, der Andi mecht des doch aa reechd.« Nun hob der zweite den Finger und meinte: »Oons sooch ii dr: Der mecht des net lang. Nächschd Johr bisch du dr Büttel.«

ZUR GLEICHEN ZEIT GANZ ANDERSWO

Die junge Frau rang mit sich. Es war womöglich nicht recht, was sie vorhatte. Die Regeln besagten, dass sie zuerst versuchen sollte, ihm zu vergeben. Und sie hatte es versucht, wirklich versucht, aber es ging nicht. Er war kein guter Mensch, er hatte Strafe verdient. Sie strich sich eine Strähne ihres roten Haares aus dem Gesicht und klemmte sie hinters Ohr. Sie war sich klar, dass das, was sie jetzt tat, auf sie zurückfallen könnte, aber sie war bereit dafür, bereit, notfalls zu büßen, wenn es denn sein musste, auch dreifach. Ihre Finger umklammerten das Amulett, das sie um den Hals trug, und leise murmelte sie einen Schutzzauber, der hoffentlich ausreichen würde. Sich ein Foto von ihm zu beschaffen, war nicht schwierig gewesen, immerhin prangte er vorne drauf auf allen Hammeltanz-Prospekten; von seinem schmierigen Grinsen wurde ihr übel. Sie schraubte die Kappe von ihrem Füller, den sie mit roter Tinte befüllt hatte, denn rote Tinte hatte Stil, und der Füller sowieso. Sorgfältig schrieb sie seinen Namen auf die Rückseite des Fotos, das sie akkurat aus dem Prospekt ausgeschnitten hatte. Andreas Sichler. Sie hatte sich sorgfältig überlegt, was genau sie erreichen wollte. Mit langsamen Bewegungen steckte sie das Foto in das sauber gespülte Gurkenglas, von dem sie vorher akribisch das Etikett gekratzt hatte. Sie wollte, dass es ihm schlecht erging. Dass er Schaden erlitt. Dafür waren giftige Pflanzen am besten geeignet. Auf einer Wiese hatte sie etwas Schierling gepflückt, mit Handschuhen, darauf bedacht, die Pflanze nicht unnötig zu berühren. Sie konzentrierte sich auf den alten Sichler, auf das, was er getan hatte, darauf, was für ein schlechter Mensch er war. Mit einer Pinzette platzierte sie die Schierlingsdolde auf dem Foto. Die rote Kerze, die sie zuvor schon entzündet und die nun ausreichend flüssiges Wachs produziert hatte, verwendete sie, um das Glas zu versiegeln, nachdem sie den Deckel aufgeschraubt hatte. Dann packte sie das Glas mit beiden Händen, konzentrierte sich wieder auf den Büttel, schüttelte kräftig und sandte dem Sichlers Andi all ihre negative Energie, bevor sie das Fluchglas in der hintersten Ecke ihres Kleiderschranks deponierte.

IM »ROSE«-ZELT

Ebenerdig vor dem altehrwürdigen Gebäude befand sich das Zelt, in dem die jüngere Generation den Hammeltanz feierte. Die berühmt-berüchtigte »Rose Ranch Party« war in vollem Gange. Wie sich das gehörte, war das Zelt proppenvoll, und Nils Mauser dachte bei sich, dass er als Feuerwehrler das eigentlich nicht gutheißen konnte, dieses Gedränge. Wenn da ein Feuer ausbräche … nicht auszudenken. Andererseits – wo sollte dieses Feuer schon herkommen, zum Rauchen gingen die Leute nach draußen, und die elektrische Anlage der Band war gut geprüft. Also würde auch nichts passieren, nicht am Hammeltanz. Wenn man vorwärtskommen wollte, musste man die Schultern benutzen, um sich einen Weg zu bahnen. Also hatten es die meisten Leute aufgegeben und waren einfach an ihrem Platz in der Menschenmenge stehen geblieben. Sein Platz war an der Bar. Nils nahm einen kräftigen Schluck von seinem Asbach Cola. Die Band ließ die ersten Beats von »We will rock you« erklingen, und das Zelt bebte unter den Bässen. So war ihm das recht, das gefiel ihm besser als dieses Schlagergedöns, das sie droben im Vereinsheim spielten. Und hier war auch sie, in Begleitung ihrer Freundin, und er beobachtete sie schon eine Weile. Sie gefiel ihm, und das wollte etwas heißen. Nicht, dass er sich etwas einbildete, im Gegenteil, er galt gemeinhin als

Einzelgänger, als verschlossener Sonderling. Obwohl er nicht eben hässlich war, er hatte einfach auf die meisten Leute keinen Bock. Wieder ein Schluck Asbach Cola, soeben fuhr sie sich mit der Hand durch das dunkelblonde Haar. Sie war nicht klassisch schön, aber er fand sie interessant. Und für ihr Alter war sie ungemein weiblich, sich ihres Frauseins bewusst. Er war sich nicht sicher, ob man das über eine 16-Jährige sagen konnte. Aber doch, irgendwie schon. Sina Sichler war wunderbar. Nur ihr Vater, der ging gar nicht.

IRGENDWANN MITTEN IN DER NACHT

Es war tiefste Nacht, und die Scheune des Bauern, die sich etwas außerhalb befand, wurde von einem silbernen Mond beschienen, vor den sich ab und zu nachtblaue Wolken schoben. Kalt ergoss sich sein Licht über die Landschaft in Richtung Jagstheim, in der Nähe des kleinen Wäldchens, in dem es vor wilden Tieren nur so wimmelte. Es war mitten in der Nacht, und ein einzelnes Fahrzeug war die gut versteckte Landstraße zwischen Onolzheim und Jagstheim entlanggekrochen und endlich auf einem kleinen Feldweg zum Stehen gekommen. Die Scheune war nicht weit entfernt. Eine Person entstieg dem Auto, es war schon ein älteres Modell, mit einem Kanister in der Hand. Die Schritte knirschten im reifbedeckten Gras. Und trotzdem hörte das niemand, denn hier draußen war ja sonst kein Mensch. Ein Feldhase huschte vorbei, aufgeschreckt von der ungewohnten Gesellschaft, ein weiterer folgte, gemeinsam verschwanden die Tiere in Richtung des kleinen Wäldchens, in Hohenlohe »Härdtle« genannt. Die Person war nun fast an ihrem Ziel angekommen, atmete tief durch, ging die paar restlichen Schritte, ließ endlich den Kanister vor der Scheune ins Gras fallen, um wieder durchzuatmen. Kurz kamen Zweifel auf, die aber bereits in der nächsten Sekunde verworfen waren, das war schon gut so, es geschah ihnen recht. Sie verdienten es nicht anders. Die

Gestalt nahm den Kanister wieder auf, umrundete die Scheune, rief ein paarmal halblaut »Hallo?«, um sich zu vergewissern, dass auch niemand darin war, denn der Teufel war ein Eichhörnchen, und das musste ja nun wirklich nicht sein. Als sie davon überzeugt war, dass sich kein menschliches Wesen in der Scheune aufhielt, lief sie zurück zur dem Dorf abgewandten Seite. Mit einer energischen Bewegung schraubte sie den Deckel vom Kanister ab. Ein beißender Gestank entstieg dem Behältnis. Dann schüttete sie das Benzin über einige Latten, die an der Scheunentür lehnten. Sekunden später klickte ein Feuerzeug, und Flammen leckten an dem Stapel empor, züngelten, als wären sie wildgewordene Schlangen auf der Suche nach Beute. Die Feuerschlangen wuchsen, erfassten schließlich die Rückwand der Scheune und der Brandstifter sah zu, fasziniert, beinah entrückt, triumphierend. Langsam und ohne den Blick von der sich stetig ausbreitenden Feuersbrunst zu wenden, schraubte die Gestalt wieder den Deckel auf den Kanister, sie durfte ihn ja nicht vergessen, und verschwand innerhalb von Minuten auf demselben Weg, den sie gekommen war.

EINE VIERTELSTUNDE SPÄTER

Das kleine, anthrazitfarbene Kästchen auf Tobias Meisters Nachttisch schrillte los. Man konnte beim besten Willen nicht behaupten, es würde »piepen«, obwohl es ja ein Pieper war. Er trug es immer bei sich, und vor dem Zubettgehen legte er es auf den Nachttisch. Neben ihm stöhnte Yvette genervt auf und vergrub ihren Kopf unter der Bettdecke. »Mach das Ding aus, Tobi«, maulte sie, aber da war er schon aus dem Bett.

Minuten später war er unterwegs zum Magazin der Freiwilligen Feuerwehr Onolzheim. Schon von Weitem sah er das geschäftige Treiben, das er so sehr liebte. Hier trafen sich richtige Männer zur Bekämpfung eines mächtigen Feindes, einer Urgewalt, des Feuers. Und er war einer von ihnen, gute Kameraden, echte Kerle. Er betrat das Gebäude, grüßte die anderen ernst und schlüpfte rasch in seine Stiefel, die unter der Hose fertig zum Reinsteigen vor seinem Spind lagen. Sie mussten schnell sein, und das waren sie auch, sie waren gut in dem, was sie taten, ein eingespieltes Team. Keine zwei Minuten später waren sie unterwegs mit dem großen Tankwagen in Richtung Jagstheim, mit Blaulicht und Sirene und einer gewissen Ernsthaftigkeit im Blick. Die brennende Scheune stach wie eine Fackel in den Himmel, das trockene Holz brannte wie Zunder. Sie parkten den Wagen auf der Landstraße, stiegen aus, rissen den Schlauch aus der Halterung, obwohl sie wussten, dass es müßig war, die Scheune war nicht mehr zu retten, aber versuchen musste man es ja wenigstens. Der Tanklastwagen fasste nur 2.000 Liter, nach eineinhalb Minuten Draufhalten würde das Wasser versiegen, aber gleich hinter ihnen fuhr das kleinere Fahrzeug mit dem 9.000-Liter-Tank. Zu viert zerrten sie den Schlauch das Feld entlang, die Uniformen waren schwer, und sie schnauften und schwitzten auch ohne die Hitze des Feuers. Sie alle trugen Helme mit goldenen Visieren, die sie ein bisschen wie Aliens aus einem schlechten Science-Fiction-Film aus den 70ern wirken ließen, von außen betrachtet musste die Szene etwas Surreales haben. Je näher sie dem brennenden Gebäude kamen, desto stärker spürten sie auch die Hitze, den Qualm, rochen den Gestank. Widerlich war der Gestank, der irgendwie chemisch war und definitiv ungesund wirkte. »Was hat der denn da drin aufbewahrt?«, fragte Tobias Marco und meinte damit den Bauern, dem die Scheune gehörte. »Waasch du des net?«, wunderte sich Marco. »Des is dr Woocha von deinera Fraa.« Tobias' Augen weiteten sich. »Ou, Scheiße«, meinte er. »Doa werra die Weiwwer deiba«, stimmte Marco zu.

HAMMELTANZSONNTAG

Yvette hatte tatsächlich getobt. Getobt, aufgestampft, geheult. Tobias hatte sich ein bisschen an Rumpelstilzchen erinnert gefühlt, ein klein bisschen. Und hatte sich auf die Zunge beißen müssen, um nicht loszuprusten. Andererseits konnte er sie ja schon verstehen. Die »Oonzamer Mädlz« hatten so viel Zeit und Mühe in ihren Festwagen investiert. Tragisch, dass er jetzt abgebrannt war, wirklich ärgerlich. »Ihr habt doch noch eure tollen Kostüme«, versuchte er zu trösten und wies auf ihr Elefantenkostüm, das sorgsam auf einem Bügel drapiert am Kleiderschrank hing. »Die sind schön geworden dieses Jahr«, lobte er. »Der Savannenwagen war sooooo toll, der hat perfekt zum Thema gepasst. Es war der beste von allen«, heulte Yvette. Sie griff nach ihrem Smartphone und rief die Galerie auf, hielt die Bilder von dem nun verbrannten Festwagen ihrem Freund unter die Nase. »Schade«, stimmte der zu. »Aber die Kostüme sind auch toll«, wiederholte er. Yvette schniefte noch einmal und wischte sich mit dem Ärmel ihres Morgenmantels übers Gesicht.

»Sag mal, aber eine Scheuer geht doch nicht einfach so in Flammen auf. Das war doch Brandstiftung«, behauptete sie dann, und ihre Stimme verriet Erregung.

Tobias druckste etwas herum. »Na, ich weiß nicht«, meinte er unbestimmt.

»Verarsch mich nicht«, forderte Yvette und funkelte ihn wütend an. »Du kannst es mir ruhig sagen.«

Der Feuerwehrmann seufzte. »Der Marco meint, ja. Dass das gar nicht anders gewesen sein kann. Weil da ist ja nichts Elektrisches da draußen, also scheidet ein Kurzschluss aus. Aber das muss die Kriminalpolizei herausfinden.«

»Das war die Sichler«, beschloss Yvette, und ihre Stimme klang so hasserfüllt, dass es dem jungen Feuerwehrmann angst und bange wurde. Dann wurden Yvettes grüne Augen zu schmalen Schlitzen, als sie hinzufügte: »Das wird sie mir büßen.« Die letzten Worte hatte sie geflüstert, und deshalb gingen sie beinah unter in den Klängen der Tagwache der Blaskapelle Onolzheim, die an diesem Morgen durch die Straßen des Dorfes zog, um die Bewohner für den Hammeltanz zu wecken.

WIEDER IN TIEFENBACH

Während sich Yvette trotzig in ihr graues, samtenes, selbst genähtes Elefantenkostüm mit den Pappmascheestoßzähnen, dem grau bemalten Drainageschlauchrüssel und dem Vorhangkordel-Bommelschwanz zwängte und sich auf den Weg zum Treffpunkt mit ihren Mädels machte, klingelte Heikos Handy. Der Kommissar fluchte, als er die Nummer von Georg »Schorsch« Ullrich, seinem Chef, erkannte. Das bedeutete Arbeit, und nicht etwa einen ruhigen Sonntag mit kurzem Hammeltanz-Intermezzo, wie er es nach dieser Muswiese so dringend nötig gehabt hätte. Er nahm das Gespräch näselnd an – die Erkältung plagte ihn immer noch. »Wüst?«, meldete er sich und hustete gleich darauf verhalten. »Du, Heiko, ihr wolltet doch heut eh zum Hammeltanz, stimmt's?« »Hmmmh«, meinte Heiko unbestimmt und schob dann hinterher: »Wieso?«

»Da ist zwischen Oonza und Joogsa eine Scheuer abgebrannt. Die Feuerwehr meint, es sei Brandstiftung gewesen. Könnt ihr da mal kurz hinschauen?«

Heiko atmete auf, es hätte schlimmer kommen können, er hatte schon eine Leiche befürchtet. »Klar, kömmer machen«, beschloss er also, und Lisa trank ihre Kaffeetasse in einem Zug leer.

Während der BMW M3, den die beiden Kommissare allen Bedenken von Schorsch zum Trotz als Dienstwagen nutzten, sich von Jagstheim her, in Hohenlohe »Joogsa« genannt, Richtung Onolzheim schlängelte, formierte sich bereits der Festzug in der Weinbergstraße bis zur Mörikestraße. Der nunmehr pieksaubere, wohlriechende und geschmückte Hammel hatte bereits sein blutrotes Samtmäntelchen umgelegt bekommen, auf dem mit gelber Wolle »Hammeltanz 2018« gestickt stand und wartete etwas konsterniert blökend in seinem mit Buchsbaumgirlanden geschmückten Leiterwagen auf den Festzug. Dessen Teilnehmer, die sich nach und nach hinter dem Hauptdarsteller formierten, waren aufgeregt, voller Vorfreude, tuschelnd wurde aber auch festgestellt, dass der Savannenwagen der »Oonzamer Mädlz« fehlte, dass der gestern Nacht abgebrannt sei, womöglich von irgendwem angezündet. Es herrschte reges Treiben, alle anderen Wägen wurden nach und nach herangefahren, jeder hatte zu tun, und so fiel es auch gar nicht weiter auf, dass eine dunkel gekleidete Person sich wegduckte, unter einen der Wagen kroch, blitzschnell eine Zange aus der Hosentasche zog und die Bremsleitungen an dem Gefährt durchzwickte, bevor sie genauso schnell, wie sie gekommen war, wieder in einer Seitenstraße verschwand.

Der Feuerwehrhauptmann erwartete die beiden Kommissare vor der Scheune, die kaum mehr als solche zu erkennen war. Vollkommen pechschwarz verkohlt standen die letzten rauchenden Balken mitten auf dem Feld, dazwischen Aschehaufen, verbranntes Gras ringsum, das trotz der herbstlichen Feuchte im Umkreis von drei, vier Metern abgesengt war. Die Feuerwehr hatte ihr Bestes gegeben, war aber reichlich spät alarmiert worden, da das Feuer in dem abgelegenen Gebäude nur durch Zufall entdeckt worden war, von einem Discoheimkehrer, der auf der wenig frequentierten Landstraße nach Hause gefahren war. Es roch verbrannt und chemisch, und am auffälligsten war das nackte Metallgestell des ehemaligen Anhängers, des Festzugwagens, das aber von einem unförmig zusammengeschmolzenen, klebrigen und ungesund riechenden Kunststoffklumpen bedeckt war, wohl ehemals Styropor.

»Das war der Savannenwagen der ›Oonzamer Mädlz‹«, erklärte der Feuerwehrhauptmann, ein Willi Ulmer, der die Kommissare herumführte.

»Und die ›Oonzamer Mädlz‹ sind …?«, erkundigte sich Lisa.

»Na, ein paar Damen so in Ihrem Alter ungefähr. Die haben den Savannenwagen gemacht, dieses Jahr. Hat echt toll ausgesehen, das Ding, mit ganz viel bemaltem Styropor – das ist das, was dann so stinkt.«

»Savannenwagen?«, wunderte sich Heiko.

»Das Thema ist ›In der Wildnis‹«, erklärte Ulmer.

»Ah ja«, machte Lisa und erinnerte sich, dass jeder Hammeltanzumzug ja ein Thema hatte, zu dem sich die Teilnehmer dann fantasievolle Kostüme schneiderten und Wägen gestalteten.

»Und Sie meinen also, das sei Brandstiftung gewesen«, erkundigte sich der Kommissar.

Ulmer streckte den Finger aus und deutete auf einen Haufen verkohlter Brocken. »Hier standen ein paar alte

Latten. Die Art und Weise, wie sie angekokelt sind, weist auf einen Brandbeschleuniger hin.«

»Benzin?«, riet Heiko.

»Möglich. Blitzschlag kann ich jedenfalls ausschließen, gestern Nacht war es sternenklar, und elektrisch ist hier draußen ja auch nichts.«

»Hm«, machte Heiko, es war seine Universaläußerung, mit der er je nach Intonation einfach alles ausdrücken konnte.

»Und der Wagen war also von den ›Ohntsahmer Mädlz‹«, erinnerte sich Lisa und war einigermaßen stolz darauf, wie authentisch sie ihrer Meinung nach schon »Oonza« aussprechen konnte, auch wenn Heiko immer behauptete, es würde sich eher wie »Ohntsah« anhören. »Wer gehört denn da alles dazu?«

Der Feuerwehrchef fuhr sich durch das spärliche Haupthaar. »Puh, ihr fragt Sach, also auf jeden Fall die Yvette, das ist die Freundin vom Tobi, einem von unseren Kameraden. Aber die sind leicht zu erkennen. Die sind alle als Elefanten verkleidet. Passend zum Savannenwagen. Also haltet ihr euch am besten an die Elefanten.«

»Sie haben keine Ahnung, wer es gewesen sein könnte?«, forschte Heiko weiter. »Gibt es da Eifersüchteleien? Rivalitäten, sagen wir, um den schönsten Wagen?«

Nun lachte der Mann. »Aber natürlich. Es geht immer darum, wer den schönsten Wagen und die tollsten Kostüme hat. Und gewonnen hat der, der am nächsten Morgen im Hohenloher Tagblatt das Titelbild kriegt. Nur, dass das bisher immer ohne Brandstiftung abgegangen ist. Vielleicht waren es ja auch nur zündelnde Jugendliche, die sich nichts groß dabei gedacht haben?«

Sie beschlossen, gar nicht erst den Versuch zu unternehmen, den Wagen im Ort zu parken – das war am Hammeltanzsonntag ein absolut aussichtsloses Unterfangen. Also fuhren die beiden Ermittler so weit es ging an Onolzheim heran und stellten den BMW schließlich direkt an die Absperrung. Heiko legte seinen Polizei-Parkausweis hinter die Scheibe seines M3, der über stolze 321 PS verfügte. Die Kommissare entstiegen dem Wagen und waren sofort von einigem Trubel umgeben. Verkleidete waren allerdings nirgends zu sehen, sicherlich hatten die sich alle schon für den Festzug formiert. Dafür hörte man Partymusik, die aus Richtung der Siedlung herüberdrang. Lisa zog ihr gefüttertes Jeansjäckchen enger um sich. Der Himmel war bedeckt, es war recht kühl, aber immerhin hell, ein Regenschauer war wohl nicht zu befürchten, und insgesamt war es heute vergleichsweise warm. »Bin ja gespannt, was sie sich diesmal so alles ausgedacht haben«, meinte Lisa. Sie folgten der Aalener Straße und passierten die evangelische Kirche, die ehemalige Volksbank und den alten Dorfladen, »Rita's Lädle«, der bis vor wenigen Jahren noch geöffnet gewesen war und die Bewohner von Onolzheim mit dem Nötigsten versorgt hatte. Schade eigentlich, dass diese Läden nach und nach ausstarben. »Da hinten können wir uns hinstellen«, schlug Heiko vor und deutete auf eine Lücke in der Nähe des »Country Corner«, einer Western-Kneipe, die die Kommissare bisher ausschließlich am Hammeltanz besucht hatten, die bei den Onolzheimern selbst aber ausnehmend beliebt war. Überhaupt war die Gasthaus-Szene in dem 2.000-Seelen-Dorf recht groß, es gab neben dem »Country Corner« das »Fränkische Rigi«, die »Bierkutsche« sowie die »Rose«, ein jahrhundertealtes Traditionsrestaurant, das jetzt dem Onolzheimer Unternehmer und Pferdewirt Jürgen Rindle gehörte und von einem stolzen Italiener namens Raffaele bekocht wurde. Heiko sah auf die Uhr – es war fast eins, also Zeit, sich zu positionieren. Sie stellten sich in die zweite Reihe – denn einen Platz weiter vorne zu ergattern, war schlichtweg unmöglich. Schon jetzt bekamen sie von zwei älteren Damen vor sich bissige Blicke zugeworfen, damit sie nur ja nicht auf die Idee kämen, ihnen die Plätze streitig machen zu wollen. Heiko verschränkte die Arme und schaute solange zurück, bis die Frauen sich wieder umdrehten und ihre Aufmerksamkeit dem nun herannahenden Festzug zuwandten. »In der Wildnis«, sinnierte Lisa. »Da bin ich ja mal gespannt, was sie sich ausgedacht haben.«

»Mei Dochder is beim Wilda-Woocha dabei«, erklärte nun die rundliche, untersetzte Dame mit der blond gefärbten Kurzhaarfrisur, die vor ihnen stand und bis eben noch so bissig geschaut hatte, nun deutlich freundlicher. »Schää hewwa se's gmacht«, lobte sie. »Ii zeich's Ihna noa.«

Lisa lächelte und nickte dankbar.

»Awwer denn oona Woocha hewwas scheint's ouzindt«, erklärte nun die andere, eine hagere, große Frau, deren dünnes Haar in grauen Wellen um den Kopf drapiert war. Ihre Nase erinnerte an einen Schnabel, so spitz war sie. Lisa warf Heiko einen Blick zu, und die beiden wunderten sich nicht im Geringsten, dass alle schon Bescheid wussten. Allerdings wäre es wohl clever, sich dumm zu stellen, um eventuell Informationen abzugreifen.

»Wirklich!«, machte Lisa also und sog theatralisch die Luft ein.

Die Hagere drehte sich zu ihr um, allerdings nur mit dem Kopf, was einen arg grotesken Anblick abgab und ein klein bisschen an den Film »Der Exorzist« erinnerte. »Mei Neffe is bei dr Feierwehr, und der hat gsocht, doa sei bloß noch a zsammgschnorzelder Bolla iwwerich.«

Zur Unkenntlichkeit verbrannt also.

»Sou schood, weil sich die Maadla solchi Miah geewa hewwa«, fuhr die Hagere fort, mit der Zunge schnalzend.

»Welche Mädchen?«, stellte sich Lisa weiter dumm.

»Die ›Oonzamer Mädlz‹, des sooch ii eich, die bringa was zsamm. Und denna ihr Woocha is meischdens aa dr schänschde.«

»Des findsch halt du«, hielt die Blonde dagegen.

»Ha, die näha aa immer ihr Koschdüme selwer, manchi bschellas ja aa im Internet, des gilt ja net«, bekräftigte die Spitznasige.

»Also der Woocha von meinera Dochder is des Johr gwiiß dr schänschd, die hewwa sogoor an Marterpfahl.«

»Sou«, machte die Hagere, was, genau wie »Hm«, eigentlich alles bedeuten konnte.

Der Versuch, das Gespräch weiterzuführen, wurde jäh unterbunden, weil sich die Aufmerksamkeit aller nun dem deutlich näher gekommenen Festzug zuwandte. Vorneweg marschierte, hinter einigen kleinen Mädchen, die das blumengeschmückte Hammeltanz-Schild trugen, die Blaskapelle Onolzheim, die einen machtvollen Marsch anstimmte. Danach kam die Hauptperson, oder eigentlich musste man sagen das Haupttier, vielmehr der Hauptdarsteller des Hammeltanzes – der Hammel. Das Tier stand etwas schockiert dreinblickend und verhalten blökend in einem mit Buchsbaum geschmückten Leiterwagen, der von Mitgliedern der Trachtengruppe gezogen wurde. »Der Arme!«, machte Lisa sofort, und »Der ist ja sooooo süß.« Heiko erkannte da bloß einen Hammel, und der war ja schließlich zum Essen da, das war seine Bestimmung, verkniff sich aber eine Bemerkung, nicht, dass Lisa noch zur Vegetarierin mutierte. »Wie er schön geschmückt ist und stolz schaut«, bedauerte Lisa und wies Heiko auf das seidig-weiche wollige Fell, das hübsche, blutrote Samtdeckchen auf dem Hammelrücken mit dem in Gelb gestickten Schriftzug »Onolzheimer Hammeltanz« und die niedlichen Schafsäugelchen hin. Ja, Schaf halt, dachte sich Heiko. Schmeckt gut. Hinter dem Hammel schritt der Büttel, aber es war nicht der würdige, ältere Herr mit Schnauzbart, den Lisa und Heiko von den früheren Veranstaltungen kannten, sondern vielmehr ein deutlich jüngerer, blonder Mann etwa Mitte 40. »Haben die einen neuen Büttel?«, erkundigte sich Heiko also bei den beiden gut informierten Damen. »Seit demm Johr«, erklärte die Spitznasige. »Ii waaß awwer aa net, warum des der alte nimmi hat macha wella.« Lisa betrachtete den blonden, mittelgroßen und stämmigen Mann, der seine dunkle

Uniform mit roten und goldenen Paspelierungen und den goldenen Knöpfen sowie die Pickelhaube mit großem Stolz trug. In seiner Hand hielt er die Verkündigungsglocke, mit der er freitags immer den Hammeltanz ausrief, woraufhin die Oonzamer in die Kneipen strömten und den ersten Hammeltanzabend feierten. Hinter dem Büttel liefen die Hammeltänzer, es handelte sich dieses Jahr um 13 Paare, die Herren in Anzügen und die Damen in Kleidern. Die meisten davon waren jung, allerdings fiel Lisa ein älterer Mann auf, der sehr stolz die Hand einer eher jungen Dame hielt.

»Die Männer müssen unverheiratet und aus Onolzheim sein, nicht wahr? Und wo die Frauen her sind, ist egal«, erinnerte sich Lisa.

Heiko stimmte zu. »So ist das, ja. Frisches Blut fürs Dorf.«

»Dann durftest du ja nie beim Hammeltanz mitmachen, mein Bärchen«, bedauerte Lisa ihren Freund.

Heiko grinste. »Oh, ja, das hat mich immer sehr belastet.« Er hasste tanzen jeder Art, zu Lisas Leidwesen, die gerne einen Tanzkurs nach dem anderen in der hiesigen Tanzschule Hiller mit ihm absolviert hätte. Zu einem Salsakurs hatte sie ihn mal einfach angemeldet, und als bestes Paar hatten sie dann auch noch den Aufbaukurs geschenkt bekommen. Danach hatte Heiko allerdings vollkommen gestreikt.

»Und ein Paar von denen gewinnt den Hammeltanz«, sinnierte Lisa. »Also mir hätte das gefallen.«

»Doa kenna Sie ja aa miidmacha. Sie braucha bloß an Kerl von Oonza, der noch nouni verheiert is«, mischte sich die untersetzte Blonde wieder ein.

Lisa zwinkerte Heiko zu und meinte: »Na dann, vielleicht mach ich das ja mal.«

Heiko zuckte die Achseln. »Mach doch.«

War ja eh bloß Spaß. Lisa würde doch nicht ohne ihn bei sowas mitmachen.

»Schau, da kommt die Barbara von Zipplingen«, stellte die Kommissarin fest – weil sie früher in Onolzheim gewohnt hatte, identifizierte sie die ersten Festzugsteilnehmer mühelos.

Heiko grinste und zupfte seine Freundin und Partnerin am blonden Pferdeschwanz. »Was du alles weißt«, frotzelte er.

»Ich bin ja auch schon lange hier«, gab Lisa zu bedenken.

Die Gräfin Barbara ritt in einem samtenen, bordeauxfarbenen Kostüm im Damensitz auf einem schönen braunen Pferd vorüber und winkte den Leuten huldvoll zu.

»Die hat des Feschd gschdifdet«, erklärte die Hagere, sich wieder umdrehend.

Dann begann die lange Prozession der Themenwägen.

Während der vordere Teil des Festzugs bereits losgezogen war, standen die hinteren Wägen noch und warteten zusammen mit den aufgeregten Festzugsteilnehmern auf ihren Einsatz. Friedhelm Pfann vom Crailsheimer TÜV hatte heute Dienst und schaute routinemäßig unter die Wägen, kontrollierte kurz vor dem Festzug noch einmal, ob alles in Ordnung war. Und in all den Jahren, in denen er dieser Arbeit nun nachging, war immer alles in Ordnung gewesen. Aber das war es ja gerade, Ordnung war wichtig, musste schon sein, hielt den Laden am Laufen, und deshalb ging er seiner Arbeit stets gewissenhaft nach. Soeben kletterte er vom Wilden-Wagen herunter, auf dem ein kunstvoll aus Pappmaschee gepappter Marterpfahl stand, winkte ihn durch und erklomm den Stachelschweinwagen der Turner-Damengruppe »No Limits«. Er winkte dem Fahrer zu, der bereitwillig seinen Platz räumte, er kannte die Prozedur ja schon. Ein riesiges Stachelschwein hatte es sich auf dem Anhänger bequem gemacht, wohl ebenfalls aus Pappmaschee. Allerdings schenkte Friedhelm dem Tier kaum Beachtung, sondern bewegte routinemäßig die Hebel für Blinker und Licht. Alles okay. Dann drückte er den Bremshebel und stutzte. Er drückte noch einmal, merkte, dass es überhaupt keinen Widerstand gab, so gar keinen, der Hebel ließ sich so leicht drücken wie eine ausgeleierte Kinderschere. Er warf dem Fahrer einen Blick zu, runzelte die Stirn und hob die Hand. Der Wagenlenker blickte irritiert drein – damit hatte er nun nicht gerechnet. Endlich bemerkten auch die als Stachelschweine verkleideten Damen hinter dem Wagen, dass etwas nicht stimmte. Zwei Stachelschweine lösten sich aus der Gruppe und kamen auf den Prüfer zu, welcher inzwischen vom Bulldog geklettert und unter dem Anhänger verschwunden war. »Ist was, Friedhelm?«, fragte das eine Stachelschwein die Füße des TÜV-Prüfers, denn mehr war von ihm momentan nicht zu sehen. Dann endlich erschien der Kopf des Mannes. »Ja, Regina. Jemand hat euch die Bremsleitungen durchgeschnitten.«

»Und was heißt das jetzt?«, fragte die Angesprochene nach einem kleinen, spitzen Schrei, obwohl sie die Antwort bereits kannte. Der Mann richtete sich auf und schüttelte dann bedauernd den Kopf. »Also, so kann der Wagen nicht mitfahren.«

»Das war ein Anschlag«, ereiferte sich Regina und spürte, wie die Tränen in ihr hochstiegen. All die Mühe, alles sollte jetzt umsonst gewesen sein? »Das … das kann doch nicht sein.« Manuela, das andere Stachelschwein, legte ihr tröstend eine Pfote auf die stachelige Schulter. Regina wischte sich endlich zornig, aber vorsichtig, die Tränen ab, um ihr dunkles Make-up nicht noch vollständig zu ruinieren. »Ich weiß, wer das war«, grollte sie und stapfte zurück zu den anderen Stachelschweinen.

Lisa und Heiko bewunderten inzwischen den Umzug. Und die Festzugsteilnehmer hatten sich wirklich Mühe gegeben. Dic Kommissare sahen die einzelnen Gruppen, die immer wieder von Musikgruppen wie den Guggamusikern aus Schopfloch und Neuler und der Blaskapelle aus Kirchberg unterbrochen wurden, defilieren. Die Kindergartenkinder waren als Tiger verkleidet und geschminkt, die Maibaumfreunde waren Kamele, die Feierfreunde Mistkäfer, dann kamen die Ochsenfrösche, welche von den Ballmädchen dargestellt wurden. »Was sind das denn für welche?«, wunderte sich Lisa und wies auf zwei Personen, die zwar als Mann und Frau einigermaßen historisch gekleidet waren, allerdings irgendwie verstörend wirkten, da sie schwarze Masken aus Feinstrumpfhosen trugen und somit kein erkennbares

Gesicht hatten. Ferner schwenkten sie Schweinsblasen an einem Stecken in Richtung des Publikums.

»Des sin die Bajassen«, erklärte die Spitznasige. »Die laufen den ganzen Festzug über hin und her und passen auf, dass niemand unter die Räder gerät.«

»Indem sie den Leuten dieses Ballondings ins Gesicht halten?«, wunderte sich Lisa.

»Das ist schon eine richtige Schweinsblase«, lachte Heiko.

»Was ist das denn?«

»Na, eine Schweinsblase eben. Die Blase vom Schwein.«

»Iiiiih«, kreischte Lisa auf und duckte sich, um nur ja nicht ins Visier der unheimlichen Vermummten zu geraten. Es folgten die Flamingos vom Räumle, die Papageien-Motorradfreunde, die Zebra-Keschdlbaamer, die Tennis-, Fußball- und Faustballabteilungen, die Alten Herren vom Fußball, die Gürteltiere vom Katzenzipfel, die Feuerwehrler, die Löwenkostüme trugen, während die jüngeren Mitglieder der Truppe als Leoparden verkleidet waren. Die aus der Langäckersiedlung, die Wilden von Oonza and Friends. Und alle waren sie fantasievoll gekleidet und hatten sich auch mit den Wägen viel Mühe gegeben. Nur der von den Elefanten fehlte. Etwas bedröppelt und traurig schritten die fünf durchaus schlanken Damen in ihren ausladenden Elefantenkostümen die Straße hinunter, Getuschel erhob sich im Publikum. Die Blonde drehte sich zu Heiko um und erklärte: »Des sin die, denna se da Woocha ouzindet hewwa.«

»Ach«, machte Lisa und betrachtete die Kostüme der

Damen, die sich Mühe gaben, eine gute Show abzuliefern. Zum »Baby Elephant Walk«, welcher aus einem Ghettoblaster dröhnte, der auf einem Leiterwagen von einem der Elefanten gezogen wurde, führten sie einen recht komplexen Tanz auf. Ihre Kostüme waren aus grauem Samt kunstvoll genäht, die Stoßzähne bestanden aus beklebten Papprollen, die Rüssel waren grau bemalte Drainageschläuche und die Schwänze Vorhangkordeln.

»Sie glauben, dass der Wagen angezündet wurde?«, vergewisserte sich Lisa.

»Awwer ganz gwiiß. Des wor bestimmt ebber von denna andera Gruppa«, erklärte die Spitznasige im Brustton der Überzeugung. »Die henn alle sou a Konkurrenz unteranander. Die Katzenzipfler mit den Keschdelbamern, die Tennisabteilung mit den Fußballern, und geecha Oonza and Friends sinn aa viele.«

»Warum das denn?«, erkundigte sich Lisa.

»Ha, weil bei Oonza and Friends alle miidmacha deffa, wo wella, und normal is des ja scho eichendlich fir Oonzamer.«

»Ach so.«

»Und warum hewwa jetz die konn Woocha?«, wunderte sich nun die Blonde und deutete damit auf eine Gruppe von … Stachelschweinen, würde Lisa vermuten, auch diese Kostüme waren sehr kunstvoll gestaltet. Hunderte Schaschlikspieße überzogen die Gewänder, alles war passend bemalt. Unglaublich, was sich die Teilnehmer alles einfallen ließen und wie kreativ sie waren.

»Komisch. Die hewwa doch a grooßes Viech ghett«, erinnerte sich die Spitznasige.

»Ein Stachelschwein?«, riet Lisa.

»Genau.«

Die nächste Nummer im Festzug war eine Musikkapelle, die nun zu einer machtvollen Polka ansetzte, mit einigem Pathos. Anscheinend der Spielmannszug der Bürgerwache. Und Lisa und Heiko beschlossen, sich nach dem verschwundenen Stachelschweinwagen mal genauer zu erkundigen.

Der Festzug endete bei der Turn- und Festhalle, wo auf dem Vorplatz zahlreiche Buden und ein großes Zelt aufgestellt waren. Die Festzugsteilnehmer hatten sich nach und nach auf dem Hof vom Kraften Fido eingefunden und pendelten zwischen dem Hof und dem Platz vor der Sporthalle hin und her. Es herrschte ein buntes Durcheinander aus Menschen in Alltagskleidung und Kostümierten. So fand sich das hohenlohisch-westfälische Ermittlerteam inmitten von Affen, Moskitos, Löwen, Stachelschweinen und Wilden wieder. Die Menschen drängten sich um die Stände, die meisten bestellten ein Bier. Die Herbstsonne war herausgekommen und beleuchtete die Szene, wärmte matt, aber fühlbar. Heiko entdeckte einen Stachelschweinrücken zwischen den Feiernden, nahm Lisa bei der Hand und ging auf das Wesen zu. Als er direkt davorstand, tippte er dem Tier auf die Schulter, darauf bedacht, in keinen der Schaschlikspieße zu greifen, denn das wäre bestimmt nicht angenehm. Das Stachelschwein drehte sich um, und Heiko blickte in ein Frauengesicht um die 50, das aber unter der dicken Schicht Schminke kaum zu erkennen war.

»Grüß Gott«, grüßte das Stachelschwein. »Kenn ich euch?«

»Wüst und Luft von der Kriminalpolizei«, stellte Heiko vor und machte wieder den Mund auf, um das Stachelschwein nach dem fehlenden Wagen zu fragen.

Aber das war gar nicht nötig, denn die Frau legte nahezu sofort los. »Ihr kommt wegen dem versuchten Mord?«, vermutete sie. »Na, da kann ich euch was dazu erzählen.«

Lisa blinzelte. »Versuchter Mord?«

»Wegen den Bremsleitungen. Jemand hat an unserem Wagen die Bremsleitungen durchgeschnitten. Was da alles hätte passieren können!«, ereiferte sich die Frau. »Ihr müsst mal überlegen, wenn der Wagen ins Publikum gerollt wäre!«

Ein weiteres Stachelschwein hatte sich zu ihnen gesellt, wohl aus reiner Neugier und weil es »Kriminalpolizei« aufgeschnappt hatte.

»Vielleicht war das ja ein versuchter Terroranschlag«, mischte sich das hinzugekommene Stachelschwein, eine Frau um die 45, ein. »Vielleicht war es der IS. Massaker auf dem Hammeltanz, stellt euch das mal vor!«

»Und wer sind Sie?«, forschte Lisa.

»Renate Schüler.«

»Und Ihr Name?«, fragte Lisa weiter, an das etwas ältere Schwein gewandt.

»Ich heiße Manuela Sichler. Ich bin die Frau vom Büttel. Und des wor gwiiß net dr IS, ii kou eich soocha, wer des wor.«

Lisa zog die Augenbrauen hoch. »Und wer?«

»Des woora die Weiwer von da ›Oonzamer Mädlz‹.«

»Also Manuela, des kousch awwer net soocha«, tadelte Renate.

»Doch, wer soll des sunsch gwee sei.«

»Und was für einen Grund sollten die haben?«, erkundigte sich Heiko.

Nun zuckte das Stachelschwein mit den Schultern, die Schaschlikspieße klapperten leise dabei.

»Ha, sag's doch«, ermunterte Renate. »Wenn du's nicht sagst, sag's halt ich.«

»Was denn?«, fragte Lisa nach.

»Die ›Oonzamer Mädlz‹ denken bestimmt, wir hätten ihren Wagen angezündet. Dabei war der eh nicht so schön wie unserer, sowas haben wir gar nicht nötig.«

Heiko blinzelte. »Sie denken, es war eine Racheaktion? Um den Stachelschweinwagen ebenfalls auszuschalten?«

»Zum Anzünden war keine Zeit mehr«, gab Manuela zu bedenken. »Dann halt so. Aber die haben sich geschnitten. Unser Wagen ist morgen repariert. Das bisschen Leitung austauschen ist für meinen Bruder gar kein Problem. Dann kommt der Wagen auch wieder durch den TÜV.«

»Der TÜV überprüft die Wägen vor dem Start?«, wunderte sich Lisa.

»Aber natürlich. Sonst wäre das ja zu gefährlich. Bei all den Leuten.«

»Vielleicht war es doch der IS? Vielleicht sind die hier noch irgendwo?«, zweifelte Renate und blickte sich etwas ängstlich um. »Man weiß ja nie. Da hinten hab ich vorhin einen mit so nem komischen Vollbart gesehn.«

Heiko lächelte. »Ich denke, das können wir ausschließen.« Die Anzahl der gewaltbereiten Salafisten hielt sich nach seinen Erkenntnissen in Hohenlohe, speziell in Onolzheim, doch sehr in Grenzen.

»Eigentlich ermitteln wir auch im Fall der ausgebrannten Scheune«, gab Lisa zu bedenken.

»Na, dann habt ihr jetzt zwei Fälle«, konstatierte das Renate-Stachelschwein trocken.

»Um den Fall mit den durchschnittenen Bremsleitungen zu lösen, müsst ihr euch an die ›Oonzamer Mädlz‹ halten. Also an die Elefanten«, informierte die Frau des Büttels.

»Und im Fall der Brandstiftung an die Stachelschweine?«, provozierte Heiko.

Nun richtete sich das Manuela-Stachelschwein zu voller Größe auf, und Heiko wunderte sich geradezu, dass die Schaschlikspießstacheln sich nicht ebenso aufstellten.

»Von uns war das keine«, behauptete Manuela und fügte noch hinzu: »Dafür lege ich meine Hand ins Feuer.«

Lisa und Heiko brauchten nicht lange zu suchen, bis ihnen ein Elefant über den Weg lief. Genau genommen trafen sie sogar auf eine Herde aus drei Elefanten, die alle ein Glas Wein in der Hand hielten. Die Dickhäuter hatten sich um einen der Stehtische geschart und wirkten, anders als es der Anlass vermuten ließ, eher missmutig. Lisa und Heiko gesellten sich zu ihnen, und Heiko stellte sie vor. »Wir ermitteln in der Brandstiftung draußen bei der Scheune, bei der zufällig Ihr Wagen …« Einer der Elefanten, die wirklich authentisch aussahen mit ihren riesigen Samtohren, den grau geschminkten

Gesichtern und den Papprollenstoßzähnen, unterbrach Heiko schnaubend.

»Ja, genau, zufällig. Ii lach mi hie.«

»Ihr Name?«, fragte Lisa freundlich, und die Frau, unter deren grauer Ohrenmütze rote, kurze Haarsträhnen hervorlugten, antwortete: »Warum?«

Lisa zuckte mit den Schultern und lächelte entwaffnend.

»Ich bin Yvette Müller.«

Die beiden anderen stellten sich als Susanne Riedler und Annette Klein vor.

»Sie denken, dass gerade diese Scheune mit Absicht angezündet wurde?«

»Das denke ich nicht, das weiß ich«, erklärte der Elefant im Brustton der Überzeugung. »Und zwar waren das die Turnerdamen, weil sie neidisch waren. Weil sie mit ihrem hässlichen Pappmascheeklumpen nicht gegen unseren Savannenwagen anstinken konnten. Der war nämlich echt schön … Moment …« Yvette holte aus ihrer grauen Umhängetasche ein Smartphone, rief die Bildergalerie auf, scrollte kurz und hielt den Kommissaren endlich das Handy unter die Nase. Und Heiko musste zugeben, dass der Wagen tatsächlich sehr beeindruckend war – auf einer sanft gewellten Ebene aus Styropor in Brauntönen standen mehrere Affenbrotbäume mit Früchten, die auch teilweise auf dem Boden lagen.

»Die Früchte waren echt, die hatten wir vom Möbel Bohn.«

»Hübsch«, fand Lisa, »und die Bäume?«

»Draht mit Gipsbinden umwickelt, dann mit Dispersionsfarbe angemalt. War ein Scheißgschäft«, informierte Susanne und trank wütend einen weiteren Schluck Wein.

»Die Plüschaffen sind auch verbrannt. Die waren soooooo niedlich, vom EBERL«, bedauerte Annette und zoomte ein kleines Äffchen heran, das es sich in einem der Äste bequem gemacht hatte.

»Sehr schade«, stimmte Lisa zu. »Und wie kommen Sie darauf, dass es sich bei dem Brandstifter um eine … Turnerdame handelt? Haben Sie da Beweise?«

Annette schnaubte nun ebenfalls. »Wie soll man sowas beweisen? Die Überwachungskameras an der Scheuer waren um diese Zeit wohl nicht an.«

Heiko verkniff sich ein Grinsen. »Mal was anderes«, wechselte er das Thema. »Anscheinend wurden bei dem Stachelschweinwagen die Bremsleitungen durchgeschnitten.«

»Ooooooooooooh, das tut mir aber leid«, feixte Yvette.

»Ach, deshalb waren die auch ohne Wagen«, erkannte Susanne.

»Sie wissen nicht zufällig, wer für die durchschnittenen Bremsleitungen verantwortlich sein könnte? Das ist nämlich kein Kavaliersdelikt, müssen Sie wissen, da hätte wirklich was passieren können, bei der Menschenmenge.«

»Sie denken, dass eine von uns im Elefantenkostüm unter den Wagen geklettert ist, um an den Bremsleitungen rumzufummeln? Und das wäre keinem aufgefallen?«

»Sie hätten das Kostüm später anlegen können«, gab Heiko zu bedenken.

»Hätten wir nicht«, widersprach Susanne. »Die Schminkprozedur dauert eine Stunde.«

»Was dauert da eine Stunde?«, wunderte sich Heiko.

»Das Gesichterschminken«, erklärte Yvette und deutete auf die feinen Linien um ihre Augen herum, die tatsächlich ziemlich treffend die faltige Elefantenhaut nachahmten.

»Alle Damen aus Ihrer Gruppe sind so perfekt geschminkt?«, forschte Heiko nach.

Alle nickten. »Ausnahmslos. Sie können das gerne nachprüfen.«

Ein Löwe rempelte Heiko an, etwas unsanft, aber Heiko registrierte sofort, dass der Mann eine Bierflasche in der Hand hielt und schon bedenklich schwankte.

»Treffen Sie sich denn nachher irgendwo?«, fragte er hoffnungsvoll, denn sonst wären sie den ganzen Nachmittag damit beschäftigt, Elefanten und Stachelschweine zu jagen und zu befragen. Da lachte der Yvette-Elefant so sehr, dass sein Drainagerüssel heftig wackelte. »Jetzt vermischt sich alles, und die Oonzamer feiern alle miteinander. Aber die meisten Festzugteilnehmer bleiben noch eine Weile drüben auf dem Hof vom Kraften Fido, da gehen wir auch gleich wieder hin.«

Der Löwe, der Heiko soeben angerempelt hatte, nahm noch einen Schluck aus seiner Bierflasche. Womöglich war es nicht recht gewesen, was er getan hatte, das wusste er ganz genau. Er nahm noch einen Schluck, in der Hoffnung, das Bier würde sein schlechtes Gewissen etwas abmildern. Aber ohne Erfolg – es blieb. Es ist ja nichts passiert, sagte er sich, nur der Wagen ist verbrannt.

Gott sei Dank, denk mal daran, was alles hätte passieren können, spinnst du eigentlich, sagte diese andere Stimme in ihm, von der er wusste, dass es sein Gewissen war. Es hätte jemand verletzt werden können. Es war verdammt gefährlich, und er hätte sich nicht dazu überreden lassen sollen, niemals. Nun, es war nichts passiert, immerhin. Der Löwe rückte seine Mähne zurecht und stürzte sich wieder in die Masse der Feiernden.

Lisa und Heiko machten sich also auf Elefanten- und Stachelschweinjagd, und endlich hatten sie wieder einen der Dickhäuter gestellt, und zwar vor der Turnhalle. Die Elefantendame hatte ihren Drainagerüssel bereits abgenommen – er lehnte neben ihr an der Wand der Turnhalle – und schlürfte soeben Sekt aus einem Glas, das allerdings schon halb leer war. Lisa bemerkte, dass die Schminke im Elefantengesicht schon recht verschmiert war, undefinierbar verlaufen, oder war sie vielleicht niemals perfekt gewesen? Wispernd teilte sie Heiko ihre Entdeckung mit, und der nickte. Gemeinsam stellten sie das Großwild und Heiko begann: »Wüst und Luft von der Kriminalpolizei. Dürfen wir Sie kurz etwas fragen?«

Der Elefant kicherte – er war offenbar schon angeheitert. »Ihr passt aber nicht zum Thema. Das Thema ist ›In der Wildnis.‹ Da passen Polizisten nicht dazu … obwohl, hättet ihr euch als Bullen verkleidet …«

Heiko unterdrückte ein Grinsen, um seine Autorität nicht zu untergraben.

»Wir sind echte Polizisten«, beteuerte Lisa mit einem Lächeln.

»Ou«, machte der Elefant und streckte ihnen die Hand hin. »Ach so. Alexa Wiedmann. Angenehm.«

Die Kommissare schüttelten die angebotene Hand. »Sie sind so allein hier?«, wunderte sich Heiko.

»Ich trinke hier nur grad den Sekt. Auf dem Glas ist Pfand, das will ich gleich wiederhaben, sonst vergess' ich's.«

»Ach so.«

»Und warum wollt ihr jetzt mit mir reden?«

»Am Stachelschweinwagen wurden die Bremsleitungen durchgeschnitten. Es muss kurz vor Beginn des Umzugs passiert sein«, informierte Lisa.

»Ich war die ganze Zeit bei den anderen Elefanten, wir sind die ›Oonzamer Mädlz‹.«

»Das wissen wir schon«, erklärte Lisa. »Ist Ihnen vielleicht etwas aufgefallen?«

Nun sog die Frau scharf die Luft ein. »Interessiert ihr euch eigentlich auch für unseren angezündeten Wagen?«

»Natürlich«, beeilte sich Heiko zu versichern. »Allerdings haben wir Grund zu der Annahme, dass die beiden Fälle zusammenhängen.«

»Sie denken, dass eine von den Turnerinnen unseren Wagen angezündet hat und wir dafür denen ihre Bremsleitung durchgeschnitten haben?«

»Wäre doch immerhin möglich«, fand Heiko.

Nun leerte der Alexa-Elefant sein Glas vollends. »So ein Schwachsinn. Das wäre ja lächerlich.«

»Es gibt keine Konkurrenz zwischen euch um den schönsten Wagen?«, wollte Heiko wissen.

Nun lachte die Frau. »Doch, natürlich gibt es die. Aber deswegen gehen wir nicht los und begehen Verbrechen.«

»Habt ihr euch eigentlich schon mal die Feuerwehrleute angeschaut?«, mischte sich plötzlich jemand von hinten in das Gespräch ein.

Etwas irritiert drehte sich Heiko um und erblickte zu seiner Überraschung den Büttel höchstpersönlich.

»Ach, der Herr …«, begann er und versuchte, sich an den Namen des neuen Büttels zu erinnern – der alte war letztes Jahr mit über 70 in den wohlverdienten Ruhestand getreten.

»Sichler«, stellte sich der Mann vor, »Andreas Sichler.«

»Wie kommen Sie denn darauf, dass die Feuerwehrleute etwas damit zu tun haben könnten?«, fragte Lisa.

Der Mann nahm seine Pickelhaube ab, die metallisch klimperte, als sie einen der Metallknöpfe der Uniformjacke streifte. »Als wir gestern Abend in der ›Rose‹ gehockt sind, sind zwei von den Feuerwehrjungs früher weg – angeblich, damit sie am nächsten Morgen fit sind – aber da hab ich mich schon gefragt, warum die sich am Hammeltanz so anstellen, da hält man doch durch, vor allem in dem Alter.«

»Und wann sind die beiden denn heim?«, erkundigte sich Heiko.

»Um elfe rum«, informierte der Mann, und seine Augen leuchteten.

»Und die Namen?«

»Also Andreas, so ein Quatsch, des glaabsch ja woll selwer net«, schaltete sich nun der Alexa-Elefant ein.

»Wieso, ii will doch bloß helfa, des Verbrecha aufzuklära. Und außerdem hat mer das ja scho sou oft ghett. Dass ooner von denna Feierwehrler selwer zündelt, damit amole was los is«, verteidigte sich der Mann, fuhr sich über den blonden Seitenscheitel und meinte dann: »Marco Stegmüller und Tobias Meister.«

»Und wo finden wir die?«

»Das sind die Löwen«, erklärte der Büttel.

Anders als die Stachelschweine und die Elefanten, die sich ihre Kostüme in mühevoller Kleinarbeit selbst genäht beziehungsweise zusammengebastelt hatten, waren die Kostüme der Löwen ganz offensichtlich selbst gekauft. Die Feuerwehrler schwitzten im Polyesterplüsch, die Mähnenkapuzen und Löwenmasken aus Kunststoff hatten sie alle abgenommen. Drei der Raubtiere hatten um einen Stehtisch herum Aufstellung bezogen, jedes hielt eine Flasche Bier in den Tatzen. Obwohl zwei von drei Löwen ihre Tatzenhandschuhe bereits abgestreift hatten; die krallenbewehrten Gliedmaßen lagen neben dem Aschenbecher und einigen weiteren leeren Bierflaschen auf dem Tisch. »Tobias und Marco?«, fragte Lisa in die Runde.

Einer der Löwen hob die Hand. »Ich bin der Tobias. Der Marco ist unterwegs. Wer will das wissen?«

»Wüst und Luft von der Kriminalpolizei«, stellte Heiko vor.

»Sou«, meinte Tobias und trank einen Schluck Bier. »Kenna mir eich helfa?«

»Können wir alleine miteinander reden?«, bat Lisa.

»Mit dir red ii jederzeit alloa«, meinte der Mann und zwinkerte Lisa so anzüglich, aber gleichzeitig charmant zu, dass sie tatsächlich Mühe hatte, entrüstet zu wirken.

Heiko neben ihr spannte sich allerdings unwillkürlich an, sowas konnte er gar nicht leiden. Er legte Lisa eine Hand auf die Schulter und meinte dann: »Sehen wir aus, als würden wir scherzen?« Dabei zog er seine dunklen Augenbrauen zusammen und sah tatsächlich einigermaßen gefährlich aus.

Der Löwe räusperte sich. »Also. Um was geht's? Die anderen können ruhig dabei sein, wir haben alle nichts zu verbergen.«

Heiko nickte – wenn er es so haben wollte. »Es geht um den Brand in der Nacht von Freitag auf Samstag.«

»Ou ja, das war ein richtiges Höllenfeuer«, erklärte Tobias, und es klang tatsächlich begeistert.

»Ihr Kommandant hat ja gemeint, dass es sich womöglich um Brandstiftung gehandelt hat«, fuhr Lisa fort. »Und gleichzeitig ist uns zu Ohren gekommen, dass Sie und Ihr Kollege früher als alle anderen aus der ›Rose‹ heim sind.«

Tobias' Augen wanderten eine Weile zwischen den beiden Ermittlern hin und her, bevor er begriff. »Ach so. Und womöglich haben der Marco und ich die Scheuer angezündet, oder?«

Lisa zuckte die Achseln und lächelte entwaffnend. »Haben Sie denn ein Alibi für die Nacht?«

Tobias bejahte. »Klar habe ich ein Alibi. Ich war mit meiner Freundin im Bett. Und die ist selber bei den ›Oonzamer Mäldz‹. Und die würde mich umbringen, wenn ich ihren Wagen anzünden würde. Falls Sie mir nicht glauben, können Sie mich ja gern festnehmen. Aber Vorsicht, Löwen beißen, wenn jemand sie fesseln will. Obwohl Sie mir gerne Handschellen anlegen dürften, Frau Kommissarin, da wäre ich gleich dabei.« Wieder ein Zwinkern, ein Grinsen, ein Griff zur Bierflasche, ein Schluck.

Heiko bedachte den Mann mit einem strengen, strafenden Blick.

»Reicht ja jetzt nicht grad für eine Festnahme, oder?«, mischte sich der linke Löwe, ein etwas dicklicher, untersetzter junger Mann, nun ein.

»Ist jemandem von Ihnen in dieser Nacht noch irgendetwas aufgefallen?«

»Wir waren damit beschäftigt, den Brand zu löschen«, erklärte der dritte Löwe. »Was denken Sie denn, dass wir da rumglotzen und Löcher in die Luft starren?«

»Wenn Ihnen noch was einfällt, melden Sie sich jederzeit«, schloss Heiko, und die beiden Kommissare machten sich auf den Weg, um nach weiteren Löwen zu suchen, genauer gesagt dem Löwen namens Marco.

Kurze Zeit später war der Altlöwe über die ganze Sache informiert -- das war ja kein Wunder, denn hier in Onolzheim verbreiteten sich Neuigkeiten jeglicher Art wie ein Lauffeuer in der afrikanischen Savanne. Er hatte gebrüllt und getobt, als er davon erfahren hatte – einer der Elefanten hatte ihn informiert – und dann war er losgezogen, den Büttel suchen. Und das war keine schwierige Angelegenheit, denn der Büttel war auffällig, er war der Einzige mit goldenem Helm, der Einzige, der die schwarz-rot-goldene Uniform und noch dazu einen Degen trug. Er hob sich in der Menge ab, war leicht auszumachen, leichte Beute. Der Altlöwe klappte seine Kapuzenmähne zurück, stapfte auf den Mann zu und drehte ihn unsanft um.

»Soochamol, Andi.« Genussvoll beobachtete der Löwe, wie dem Büttel die Kinnlade herunterklappte. »Hasch du nimmi alle Tassa im Schrank?«

»Der Ulmers Willi«, begrüßte der Büttel den Feuerwehrhauptmann etwas scheinheilig.

»Du brauchsch gor net sou doona«, zischte Willi Ulmer. »Was fällt en dir ei?«

»Wieso, was is denn?«

»Dass di net scheimsch, denna Bulla zum soocha, ooner von uns hätt die bleed Scheier ouzindet.«

»Iiiiiiih«, machte der Büttel fragend, zeigte empört auf sich selbst und meinte dann. »Iiiii hobb gor nix gsocht. Bloß, dass des sei kennt. Des hat mer ja scho öfter ghert, dass die Feierwehrler selwer was ouzinda, damit amol was los is.«

Willi Ulmer hatte schon zuvor die Wut in sich aufsteigen gefühlt, nun packte er den verdutzten Büttel am Kragen und zog ihn so nah zu sich her, dass der seinen weinseligen Atem riechen konnte. Dann hob er den Zeigefinger so dicht vor Sichlers Gesicht, als wolle er ihm die Augen ausstechen. »Oomol wenn du noch sou an Dreeg rausschwätzsch, noa grichsch's mit mir zum doona, merk dr des.«

Nach längerem Suchen fanden Lisa und Heiko den Löwen Marco. Marco Stegmüller hatte seine Mähnenkapuze abgestreift und hielt inzwischen ein weibliches Krokodil im Arm, dessen Schuppen aus Eierkartons geklebt waren. »Herr Stegmüller«, begann Heiko. Doch der Mann hob sofort die Hand.

»Die Sandra hat mir scho alles verzeilt. Ii wor in derra Noochd mit meinera Heike noch im Vereinsheim zum Eintanza.«

»Hm«, kommentierte Heiko.

Der junge Mann zog sein Smartphone aus einer Tasche seines Kostüms und wischte kurz herum, um dann den Polizisten sein Clixmix-Profil unter die Nase zu halten.

»Zeugen gibt es da wohl genug«, meinte das Krokodil, das sich kurz darauf als Heike Preiß vorstellte, lakonisch.

»Da waren Sie ja sicher nicht die Einzigen, das würde keinesfalls auffallen, wenn man da mal kurz abhaut, um einen Brand zu legen, vor allem nicht mitten in der Nacht, wenn alle betrunken sind«, gab Lisa zu bedenken.

Der Mann seufzte und tippte weiter auf seinem Handy herum. »Hier hab ich noch ein paar Fotos mit Datum und Uhrzeit.« Er zeigte Heiko seine Partybilder.

»Wir haben Sie ja jetzt auch nicht konkret in Verdacht, Herr Stegmüller. Vielmehr hat jemand gemeint, Sie und der Herr Meister hätten die ›Rose‹ früher als die anderen verlassen.«

Marco lachte auf. »Ja. Ich wollte mit meiner Heike noch ins Vereinsheim, wir sind leidenschaftliche Tänzer und ich will nicht immer bloß saufen.«

Das konnte nun Heiko gar nicht verstehen, wie man freiwillig und gerne tanzen konnte, aber nun gut.

»Sie gehen als Onolzheimer früher aus der ›Rose‹ weg?«, tadelte Lisa.

»Man muss sich ein bisschen was aufheben für den Hammeltanz und kann sich da nicht gleich am ersten Abend vollständig abschießen.«

»Und der Alarm hat Sie dann also im Vereinsheim erreicht?«, vermutete Lisa.

Marco grinste. »Immer im Dienst, Frau Kommissarin. So wie Sie auch.«

»Sie haben den Pieper immer dabei?«

»Aber natürlich, sonst würde die ganze Geschichte ja mäßig Sinn machen. Und wisst ihr was: Ich denke auch, dass es Brandstiftung war. Aber ihr werdet den Kerl nie finden, denn wenn er Spuren hinterlassen hat, dann sind die garantiert mitverbrannt.«

Lisa seufzte, als sie den Löwen und das Krokodil wieder verließen. »Das finden wir nie raus«, mutmaßte sie. Heiko zuckte die Achseln. »Naja, es ist ja Gott sei Dank nichts Schlimmes passiert. Und wenn du mich fragst: Es brodelt zwar ganz schön in Onolzheim, aber das ist wohl nur Gekabbel. Letztlich feiern die doch alle ihren Hammeltanz.«

Während die meisten Onolzheimer tatsächlich nur ihren Hammeltanz feierten, spielte sich keine zwei Kilometer weiter Seltsames ab. Es war tief in der Nacht, und doch hielt ein Wagen auf dem kleinen Parkplatz zwischen Onolzheim und Gründelhardt. Im Auto saßen drei junge Menschen, die sich von den Feierlichkeiten weitgehend ferngehalten hatten, denn sie waren nicht so ganz ihr Ding. Sie entstiegen dem Fahrzeug, und es war ihnen egal, dass die Autotüren laut zuschlugen, denn erstens war hier sowieso niemand, und zweitens hatte sich in ihnen genügend Wut aufgestaut. Seit sie das lächerliche Ding vor die evangelische Kirche verfrachtet hatten, war nun schon über ein Monat vergangen. Aber die Onolzheimer hatten den Wink mit dem

Zaunpfahl nicht verstanden und das hässliche Teil wieder an den Ort gebracht. Der Ort war heilig, uralt, und er verdiente Achtung und Respekt, keine Verballhornung zum Amüsement junger Familien. Und es war *ihr* Ort, sie fühlten sich für ihn zuständig, verantwortlich. Sie hatten seine Heiligkeit zu erhalten. »Hier«, meinte eine der jungen Frauen und reichte den beiden anderen Hämmer. »Damit müssten wir das Teil kleinkriegen.« Die drei schlugen sich seitwärts in den Wald, sie kannten ihren Ort gut, waren schon oft hier gewesen. Kurz erschrak eine von ihnen, als sie die Figur oben auf der Treppe thronen sah, in ihrem Holzhäuschen. »Was haben sie sich nur dabei gedacht«, meinte die eine und schüttelte den Kopf. »Frevel«, murmelte diejenige, die ihnen die Hämmer mitgebracht hatte. »Die Mondgöttin wird sie strafen.« Stumm betraten die drei Frauen die heiligen Stufen, bis sie vor der unsagbar hässlichen Hexenfigur standen. Dann ließen sie ihrer Wut freien Lauf und zerschlugen das blasphemische Ding in kleine Stücke, die sie auf dem Waldboden verteilten. Zuletzt rissen sie noch das Schild aus dem Waldboden, auf das ein Onolzheimer nebst liebevoll-kitschigen Bildchen den Schriftzug »Hexenstäffele« gemalt hatte – denn es passte ganz einfach nicht hierher, an diesen heiligen Ort.

HAMMELTANZMONTAG

Alexa Wiedmann war aufgeregt. Obwohl, eigentlich traf es »aufgeregt« nicht wirklich. Vielmehr war sie aufgewühlt, erregt. Denn heute war es so weit – der Bericht über den Hammeltanz kam im HT, im Hohenloher Tagblatt. Sie schlüpfte in ihre rosafarbenen Retro-Hausschuhe, die sie so liebte, legte sich den Leoparden-Bademantel um und öffnete die Haustür. Es waren nur ein paar Schritte bis zur Zeitungsrolle, aber trotzdem schnitt ihr die Kälte ins Fleisch und trieb sie, sobald sie die Zeitung hatte, ins Haus zurück. Fröstelnd zog sie die Türe ins Schloss und betrachtete endlich die Titelseite. Es war kein Dilemma. Sie waren nicht drauf, wie erwartet. Nicht die Elefanten, denn ohne den Savannenwagen waren sie nicht die Besten gewesen, das war ja klar. Aber, und das war viel wichtiger, die Stachelschweine waren es auch nicht. Denn das wäre ja jetzt der Oberkoffer gewesen, erst den Wagen anzünden und dann auch noch die Titelseite kriegen. Stattdessen waren es die Wilden, die vorne auf der Zeitung abgebildet waren, mit ihrem Marterpfahl. Und das war okay, denn denen gönnte sie es durchaus, das waren die Feierfreunde Onolzheim, und die waren schon in Ordnung. Als Nächstes schlug sie den Regionalteil auf und stellte erleichtert fest, dass sie zumindest in der Bildergalerie abgebildet waren, und sie machten als Elefanten wirklich was her. Sie nickte zufrieden, legte das HT auf den Esstisch und machte sich einen starken Kaffee, um fit zu sein für einen weiteren Hammeltanztag.

Inzwischen war auf dem Sportplatz hinter der Halle reges Treiben im Gange. Die Männer, die in diesem Jahr beim Hammeltanz mitmachten, bereiteten den Tanzplatz vor. Es war eine Arbeit, die sie zwar mit der nötigen Würde verrichteten, trotzdem wurde auch gelacht, gebatscht und hinterher noch gevespert und ein bisschen gesoffen, allerdings nicht so viel, denn beim Hammeltanz musste man ja eine gute Figur abgeben und konnte nicht unkoordiniert rumschwanken. Außerdem steckte ihnen allen noch der Restalkohol von gestern Abend in den Gliedern. Mit vereinten Kräften hatten sie bereits den Baum aufgestellt – das war gar nicht so leicht gewesen, in diesem Jahr waren sie nur zu dreizehnt. Den Hauptteil hatten sie aber damit schon geschafft. Nun streuten sie den Tanzkreis mit Sägemehl aus. Roland Geller arbeitete neben Oliver Glock, einem jungen Mann, der erst zum dritten oder vierten Mal dabei war, während er selbst schon 28 Mal mitgemacht hatte. »Jetz simmer mal gespannt, wie sich der Sichlers Andi so vollends macht als Büttel. Ich hätte ja den Michel besser gefunden als Nachfolger vom Moritz«, begann Roland den Smalltalk und warf zwei Hände Sägemehl aus dem Sack zu Boden, um sie gleich darauf festzutreten. »Na, der Andi wird das schon recht machen. Bisher hat er doch seine Sache ganz gut gemacht. Und vielleicht wird's ja dieses Jahr was mit dem Sieg, Roland.« Geller verzog seinen Mund zu einem freudlosen Grinsen. »Da bin ich ja gespannt«, quittierte er.

»Also, ich will natürlich am liebsten selber gewinnen«, fuhr Oliver fort, »aber ganz ehrlich, dir tät ich's auch gönnen.«

»Das ist nett von dir«, bedankte sich Roland und schenkte dem Jungen, den er wirklich ganz gerne mochte, ein freundliches Lächeln.

»Nix da, dieses Jahr gewinnen die Sabine und ich«, schaltete sich André ein, der nur wenig älter als Oliver war, aber schon öfters mitgemacht hatte. »Dann können wir endlich heiraten«, fuhr er fort.

»Haja, das wär ja schön für euch«, meinte Oliver unbestimmt und überlegte bei sich, ob er seine Hochzeit wirklich wegen des Hammeltanzes verschieben würde. Obwohl sich die Frage noch gar nicht stellte, denn er war Single, und seine Tanzpartnerin war nur seine Kollegin. Kurze Zeit später entfernten sich zwei der Tänzer, um Geschenke für den Kranz am Baum in den Onolzheimer Geschäften zu besorgen, während die anderen die kleineren Bäume schmückten, die den Festplatz umstanden. Und endlich ließen sie das Festplatzvorbereiten bei ein, zwei Bier und ein bisschen Brot mit Büchsenwurst ausklingen.

Zur gleichen Zeit war Sabine Volz, die Tanzpartnerin von André, noch in der Badewanne. Sie hatte sich bereits sorgfältig das Haar gewaschen und eine Spülung einmassiert. Ihre Nägel hatte sie sich schon gestern vorlackiert, Schicht Nummer drei würde sie nachher auftragen, für den perfekten Glanz. Sie sah auf die

Uhr, es war nach 13.00 Uhr, Zeit, sich vollends herzurichten. Sie entstieg der Wanne, betrachtete ihren schlanken, nackten Körper zufrieden im Spiegel und wickelte sich endlich in ein Handtuch. Sie gefiel sich, und sie würde gut aussehen nachher beim Hammeltanz, sie würde die Hübscheste sein. Ihr Gesicht verzog sich zu einem bösen Grinsen, als sie daran dachte, dass das bei einigen der Damen, die ihre Konkurrenz darstellten, auch nicht schwierig war. Trotzdem, es gab auch hübsche, allen voran die Jacqueline, die wirklich gesegnet war und die es auszustechen galt. Sabine langte nach der Pinzette, um sich die letzten widerspenstigen Härchen, die definitiv nicht in ihre Augenbrauen gehörten, zu zupfen. Sie hatte sich ein rotes Kleid ausgesucht für den Hammeltanz, manche sahen ja aus, als kämen sie grad von ihrer eigenen Konfirmation, die allerdings in den 80ern stattgefunden hatte. Sie würde ein rotes Kleid haben, dazu einen knallroten Lippenstift, die Haare neckisch hochgesteckt, einzelne Strähnen mit dem Lockenstab bearbeitet. Dazu cremefarbenen Glitzerlidschatten und dunkles Mascara. Sie würde gut aussehen, sich gut machen auf dem nächsten Hammeltanzprospekt, zusammen mit André, der Liebe ihres Lebens, und wenn der Prospekt herauskäme, wären sie schon verheiratet.

Lisa und Heiko hatten Schorsch Bericht erstattet, dass es eher unwahrscheinlich sei, dass die Brandstiftung noch aufgeklärt werden würde und ihm auch von der Sache mit der Bremsleitung erzählt. Der Schorsch hatte gemeint, na, wenn nix passiert sei, bräuchte man auch nicht zu übertreiben, dann sei es ja gut. Inzwischen hatten die Stachelschweine die kaputte Leitung ausgetauscht, und beim Umzug am Montag war ihr Riesenstachelschwein mit dabei. Schorsch hatte seine Kollegen mit einem nachlässigen Wedeln seiner Hand entlassen – offenbar war er gerade bei einer guten Partie Solitär an seinem hochmodernen Rechner. Und so hatten Lisa und Heiko beschlossen, an diesem Montag mal den eigentlichen Hammeltanz anzuschauen – vielleicht ließ sich ja erstens doch noch etwas über den Brand herausfinden, zweitens gab es nach dem Bericht über die Brandstiftung nicht wirklich etwas zu tun. Sie saßen also auf den Steinstufen der Sportplatztribüne vor einem Kletterbaum, an dessen Kranz ein etwas seltsames Sammelsurium aus Puzzles, Scheibenkratzern, eingeschweißten Würsten, Brezeln und Kreuzworträtselbüchern befestigt war. »Du könntest doch jetzt eigentlich da hochklettern und mir eine Brezel holen«, meinte Lisa und wies auf den glatten Stamm. Heiko, der an einer Cola nippte, die er für sich und Lisa gekauft hatte, nickte nachdenklich. »Ja, das könnte ich. Aber wenn, dann würde ich die Würste holen, was will ich denn mit einer Brezel.« Lisa lachte und wuschelte ihm durch das dunkle Haar. Heiko hustete. »Och, mein armes Bärchen, immer noch krank«, meinte sie und streichelte seine Wange. Sie holte ein Spitzwegerich-Bonbon aus ihrer Tasche und reichte es ihrem Freund, der sie zwar mit einem unwilligen Blick bedachte, das Bonbon dann aber brav in den Mund schob.

»Kaum zu glauben, mein erster richtiger Hammeltanz, irgendwie musste ich bisher immer arbeiten«, sinnierte Lisa.

»Ich hatte das auch nicht soooo sehr auf dem Schirm«, gab Heiko zu. »Wenn man in Westgartshausen aufwächst, dann ist das nicht so präsent.«

In diesem Moment kamen einige etwa zehnjährige Jungen, die den Karren mit dem Hammel zogen. Das Tier blickte neugierig um sich, schien die Aufmerksamkeit richtiggehend zu genießen und wirkte interessiert. »Och, der ist sooooo süß, müssen die den wirklich essen?«, beschwerte sich Lisa, und Heiko verdrehte die Augen. Hinter dem Hammel postierten sich nun die Musiker der Blaskapelle Onolzheim auf den bereitstehenden Stühlen. Sie spielten während des Tanzes immer mal wieder ein Lied, zu dem die Tänzer dann um den Baum tanzten. Dann wurde die Aufmerksamkeit der Kommissare aber auf die soeben einreitende Dame im bordeauxfarbenen Samtkleid auf dem braunen Pferd gelenkt, sie stellte Barbara von Zipplingen dar, die Stifterin des Hammeltanzes. Links vom Kletterbaum war eine Bühne aufgestellt, auf der zuerst der neue Oberbürgermeister von Crailsheim, Doktor Christoph Grimmer, ein noch recht junger Mann, eine Rede hielt. Die letzten paar Jahre hatte das immer der hessische Oberbürgermeister Crailsheims, Rudolf Michl, getan – mit seiner schieren Körpergröße, seinem charakteristischen Hut und seinem breiten Grinsen war er überall sofort zu erkennen gewesen. Nun waren die Oonzamer gespannt, wie »der Neue« sich so machen würde – und er machte es tatsächlich gut, der Rede wurde für hohenlohische Verhältnisse recht diszipliniert gelauscht und sie erhielt angemessenen Applaus. Anschließend verlas der Herold die Geschichte der Stiftung, und der Büttel hielt seinen Prolog. Bevor der Hammeltanz wirklich begann, verfolgten die Zuschauer noch den Bändertanz der Volkstanzgruppe – Kinder in fränkischer Tracht, die um einen niedrigeren Baum links neben dem großen tanzten. Die jungen Tänzer erhielten angemessenen Applaus, und endlich trat der Büttel feierlich zum großen Baum, um den Wecker an seinen Platz zu hängen. »Wie sind da jetzt nochmal die Regeln?«, wollte Lisa wissen. Heiko musste zugeben, dass er da auch nicht vollkommen firm war, und zuckte die Achseln.

Aber ein älterer Herr, der neben ihnen saß, mischte sich ein: »Also, Maadle, der Büttel stellt jetzt einen Wecker auf irgendeine Zeit, und die Paare umrunden dann den Baum. Der Büttel stellt sich an einer Stelle auf und gibt nach jeder Runde einem anderen Paar den Degen. Und wenn die Musik spielt, tanzen die Paare, und so eine Tanzrunde dauert natürlich länger als eine gelaufene Runde.«

»Und damit steigt die Wahrscheinlichkeit, dass dieses Paar den Degen behält, gell?«, fuhr Heiko fort.

»Und den Tanz gewinnt, ja«, erklärte der Mann. »Denn wenn der Wecker klingelt, hat das Paar, das den Degen hat, gewonnen.«

Die Paare hatten inzwischen um den Baum herum Aufstellung bezogen und begonnen, ihn zu umrunden.

»Und das vorderste Paar, das den Degen jetzt grad hat – das sind die Gewinner vom Vorjahr, oder?«, vermutete Heiko.

Der Mann schüttelte den Kopf. »Nein, das ist das Paar mit dem ältesten Tänzer. Der darf über den Hammeltanz den Degen präsentieren. Und nach dem Tanz kriegt dann das Gewinnerpaar den Degen.«

»Und wenn man gewinnt?«

»Das ist eine große Ehre. Das Gewinnerpaar kriegt den Hammel und darf das Hammelessen ausrichten. Das ist dann nächsten Samstag. Ich hab auch schon mal gewonnen, mit meiner Frau, 1986, das ist schon eine Weile her.«

»Und niemand weiß, wie der Wecker eingestellt ist«, vergewisserte sich Lisa.

»Ja, aber normalerweise macht der Büttel das schon so, dass jedes Paar den Degen zumindest einmal hatte. So ne Dreiviertelstunde dauert das schon.«

»Ach, da sind ja auch wieder die mit den Strumpfmasken«, bemerkte Lisa und deutete auf das Paar, das ihnen schon während des Festzugs aufgefallen war.

»Die Bajassen, ja. Die tanzen auch mit, können allerdings nicht gewinnen. Deswegen haben die auch die Nummer 00.«

Erst jetzt bemerkte Lisa, dass jeder der Herren mit Kreide eine Nummer auf dem Rücken seines Sakkos stehen hatte.

Obwohl der Hammeltanz eigentlich eine gemächliche Angelegenheit war – die Paare umrundeten würdevoll schreitend den Baum – war die ganze Sache ziemlich spannend und wurde immer spannender, je mehr Zeit verstrich. Ohne Vorwarnung begann ab und zu die Kapelle zu spielen, und man konnte das Leuchten in den Augen desjenigen Paares sehen, das gerade den Degen in der Hand hielt. Lisa und Heiko bemerkten wohl, dass die Tänzerinnen und Tänzer mit vollem Einsatz dabei waren. Inzwischen hatte jedes Paar den Degen einmal gehabt, und es ging in die zweite Runde. Und das bedeutete, dass die Spannung stieg, weil die Wahrscheinlichkeit, dass der Wecker klingelte, mit jeder Minute, die verstrich, ebenso stieg. Allerdings hätten sie niemals gedacht, was in einigen der Paare vor sich ging.

PAAR NUMMER 05, SABINE VOLZ UND ANDRÉ MESSERSCHMIDT, 15.31 UHR

Der Griff des Degens schmiegte sich an seine Hand, und er schloss seine Finger fest um das Metall. Es fühlte sich gut an, und seine Sabine presste sich fest an ihn. Sie waren verlobt, sie waren sich sicher, sie gehörten zusammen. Aber sie warteten noch mit dem Heiraten, denn nur als Lediger durfte man am Hammeltanz teilnehmen. André versuchte, etwas gemächlicher zu schreiten, um die Runde nicht allzu schnell zu beenden. Sie hatten etwa die Hälfte des Weges zurückgelegt, als plötzlich die Blaskapelle Onolzheim einsetzte, sie spielte den »Böhmischen Traum«. Andrés Herz hüpfte, das ließ ihre Chancen deutlich steigen, und Sabine drückte ihm glücklich den Arm, bevor sie Tanzhaltung einnahmen und mit dem Degen zwischen sich die Runde weitertanzten. Sie kamen dem Büttel nur langsam näher, genussvoll tanzten sie ihren Discofox, sie hielten den Degen umklammert und Sabine schmiegte sich in Andrés Arm. »Wenn wir gewinnen, dann heiraten wir«, raunte André Sabine zu, und sie lächelte ihn glücklich an. Sie vollführten einige komplizierte Drehungen, schließlich wollten sie dem Publikum ein bisschen was bieten, ein würdiges Gewinnerpaar sein womöglich, denn das war ja eine Schande, wenn man da nicht mal die einfachste Drehung hinkriegte. Und alle Augen waren auf sie gerichtet, jetzt, wo sie den Degen hatten. Sabine dachte schon, dass es reichen könnte, aber dann hörte die Musik plötzlich auf, viel zu schnell, und obwohl sie langsamer wurden, so langsam, dass das Paar hinter ihnen schon protestierend schnaubte, half es nichts, schlussendlich mussten sie den Degen abgeben, und enttäuscht setzte Sabine ihre Hoffnung auf das nächste Jahr, vielleicht könnten sie nach dem nächsten Hammeltanz endlich heiraten.

PAAR NUMMER 08, KARINA LINDNER UND OLIVER GLOCK, 15.40 UHR

»Ohgottogott, schnell weiter«, raunte Karina Oliver zu, und der verzog das Gesicht. Warum musste sie es kaputt machen? Den Degen zu haben, war eine große Ehre für ihn, das wusste sie nur zu gut. Den Hammeltanz zu gewinnen, war sein Traum. Karina war nicht seine Freundin, sondern eine Kollegin, sie arbeiteten zusammen. Und sie wusste auch, dass er gerne hätte, dass sie seine Freundin wäre. Und sie war ihm gegenüber nicht abgeneigt, aber sie wollte auch nichts von ihm. Er hatte immer das Gefühl, dass sie ihn sich warmhielt, dass sie seine Zuwendung und seine Avancen genoss, durchaus, diese auch nicht missen wollte. Aber sie hatte ihn noch nie erhört, auch nicht auf der letzten Betriebsfeier, auf der sie sich beinah geküsst hätten und sie es sich in letzter Sekunde anders überlegt hatte, mit einem feinen Lächeln den Kopf zur Seite gedreht hatte, so getan hatte, als hätte sie die Intimität der Situation überhaupt nicht bemerkt. In diesem Moment hatte er sie gehasst, beinah, aber schon einen Tag später hatte er ihr verziehen, weil sie einfach seine Traumfrau war. Und vielleicht würde sich endlich mal was ergeben, wenn sie den Hammeltanz gewinnen würden, wenn sie bloß nicht so rennen würde, damit sie schneller beim Büttel waren und den Degen wieder loswürden. Es ging ihr nicht um das Geld, wenn man den Hammeltanz ausrichten musste. Das war es nicht, das war sowieso Sache des Tänzers. Es ging auch nicht darum, dass sie keine Aufmerksamkeit mochte, im Gegenteil, sie stand gerne im Mittelpunkt. Der springende Punkt war, dass sie nicht mit ihm gewinnen wollte. Und in die Verlegenheit würde sie auch nicht kommen, denn sie mussten den Degen bereits wieder abgeben.

PAAR NUMMER 01, EDITH WURST UND ROLAND GELLER, 15.53 UHR

So lange hatte der Hammeltanz noch nie gedauert, und sie waren das nächste Paar, das den Degen bekommen würde. Die Wahrscheinlichkeit wuchs mit jeder Sekunde, die verstrich und in der der Wecker nicht klingelte. Rolands Adrenalin schnellte bis zum Anschlag hoch. Nun hatte er fast 50 werden müssen, bis er endlich einmal die Chance hatte, den Hammeltanz zu gewinnen, und jetzt war sie zum Greifen nah. Er tanzte mit einer Freundin, hübsch war sie, sehr hübsch, hatte sich schön hergerichtet, aber sie hatte einen Freund, er wusste, dass sie nur ihm zuliebe mitmachte. Aber das war ihm auch egal, es ging ihm nicht primär darum, anzubändeln – wobei das natürlich ein angenehmer Nebeneffekt gewesen wäre, aber nun gut. Darum ging es ihm nicht. Viel eher ging es darum, den Tanz zu gewinnen, einmal von den anderen hochgeworfen zu werden, den Degen in der Hand zu halten in der Gewissheit, dass es seiner war, nicht für immer natürlich, aber für ein Jahr. Vor Jahren hatte er eine längliche Vitrine fürs Wohnzimmer gekauft, in die die Waffe wunderbar hineinpassen würde. Natürlich nicht mit dem Hintergedanken, dass sie eines Tages den Degen beherbergen würde, gar nicht, er würde dann halt den alten Steingutkrug seines Großvaters rausräumen, die Vitrine ordentlich putzen und den Degen hineinlegen, und sich einfach nur daran freuen, jeden Tag. Er war ein guter Tänzer, Discofox konnte er im Schlaf, ging oft nach Neustädtlein oder auf den Sonnenhof nach Aspach zum Tanzen, zur Andrea Berg. Rolands Herz klopfte wie wild, als sie dem Büttel näherkamen, der Büttel streckte bereits die Hände aus, um den Degen entgegenzunehmen, das Paar vor ihnen versuchte noch einmal, etwas langsamer zu schreiten, ein bisschen nur, unmerklich, und endlich hielt der Mann dem Büttel den Degen hin, der umfasste den Griff, und dann, dann klingelte der Wecker.

WIEDER BEI LISA UND HEIKO

Die Anwesenden waren erstarrt, das hatte es in all den Jahren des Hammeltanzes noch nicht gegeben. Und immerhin gab es den Hammeltanz – zumindest, wenn man der Geschichte glauben wollte, schon seit 1476. Gut, damals hatte es bestimmt noch keinen Wecker gegeben. Aber in jüngerer Zeit eben. Dieser Fall war einmalig. Der Wecker hatte geklingelt, und den Degen hatte der Büttel. Gebannt schauten alle zu, was jetzt passierte, mit einer lässigen Bewegung reichte der Büttel den Degen dem Paar, das ihn soeben abgegeben hatte. Ein Raunen ging durch die Menge. »Des is awwer net richdich«, erklärte der ältere Mann, der neben Lisa und Heiko saß. »Wieso nicht?«, fragte Heiko. »Sobald der Büttel den Degen hat, gehört er dem nächsten Paar. Und dem Roland hätte ich's so gegönnt, der macht schon so lange mit.«

»Ach, ist das so, ja?«

»Ich glaube, ja. Aber wenn ihr das genau wissen wolltet, dann müsstet ihr den Schmalfußen Moritz fragen, den alten Büttel. Der neue macht das ja erst seit dem Jahr.« Lisa betrachtete das nachfolgende Tanzpaar. Der Mann stand vollkommen verdattert da und schien gelähmt. Und irgendwie wirkte sich diese Starre auf das ganze Publikum aus, auch der Gewinner wusste nicht wirklich, was zu tun war, unschlüssig wog er den Degen in der Hand, dann endlich sagte der Büttel etwas zu ihm, klopfte ihm auf den Ärmel seines Jacketts, die Umstehenden lachten, feixten. »Sieger ist das Paar Nummer 13«, rief der Büttel nun, weil sich nichts tat, und die Tänzer lösten sich endlich aus ihrer Starre, stürmten zu dem vielleicht 18-jährigen Jungen, um ihn zu schnappen und hochleben zu lassen, und endlich verschwand der Zweifel aus den Zügen des jungen Mannes, spätestens dann, als er samt Degen in den wolkenlosen Hohenloher Himmel gehoben wurde, und glücklich reckte der Sieger des Hammeltanzes die Waffe nach oben, und nur Heiko fiel auf, dass der nachfolgende Tänzer dabei fehlte.

Es gab nur ein Gesprächsthema auf dem Festplatz, den die Feiernden anschließend bevölkerten. Dass der Wecker klingelte und der Büttel den Degen in der Hand hielt, war natürlich denkbar, wenn auch in der Kürze der Zeit, in der der Degen von einem Paar zum anderen weitergereicht wurde, nicht sehr wahrscheinlich. Und es wurde diskutiert, ob das jetzt richtig so war, dass der Simon den Degen gekriegt hatte und nicht der Roland. Und einige tuschelten, dass das mit dem alten Büttel, dem Schmalfußen Moritz, nicht passiert wäre, dass der die Regeln garantiert gekannt hätte, und dass der Neue das schon noch lernen würde.

Lisa und Heiko hatten sich, obwohl der Platz vor der Festhalle, wo es Bratwürste, Pommes, Steak und Bauernhofeis gab, sonnenbeschienen war, aufgrund von Heikos Erkältung doch für einen Platz in der schön herbstlich dekorierten Festhalle entschieden. Hier ließen sie den Hammeltanz bei einem Schnitzel mit Kartoffelsalat zu den Klängen der Blaskapelle Onolzheim ausklingen. Diese wurde zwischenzeitlich von einem Exil-Oonzamer, der mittlerweile in Berlin wohnte und jedes Jahr zum Hammeltanz seine Heimat besuchte, dirigiert.

Inzwischen schüttete sich Roland Geller mit ordentlich Bier zu, verdammt, verdammt, verdammt, er war der wahre Sieger des Hammeltanzes. Seine Tanzpartnerin war längst mit ihrem Freund abgehauen, sobald sie auf dem Festplatz erschienen waren, gerade so, als wäre er, Roland, der alte Sack, eine Konkurrenz für den. Lächerlich, diese Vermutung, so lächerlich wie er, ein alter, viel zu alter Kerl, der sich anmaßte, immer noch mittanzen zu wollen, dessen verdammter Traum es war, einmal zu gewinnen. Ein einziges Mal in diesen verdammten 28 Jahren, in denen er jetzt schon mitmachte. Er trank erneut einen Schluck Bier, er wusste, er hatte eigentlich genug, denn er wollte sich einen letzten Rest Würde bewahren. Rein statistisch hätte er schon zweimal gewinnen müssen, er hatte sich das ausgerechnet, aber nein, er war eben ein Pechvogel, und das würde er auch lebenslang bleiben. Er leerte seine Bierflasche, pfefferte sie in die Ecke – sie zerbrach nicht einmal, um seiner Wut Ausdruck zu verleihen, sondern hüpfte dumpf auf dem Gras einmal auf, um dann an der Hallenwand liegen zu bleiben. Nicht mal das konnte er. Er fühlte die Wut in sich aufsteigen. Nichts konnte er, er war der einzige der Tänzer, der alleine rumstand, weil die Partnerin schon abgehauen war, was für eine blöde Kuh. Er entdeckte den Sieger, einen jungen Kerl, ein Mechatroniker, er kannte ihn kaum, nur seine Eltern, blöde, großkotzige Arschlöcher. Der Junge stützte sich lässig auf den Degen, er war sich der Ehre gar nicht bewusst. Er hielt die Waffe viel zu nachlässig. Machte sie womöglich noch kaputt. Die Jugend von heut hatte keinen Respekt mehr. Roland Geller stapfte auf den Sieger zu und baute sich vor ihm auf. Es dauerte einen Moment, bis er wahrgenommen wurde, schließlich war er nicht allzu groß, und ein feines, leicht spöttisches Lächeln stahl sich sogleich auf die vollen Lippen des jungen Mannes. »Kummsch zum Gratliera?«, vermutete Simon und zwinkerte Roland zu.

»Dass di net scheimsch. Du waasch genau, dass ii eichentlich gwunna hätt«, zischte der Ältere.

Nun beugte sich der Sieger ein Stück zum Verlierer hinunter, legte den Mund an sein Ohr und wisperte: »Dumm gloffa, alder Mou.«

MONTAGNACHT VOR DER FESTHALLE, 0.13 UHR

Andreas Sichler war glücklich. Er war kurz nach draußen gegangen, um eine zu rauchen, und lehnte sich an das Sportplatzgeländer. Die Nacht war sternenklar, die Luft herbstlich kalt, trotzdem war es relativ warm. Immerhin so warm, dass er in der Bütteluniform kaum fror. Der alte Büttel, der Moritz, hatte ihn vorhin beiseite genommen und ihn auf seinen Fehler aufmerksam gemacht. Zu ihm gesagt, dass er sich schon an die Regeln halten müsse beim Hammeltanz, denn diese seien althergebracht und hätten schon ihren Sinn und so. Blablabla. Er hatte genickt und den Alten reden lassen. Denn was der nicht wusste, war, dass er die Regeln sehr wohl kannte. Er wusste sehr wohl, dass er den Degen eigentlich dem Roland hätte geben müssen. Aber er konnte den Roland nun mal nicht leiden. Also hatte er sich anders entschieden, denn er hatte die Macht dazu, er war der Büttel. Das Gemurmel, das unter den wenigen, die die Regeln kannten, laut geworden war, war ihm nicht entgangen. Aber die hatten sich auch nicht getraut, den Mund aufzumachen. Und der Vater vom Simon war sein Kumpel, da war es nur recht und billig, dass der Junge seinen ersten Hammeltanz gewann, denn das war ja auch schön für den. Immerhin hatte der eine ausnehmend hübsche Tanzpartnerin gehabt, und nicht so eine hässliche Schachtel wie der Roland. So ein Siegertanzpaar musste ja schließlich nämlich auch was hermachen, die kamen in der Zeitung und auf den nächsten Prospekt vorne drauf. Da kann man doch keine alten Leute nehmen, da macht man sich ja lächerlich, und den Hammeltanz gleich mit. Er lächelte fein, als er wieder an seiner Zigarette zog. Ausnehmend scharf war das Mädle vom Simon sogar, seine Alte war da nichts dagegen. Vorhin hatte er einmal mit ihr getanzt, Discofox, und ihr dabei im dichten Gedränge auf der Tanzfläche an den Arsch gefasst, rund und knackig war der gewesen, wie ein praller, reifer, süßer Apfel. Er schnippte die Kippe in Richtung des Sportplatzes, die Glut zeichnete eine orangefarbene Spur in die Nacht. Sauscharf, die Kleine, vielleicht würde er nochmal reingehen und sie noch ein bisschen betatschen, die war ja so besoffen, dass die das gar nicht mehr merkte. Und seine Alte scherte sich sowieso nicht um ihn, sondern war mit ihren Freundinnen unterwegs. Grad recht. Er grinste, voller Vorfreude auf den nächsten Tanz. Andreas Sichler drehte sich um und hatte nur noch eine Sekunde, um den kalten Stahl zu bemerken, der erst wenige Zentimeter von seinem Bauch entfernt schwebte, um sich anschließend in seine Eingeweide zu bohren. Die rechte Hand des Mannes umklammerte den Schaft, seine linke ruderte verzweifelt in der Luft, um den Mörder zu erwischen, aber sie fasste ins Leere, er erwischte nur ein einzelnes Haar. Dann versuchte er, seine Kräfte darauf zu konzentrieren, den Degen herauszuziehen, irgendwie. Aber er wusste, dass es bereits zu spät war, das Leben floss aus ihm heraus. Tränen stiegen ihm in die Augen, und sein verzweifeltes Todesschreien ging in Helene Fischers »Atemlos durch die Nacht« vollkommen unter.

Die Turnerdamen, unter ihnen Manuela Sichler, waren im »Country Corner« hängen geblieben, denn da war einfach die beste Party, wenn man so zwischen 30 und 50 war. Im Rosenzelt waren eher die Jungen, da machte man sich jenseits der 40 lächerlich. Außerdem war es da proppenvoll. Im »Country Corner« zwar auch, aber da gab es immerhin eine Tanzfläche, wo man mit den Jungs beziehungsweise den Männern vom Dorf mal einen Discofox tanzen konnte. »Na, warsch erfolgreich?«, meinte Christina und zwinkerte ihr zu. Sie meinte ihren Toilettengang, der immerhin ziemlich lang gedauert hatte, bei dem Andrang auf dem Klo. »Jaja«, meinte Manuela. Das Stachelschweinkostüm hatte sie inzwischen abgelegt, zumindest den Umhang, und nun trug sie nur noch die Leggins und das hautenge, braune Paillettentop. Sie machte durchaus noch was her, für ihr Alter, das wusste sie, durchaus. Alle bemerkten das, außer dem Andreas, ihrem eigenen Mann, aber nun gut. Sie war eigentlich ganz froh, dass sie ihre Ruhe vor ihm hatte. Alt war er geworden, aber nicht gut alt. Manche Männer alterten gut, erhielten sich eine gewisse Knackigkeit, auch mit grauen Haaren wirkten sie attraktiv, irgendwie weise, so, dass man sich an sie anlehnen wollte, sich im Bett in ihre womöglich kundigen Hände begeben wollte. Aber nicht ihrer, der war einfach nur fett und irgendwie grau geworden, noch dazu so notgeil, dass er jeder Frau nachstierte, die dahergewatschelt kam, wirklich jeder, außer ihr, seiner eigenen. Karolin kam auf sie zu, außer Atem vom Tanzen, und leerte ihr Sektglas, das sie mit einiger Eleganz balancierte, in einem letzten Zug. »Sollen wir mal nach unseren Männern schauen? Die sind doch im Vereinsheim.«

»Ich weiß nicht«, meinte Manuela unbestimmt. »Bleib mer lieber noch aweng hier, mir gefällt's hier.«

»Komm, du bist immerhin die Frau des Büttels. Du musst dich auch mal mit ihm blicken lassen.«

Wenige Minuten später waren die drei Stachelschweine in den braunen Paillettentops unter den Jacken vor der Halle draußen am Sportplatz angekommen. Ohne zu zögern betraten sie den Raum, der nicht allzu groß war, aber trotzdem eine gute Party mit toller Stimmung beherbergte. Der schweißige Dunst von Menschen, die schon seit dem Morgen in ihren Kostümen steckten, schlug ihnen entgegen. Es war laut und stickig, aber niemand wäre auf die Idee gekommen, das unangenehm zu finden. Manuela scannte die Anwesenden, gemeinsam schoben sie sich durch die Menge der Feiernden, Tanzenden, Trinkenden, aber da war kein Büttel. Stattdessen entdeckten sie endlich Karolins Mann Hannes. »Weisch du, wo der Andi ist?«, brüllte Manuela über den Beat von »Die immer lacht« hinweg. »Der wollt draußen eine rauchen, is aber jetz scho ziemlich lang weg. Vielleicht schwätzt er mit jemand«, vermutete Hannes und drückte seiner Frau einen flüchtigen Kuss auf die Wange, bevor er sich wieder in die Masse der Feiernden stürzte.

Noch eine Minute später standen die drei Stachelschweine wieder vor der Halle, die hervorblitzenden Paillettentops reflektierten das Licht der letzten Straßenlampen des Ortes. Manuela zückte ihr Handy, um Andreas anzurufen. Es knackte in der Leitung, schließlich läutete es, und beim ersten Läuten hörten sie nichts, aber beim zweiten, da klingelte es, deutlich hörbar, es war sein Klingelton, »Scotland the Brave«, von Dudelsäcken gespielt. Irritiert ließ Manuela das Handy sinken und versuchte, den Ursprung des Klingelns ausfindig zu machen. »Das kommt von hinter dem Gebäude«, erklärte Christina, und Manuela verdrehte die Augen. »Jetzt ist der auch noch so besoffen, dass er weggetreten ist.«

»Hoffentlich ist ihm nichts passiert«, fürchtete Karolin und fasste Manuela bei der Hand. Die schnaubte. »Was soll dem schon passiert sein! Unkraut vergeht nicht.« Sie setzten sich in Bewegung, das Handy klingelte weiter, Brave Scotland, die Dudelsäcke schraubten sich in ungeahnte, schrille, Höhen, je länger es klingelte, aber sie waren nicht schriller als das Schreien von Manuela, als sie ihren Mann da am metallenen Geländer des Sportplatzes inmitten einer Blutlache sitzen sah, vom Hammeltanzdegen komplett durchbohrt und mit weit aufgerissenem Mund.

Heikos Handy klingelte, und das passte ihm gar nicht. Soeben hatte sich Lisa nach seinem heftigen Hustenanfall wieder an ihn geschmiegt, und es war wohlig warm in ihrem großen Bett in Tiefenbach. Garfield, der es sich mal wieder auf dem Sessel, auf dem Lisa immer ihre Kleider ablegte, gemütlich gemacht hatte, zuckte missbilligend mit dem Schwanz wegen der nächtlichen Störung. Heiko nahm das Gespräch an, räusperte sich und krächzte: »Wüst?« Es war das Revier, der Kollege vom Telefondienst. »Du, Heiko, ihr müsst nach Oonza«, meinte er.

»Wegen dem Brand? Der Schorsch hat doch schon den Bericht, da …«

»… nein, nein«, unterbrach der Kollege, »es hat einen Mord gegeben. Der Büttel ist tot.«

Als Lisa und Heiko am Tatort eintrafen, hatte die Spurensicherung bereits riesige Scheinwerfer aufgestellt. In ihrem Licht gleißte hell der Degen, der aus der Körpermitte des Mannes ragte, der wie eine Marionette mit durchgeschnittenen Fäden am Geländer zusammengesunken war. Der Büttel saß inmitten eines dunklen Blutflecks, der sich um ihn herum ausgebreitet hatte. Männer in weißen Overalls von der Spurensicherung bevölkerten den Sportplatz. Insgesamt hatte die Szene etwas von einer Marserkundung, aufgrund der ungewöhnlichen Lichtverhältnisse wirkte sie absolut grotesk. Besonders seltsam war auch die Tatsache, dass sie Zuschauer hatten, nicht einen, nicht zehn, sondern Dutzende, vielleicht Hunderte. »Haben wir von allen Leuten schon die Adressen?«, meinte Heiko zu einem Kollegen, der das begeisterte Publikum, das teilweise mit Handys filmte, in Schach zu halten versuchte. »Da sind wir grad dabei«, erklärte er. »Sie, können Sie bitte Ihr Handy ausmachen? Des mecht mr oofach net, henn Sie gor koa Pietät?« Der Angesprochene brummte und steckte schließlich widerwillig das Handy in die hintere Hosentasche. Heiko suchte Uwe, der zwischen den Männern der Haller Spurensicherung, die bei Mordfällen immer ebenfalls hinzugezogen wurden, herumwuselte. Schnell hatte er den großen Kollegen entdeckt. »Hallo Uwe«, grüßte Heiko.

»Sou, aa aweng doa«, grinste Uwe und nahm damit Bezug auf die Muswiese, die ja erst vor einer Woche zu Ende gegangen war und auf der sie ihren letzten gemeinsamen Fall gelöst hatten.

»Wer hat ihn gefunden?«, erkundigte sich Lisa.

»Seine Frau«, lautete die Antwort, und der Spurensicherer wies auf einen Krankenwagen, der am Rand des Sportplatzes parkte.

»Ist sie vernehmungsfähig?«, fragte Heiko.

Uwe zuckte die Achseln. »Keine Ahnung, die ist, glaub ich, schon schockiert. Ihr könnt ja mal fragen.«

»Und der wurde … durchbohrt … war das die Todesursache?«, fragte Heiko und vermied es, in die entsetzt aufgerissenen Augen zu sehen oder den zu einem Schrei erstarrten Mund anzuschauen. »Das kann ich hier noch nicht sagen, aber Stahl im Bauch ist fast immer tödlich. Da können Magensäfte auslaufen, die dann rumwabern und dich von innen verdauen, verbluten kannst du sowieso, wenn der Mörder die Bauchaorta erwischt …«

»Ist das passiert?«, unterbrach Lisa.

»Möglich, bei der Menge an Blut, die um den Kerl herum verteilt ist. Muss ich mir aber noch genauer anschauen.«

»Noch irgendwas?«

»Der Degen. Das ist wohl *der* Degen.«

»Du meinst, der vom Hammeltanz?«, vergewisserte sich Heiko.

»Ganz genau.«

»Fall gelöst, es war der Hammeltanzsieger«, feixte Heiko.

Uwe grinste. »Wenn das so einfach wäre.«

Die beiden Kommissare nahmen sich erst die Ehefrau des Toten vor, die vollkommen verdattert im Krankenwagen auf einer Liege lag. Eine Freundin hielt ihre Hand, eine zweite hockte am Rand der Liege, und die Frau selbst atmete relativ ruhig und tief.

»Habt ihr die ausgeknockt?«, fragte Heiko wispernd einen der Sanitäter, einen jungen, blonden.

Der nickte. »Beruhigungsmittel. Die könnt ihr jetzt eh nicht fragen, die ist vollkommen durch den Wind. Eine von den Freundinnen vielleicht …«

Die Kommissare traten zum Wagen zurück, und Heiko räusperte sich. »Entschuldigung, können wir vielleicht mit einer von Ihnen kurz sprechen?«, fragte er halblaut und definitiv nicht an die Liegende gewandt.

Diejenige, die die Hand hielt, erhob sich, legte den Finger auf die Lippen und kletterte aus dem Wagen.

»Ihr Name?«, fragte Heiko.

»Christina Wiesner«, erklärte die Frau.

»Wüst und Luft von der Kriminalpolizei. Sie haben den Mann gefunden?«

Die Frau nickte. »Ja, wir waren im ›Country Corner‹ und wollten mal nach unseren Männern schauen. Und drinnen im Vereinsheim haben wir ihn nicht gefunden, also sind wir raus und haben sein Handy angerufen.

Und dann haben wir ihn entdeckt. Die Manu ist total ausgerastet, und wir haben sofort den Notruf gewählt.«

»Ist Ihnen noch etwas aufgefallen? War jemand in der Nähe?«

»Also, da haben wir jetzt weniger drauf geachtet, das war immerhin kein so schöner Anblick«, antwortete die Frau, blickte aber der Aussage zum Trotz noch einmal recht lange und interessiert in Richtung der Leiche, über die sich soeben einer der Haller Spurensicherer beugte. »Außerdem sind hier Hunderte Leute.«

»Das stimmt. Können Sie sich vorstellen, was er hier draußen gemacht hat?«

»Er wollte sicher eine rauchen, da wollte er seine Ruhe dabei und hat nicht unbedingt reden wollen. Deswegen ist er womöglich hinter die Halle.«

»Hm«, machte Heiko, seine Universaläußerung. »Hatte er Feinde? Streit mit jemandem?«

Die Wiesnerin hob die Schultern. »Keine Ahnung, wirklich nicht. So genau kenne ich den nicht. Ich fand den eh blöd und hab nie verstanden, was die Manu an ihm gefunden hat, schon, als sie geheiratet haben, nicht.«

Sie entließen die Frau, die ihnen fürs Erste nicht weiterhelfen konnte, zurück in den Krankenwagen und wandten sich anschließend der Menge von Schaulustigen zu, die immer noch von den Kollegen aufgeschrieben wurden. Heiko scannte die Leute und entdeckte schließlich den Hammeltanzsieger am Rand, der sich – offensichtlich betrunken – auf seine Tanzpartnerin stützte. Er nahm Lisa bei der Hand und zog sie zu dem jungen Paar hin.

»Wüst und Luft von der Kriminalpolizei«, stellte er sie vor, als sie vor den jungen Leuten standen, wirklich wacker jung die beiden, das jüngste Paar womöglich.

»Den könnt ihr für heute vergessen«, meinte die Frau, die sich als Jacqueline Schüler und ihren Freund auf Simon Weichholzer vorgestellt hatte. Sie wies auf ihren Begleiter, der tatsächlich irgendwie weggetreten wirkte, wobei auch sie selbst wohl mehr als nur angeheitert war.

»Wir bräuchten nur ein paar Informationen«, relativierte Lisa.

»Probieren könnt ihr's ja«, meinte die Frau und richtete den jungen Mann, der sie nun zum ersten Mal wahrzunehmen schien, notdürftig auf.

»Haaaaooo«, meinte der Junge, offenbar der Versuch, sie zu grüßen. »Ich war's net«, kam dann, deutlich klarer.

»Das wird sich noch herausstellen«, äußerte Lisa unbestimmt.

»Die Mordwaffe ist der Degen, den Sie gewonnen haben«, erklärte Heiko und wartete auf eine Antwort, mit hochgezogenen Augenbrauen und ernstem Blick.

»Der war plötzlich weg«, meinte der Junge weinerlich.

»Wie, weg, passen Sie da nicht drauf auf?«, tadelte Heiko.

»Ich musste pissen und hab ihn an die Wand gelehnt. Und als ich wieder da war, war das Ding weg.«

»Ich hab's gesehen, dass er dann weg war«, bestätigte Jacqueline.

»Und haben Sie auch gesehen, wer ihn genommen hat?«, hoffte Lisa.

Die Frau schüttelte den Kopf. »Wir haben dann kurz

danach gesucht und uns dann gedacht, dass der schon wieder auftaucht, sowas kann ja schlecht einfach verschwinden.«

»Sie haben sich nicht gewundert?«

»Wir haben gedacht, jemand von den anderen Tänzern hat ihn für ein Selfie geliehen oder so.«

»Hm«, machte Heiko, aber gut, das war immerhin eine Erklärung.

»Jeeenfalls war der dann weg. Und ich war's fai wirklich net, ehrlich«, gelobte der Junge.

»Der war ja auch die ganze Zeit mit mir zusammen«, beeilte sich Jacqueline zu versichern.

»Können Sie uns zeigen, wo genau Sie den Degen abgestellt haben?«, bat Lisa.

Simon nickte bemüht. »Awwer natürlich, Frau Kommissarin.«

Seine Tanzpartnerin, die ausnehmend hübsch war und offenbar etwas weniger intus hatte, lächelte entschuldigend. Sie wies in Richtung der Halle, die die vier gemeinsam umrundeten und schließlich durch den Haupteingang betraten. Die Stimmung war seltsam – ein riesiger Raum, in dem soeben noch eine feuchtfröhliche Party stattgefunden hatte, der aber jetzt menschenleer war. Alle waren sie draußen, ausnahmslos. Der DJ hatte offenbar vergessen, die Playlist anzuhalten, soeben lief »Wahnsinn« von Wolfgang Petry. »Also, Herr Weichholzer«, begann Heiko. »Wo genau haben Sie den Degen denn jetzt abgestellt?« Der Junge schien sich kurz zu besinnen und wies dann auf einen Punkt an der vorderen Querwand, etwa drei Meter vom Ausgang entfernt. Heiko zückte sein Handy und machte ein Foto von der Stelle, ihrer Umgebung und so weiter. Er würde später noch die Spurensicherung herschicken. Dass das zu irgendetwas führen würde, bezweifelte er allerdings stark – denn in der Halle hatten sich Hunderte Menschen befunden. Immerhin, es war ein Anhaltspunkt.

Als das hohenlohisch-westfälische Ermittlerteam die ersten Befragungen abgeschlossen hatte, zündete sich Heiko eine Zigarette an und sog sofort daran. Der Rauch brannte gut in seiner Lunge. Er unterdrückte den aufkommenden Hustenreiz – verdammte Erkältung. Der Leichnam stank zwar noch nicht, das konnte nach dieser Zeit gar nicht sein, denn der Mann war noch nicht lange tot. Heiko bildete sich aber ein, die metallische Süße des geronnenen Blutes riechen zu können, und da war die Kippe ganz gut dagegen. Sinnend betrachtete er die Menge der Umstehenden, die selbst dann, wenn sie die Erlaubnis bekommen hätten zu gehen, sicherlich noch dageblieben wären – man sah ja nicht alle Tage eine grausam zugerichtete Leiche und einen Mordschauplatz, der reinste Live-Krimi. Wieder ein Zug, einatmen, ausatmen. Erneut entdeckte Heiko einen, der mit dem Smartphone filmte und deshalb vom Kollegen soeben gerüffelt wurde. Und dann kam ihm eine Idee. Er schnippte die nicht einmal halb aufgerauchte Kippe in den Graben – weg von den Spurensicherern, sodass die sich nicht beschweren könnten – und ging auf den Kollegen zu, der die Menge in Schach hielt. Er redete kurz mit ihm, der Mann nickte und machte sich auf den Weg. Dann hob Heiko die Hände. »Bitte hören

Sie kurz zu«, forderte er, aber niemand beachtete ihn. Seine Stimme war auch nicht gut an diesem Tag, zu muswiesig. Er räusperte sich und rief lauter: »Ruhe.« Nun stellten die Ersten ihre Gespräche ein, beim zweiten »Ruhe«, war es dann leise.

»Dankschee. Also, sicherlich haben Sie ja alle Fotos gemacht von drinnen, von der Halle, vom Fest. Es wäre nett, wenn Sie uns diese Fotos zur Verfügung stellen könnten. Der Kollege wird nun …«

»Jaja, so fängt's an, die totale Überwachung! Scheißpolizeistaat«, schaltete sich ein Halbwüchsiger ein.

Heiko suchte ihn mit Blicken und entdeckte den schmächtigen Jungen im Kamelkostüm.

»Wenn ich das aber nicht will, hä? Wird mein Handy dann konfisziert von euch Handlangern eines korrupten Staatsapparates?«

Heiko verkniff sich eine hohenlohische Antwort – denn die wäre nicht beamtenmäßig ausgefallen – und entschloss sich, den Einwurf so gut es ging zu ignorieren. »Wir möchten Sie bitten, Ihre Fotos mit Hilfe des Kollegen auf unser Tablet zu laden. Natürlich« – er bedachte den jungen Querulanten mit einem strengen Blick, die dunklen, leicht buschigen Augenbrauen zusammengezogen – »ist das Ganze freiwillig. Bedenken Sie aber, dass Sie unter Umständen helfen können, einen Mord aufzuklären.«

Heiko sah verschiedentlich Nicken, andere schüttelten den Kopf oder schienen mit ihren Nachbarn zu beraten. Letztlich lösten sich aber ein paar aus der Menge und kamen auf den Kollegen mit dem Tablet zu.

Zur gleichen Zeit lauschte der Hammel in seinem ungewohnten Stall in die Nacht. Seltsames war ihm heute geschehen, Dinge, die er so gar nicht verstanden hatte. Viele Menschen waren um ihn herum gewesen, und alle hatten ihn angeschaut, viele wollten ihn anfassen und manche hatten komische Bewegungen zu einem geheimnisvollen Lärm gemacht, der aus metallenen, goldglänzenden Dingen gekommen war, die ein Schaf wie er zuvor noch nie gesehen hatte. Der Lärm war schön gewesen, hatte gut geklungen, aber dem Hammel wäre die vertraute Stimme seines Hirten lieber gewesen. Nach der sehnte er sich, ebenso wie nach den anderen Schafen, nach der Geborgenheit der Herde. Hier war er bei großen, braun-weißen Tieren mit langen Schnauzen, riesigen Augen und rosa Nasen untergebracht, die ihn nicht verstanden. Nun, wenigstens hatte er etwas zu fressen und es war warm. Und wer weiß, wenn die Menschen ihre komischen Rituale beendet hätten, dann könnte er vielleicht bald zurück zu seiner Herde und zu seinem Menschen. Man musste ja auch ein gewisses Vertrauen haben in die Menschen, vor allem als Schaf. Wieder lauschte er in die Nacht, er hatte sich vorhin nicht getäuscht, da war ein Geräusch gewesen, am Scheuneneingang, und endlich wurde die Tür einen Spaltbreit aufgeschoben. Er wandte den Kopf in die Richtung, ebenso wie die großen rosanasigen Tiere, deren Blöken sich wirklich seltsam anhörte. Die Menschen sagten etwas zueinander, es waren solche mit hohen Stimmen. Er wich zurück, denn wer konnte schon wissen, was die vorhatten. Die beiden kamen näher, murmelten beruhigend, öffneten endlich die Tür zu seinem Stall und nahmen ihn einfach mit.

DIENSTAG NACH DEM HAMMELTANZ

Am nächsten Morgen schlug das hohenlohisch-westfälische Ermittlerteam zunächst einmal auf dem Revier auf, um bei Uwe nachzufragen, ob es schon Erkenntnisse gäbe. Aber kaum hatten sie das Reich des Spurensicherers betreten, hatte der auch schon bedeutungsvoll und leicht genervt den Kopf geschüttelt und sie auf – frühestens – Nachmittag vertröstet. Die Leiche war sowieso bereits in Ulm in der zuständigen Pathologie. Alles, was nicht die Leiche direkt betraf, würde Uwe herausfinden. Und dabei durfte er keinesfalls gestört werden, das wussten Lisa und Heiko. Sie beschlossen also, zunächst einmal der Witwe einen Besuch abzustatten.

Es war acht Uhr, und Christoph Weller öffnete die Stalltür. Die Kühe mussten gefüttert werden, Hammeltanz hin oder her. Außerdem musste er nach seinem prominenten Gast sehen und ihn ebenfalls füttern – ein letztes Mal, der Hammel wusste ja nicht, dass es sich um seine Henkersmahlzeit handeln würde. Dem Jungbauern brummte ordentlich der Schädel, sie hatten es gestern mal wieder übertrieben, aber es wäre auch direkt schade gewesen, wenn nicht. Denn das gehörte so sicher zum Hammeltanz wie der Büttel und der Hammel selbst. Der Büttel, ja, der Andi, das war ja ein tragischer Tod, wobei er nicht umhinkonnte, zuzugeben, dass er ihn nicht wirklich hatte leiden können, schon immer nicht, und dass er es ihm arg verübelt hatte, dass er ihm damals an den Karren gefahren war, damals, und zwar ganz böse. Egal, der Andreas hatte seine Quittung bekommen, und schade war es sicher nicht um ihn. Die Scheunentür ruckelte vertraut, als er sie aufschob, blockierte an der gewohnten Stelle, er würde das endlich einmal richten müssen, wenn er nur einmal dazukäme. Seine Kühe muhten wie zum Gruß, sie erkannten ihn und sie mochten ihn, und darauf war er stolz. Er spähte ins vertraute Halbdunkel des Stalles, stellte fest, dass seine Kühe alle fit waren, das sah er sofort. Dann schweifte sein Blick zum Abteil, in das er den Hammel gesperrt hatte. Und Christian Weller erstarrte, denn das Tier war weg. In der folgenden Viertelstunde durchsuchte er den gesamten Stall, panisch, aber der Hammel blieb verschwunden. Statt des Hammels entdeckte er, als er den Hammelstall noch ein letztes Mal inspizierte, einen verschlossenen Umschlag im Futtertrog. Stirnrunzelnd trat er hinzu und nahm den Umschlag, der aus Recyclingpapier war, wie er es zuletzt in den 90er-Jahren in der Schule während der Ozonloch-Ära verwendet hatte. »An die Schlächter«, stand da, in geschwungenen, schwarzen Buchstaben. Er riss den Umschlag auf und zerrte mit fahrigen Fingern an dem doppelt gefalteten Brief, um ihn zu lesen. Kopfschüttelnd und fluchend beendete er seine Lektüre, die hatten ja wohl nicht mehr alle Tassen im Schrank. Schließlich zerrte er saumäßig wütend sein Handy aus der Jeanstasche und wählte die Nummer des Ortsvorstehers.

Inzwischen richtete Sabine ihrem André ein Frühstück. Ein richtig gutes Frühstück, ein Katerfrühstück, eines mit Rührei und Krabben. Dunkles Brot, erst gestern gekauft, ergänzte das Arrangement, außerdem hatte sie verschiedene Brotaufstriche liebevoll auf dem Tisch drapiert. In einem Glaskrug leuchtete der frisch gepresste Orangensaft und der Kaffee dampfte in der Kanne, die neueste Ausgabe des Hohenloher Tagblatts lag parat. Er kam eben durch die Tür, im Bademantel, er war sexy, wenn er verstrubbelt war und noch den Duft von Schlaf an sich hatte. Sie liebte ihn abgöttisch, er war der Mann ihres Lebens, da war sie sich sicher, ganz sicher. Sie konnte sich niemanden vorstellen, der besser zu ihr passte. Sie liebten sich. Er hatte einen guten Job. Sie auch, aber nicht einen so guten, dass es schade wäre, ihn aufzugeben. Sie könnte sich später einmal um die Kinder kümmern, sein Gehalt würde locker reichen. Sie träumte von einer Hochzeit in Weiß, wusste schon genau, wie ihr Kleid aussehen würde. Prinzessschnitt mit Tüll und Corsagenoberteil. »Moorcha, Schatz«, begrüßte er sie und gab ihr einen kleinen Kuss auf die Wange, wie immer, wenn sie morgens gemeinsam frühstückten, was selten genug vorkam, denn er hatte eigentlich immer zu tun. Sie grüßte ebenfalls murmelnd und lächelte. Nur die Hammeltanzwoche war heilig, die nahmen sie beide immer frei. So auch in diesem Jahr, denn eigentlich hatten sie geplant, in diesem Jahr zu gewinnen. Er hatte wieder gesagt, er werde sie heiraten, sobald sie gewonnen hätten, denn einmal im Leben wollte er schon gewinnen, und das gegerbte Schaffell würde sich ausnehmend gut machen vor dem Kamin.

Lachend hatte sie vorgeschlagen, ihm ein Schaffell zur Hochzeit zu schenken, ein ganz schönes, hochwertiges. Aber er hatte nur den Kopf geschüttelt und gemeint, das würde ja nicht gelten und das müsste schon das echte vom gewonnenen Hammel sein. Er setzte sich und schenkte sich Kaffee ein. »Ganz toll hast du das gemacht, Liebling«, lobte er und tätschelte ihre Hand. Er nannte sie immer Liebling, das bedeutete doch immerhin, dass er sie liebte. Davon war sie zumindest überzeugt. Sie war auch eine gute Partie, sie war hübsch, sie pflegte sich, sie achtete auf ihre Figur. Sie ging arbeiten und war pflegeleicht. Sie war eine gute Hausfrau. Sie war jemand zum Heiraten. Sie beobachtete, wie er mit seinen schönen, sinnlichen Lippen Kaffee aus der lindgrünen Tasse trank und dann hinter der Zeitung verschwand. Auf der Rückseite war eine Anzeige für ein Brautmodengeschäft. Sie würde nichts übers Heiraten sagen, nie, nie mehr, denn die Antwort kannte sie bereits. Und ein bisschen Stolz hatte sie auch. Hätte der dumme Büttel den Wecker nicht ein bisschen anders einstellen können? André senkte die Zeitung und sah sie stirnrunzelnd an. »Ist alles in Ordnung, Liebling?«, erkundigte er sich. Sie lächelte und nickte, beeilte sich, ein Stück Brot mit Butter zu bestreichen, beschäftigt zu wirken. Sie würde nichts sagen, bestimmt nicht. Und man konnte ja nicht allen Ernstes behaupten, dass der Büttel schuld sei, nicht wirklich. Aber schade war es ganz bestimmt nicht um den.

Kaum eine halbe Stunde später standen die beiden Kommissare vor einem kleinen Einfamilienhaus in Onolzheim, einem Fertighaus ohne Keller auf einem recht ansehnlichen, aber nicht allzu großen Grundstück. Es war eines jener Häuser, die man sich als Durchschnittsverdiener ab der Mitte eines arbeitsreichen Lebens in Hohenlohe durchaus leisten konnte. Der Vorgarten war gepflegt, dekoriert mit allerlei kitschigen Gartenspießen, deren Sinn sich Heiko noch nie erschlossen hatte, vor allem nicht der der vollkommen verrosteten. Allerdings hatte Lisa auch schon angefangen, ihren gemeinsamen Garten damit zu verunzieren. Die Krönung war eine Schaufel, deren Blatt nicht nur verrostet, sondern auch sonst sinnlos war, weil jemand mit einem Laser ein ganz tolles Motiv – Heiko hatte vergessen, welches – hineingeschnitten hatte. Das Ungetüm steckte seit der Muswies in einem ihrer Blumenbeete, aber nun gut. Sie öffneten das chromfarbene, modern wirkende Gartentürchen und betraten den schmucken, kleinen Weg aus Schieferplatten, der zur Haustür führte. Ein volltönender Gong erklang, als Lisa die Klingel betätigte, und es dauerte lange, lange, bis die Tür aufschwang. Und es war auch nicht Manuela Sichler, die öffnete, sondern ihre Freundin, die sie noch von gestern kannten, wie hieß die noch gleich, Karolin? »Guten Morgen, Frau …«

»Wiedmann«, half die Frau.

»Ja, genau. Wie geht es denn der Frau Sichler? Denken Sie, wir können mal mit ihr sprechen?«

Frau Wiedmann trat beiseite. »Ich kann sie ja fragen. Kommt halt mal rein.« Sie trat beiseite und ließ Heiko und Lisa in die adrett eingerichtete Wohnung eintreten. Ein heller Läufer auf weißen Fliesen mit Garderobe dominierte den eher breiten Flur, um den herum die Zimmer angeordnet waren. Kaffeeduft entströmte der Küche, aber in dem geöffneten Raum, der wie das Gartentürchen chromartig glänzte, war niemand zu sehen. »Die Manu ist im Wohnzimmer«, erklärte die Frau und wies auf die Tür geradeaus. Mit einer sanften Bewegung öffnete sie die Tür. Manuela Sichler hatte sich bereits erhoben, sie hatte wohl die fremden Stimmen gehört. Sie trug einen weinroten Jogginganzug und fuhr sich jetzt durch den unordentlichen, dunklen Pferdeschwanz. »Entschuldigt meinen Aufzug«, meinte sie zur Begrüßung, während sie die Nase hochzog.

»Aber Frau Sichler, ich bitte Sie, machen Sie sich doch da keine Gedanken. Es ist nett, dass Sie uns bereits empfangen.« Karolin setzte sich wie selbstverständlich in den anthrazitfarbenen Sessel gegenüber des Dreisitzers in derselben Farbe, von dem sich Manuela Sichler soeben erhoben hatte und auf dem eine jener Fleecedecken lag, die es in einschlägigen Discountern zur Weihnachtszeit für wenig Geld zu kaufen gab.

»Wie geht es Ihnen denn?«, fragte Heiko.

Die Frau zog noch einmal die Nase hoch, langte dann fahrig nach einem Tempopäckchen, das neben ihr auf der Couch lag, und nestelte umständlich ein Taschentuch heraus. »Es geht so«, meinte sie dann und putzte sich einigermaßen geräuschvoll die Nase.

»Möchtet ihr einen Espresso?«, bot Karolin, ganz vollendete Gastgeberin, obwohl es ja gar nicht ihr Haushalt war, an.

»Och, gern, danke«, nahm Heiko an, mit dem Hintergedanken, dass er die Frau des Mordopfers bei der Gelegenheit gleich fragen konnte, ob es ihr überhaupt recht war, dass ihre Freundin bei dem Gespräch dabei war, was er auch gleich tat, sobald die Frau das Zimmer verlassen hatte.

»Meine Tochter würde sagen, die Karo ist meine Bff.«

»Bff?«, wunderte sich Lisa.

»Best friend forever. Sie kann alles hören.«

»Hm«, machte Heiko.

»Sie haben eine Tochter?«, hakte Lisa nach, so freundlich wie nur irgend möglich.

»Ja. Sie ist 16, das schwierige Alter.«

»Und wo ist sie jetzt?«

»Christina hat sie zu meinen Eltern gebracht. Ich konnte mich gestern einfach nicht um sie kümmern. Ich war so … finden Sie, ich bin eine schlechte Mutter? Ich hoffe, sie verzeiht mir das.«

»Aber Frau Sichler, keinesfalls«, beruhigte Lisa. »Sie haben das ganz richtig gemacht.«

»Das versteht sie doch, Manu«, mischte sich nun Karolin ein, die vier Espressotassen auf einem Tablett balancierte und den Kommissaren bedeutete, sich in den Zweisitzer zu setzen. Als alle saßen, nahm sich jeder eine Espressotasse. Der Kaffee war nachtschwarz und stark, perfekt, wie Heiko fand.

»Also, Frau Sichler«, fuhr Heiko fort und stellte seine Tasse wieder auf den niedrigen Couchtisch ab. »Sie haben gestern Ihren Mann gefunden. Um wie viel Uhr war das genau?«

Die Frau überlegte kurz und angelte dann nach ihrem Handy, das neben ihr auf dem großen Sofa lag. »Das weiß ich sogar ziemlich genau, weil ich ihn ja angerufen habe. Das war um … 0.27 Uhr.« Sie lächelte leicht. »Der Hammeltanz geht lang, wisst ihr. Und der ist nur einmal im Jahr. Wir Onolzheimer nehmen da fast alle frei.«

»Was arbeiten Sie denn?«, fragte Lisa, um die Stimmung etwas aufzulockern.

»Ich bin Speditionskauffrau.«

»Und Ihr Mann?«

»Der ist … ich meine, er war in Crailsheim auf dem Rathaus. Als Verwaltungsbeamter.«

»Was hat er denn verwaltet?«

»Er war bei der Ausweisstelle.«

»Sou«, machte Heiko, überlegend.

»Ihre Tochter ist Ihr gemeinsames Kind?«, fragte Lisa weiter.

»Ja. Aber Andreas war schon einmal verheiratet. Zu jung, wie beide kurze Zeit später festgestellt haben, viel zu jung.«

»Hat er noch andere Kinder?«

»Ja, einen Sohn aus erster Ehe, der ist schon Mitte 20, wohnt in Gröningen. Seine Exfrau ist auch wieder liiert und lebt, glaube ich, in Wittau. Wir haben keinen Kontakt, wozu auch.«

»Gestern ist Ihnen nichts aufgefallen?«, fragte Lisa weiter. Im Idealfall der sich vom Tatort entfernende Mörder.

Die Frau schüttelte den Kopf.

»Und hatte Ihr Mann Feinde?«, fuhr Lisa fort.

»Also, mein Mann war stellenweise … ich habe ihn geliebt, verstehen Sie das bitte nicht falsch, aber er war ein bisschen … schwierig.«

»Inwiefern?«

»Na, zum Beispiel diese Büttelsache. Ich habe nie verstanden, warum er das unbedingt machen wollte.«

»Aber das ist doch eine Ehre«, widersprach Heiko, »oder etwa nicht?«

»Doch, doch«, beeilte sich die Frau zu versichern und kippte den Rest ihres Espressos in einem Zug. »Aber ich hatte das Gefühl, dass er das hauptsächlich deshalb machen wollte, weil er nun mal gern entscheidet.«

»Wie meinen Sie das?«

Die Frau zuckte die Achseln. »Das kann ich schlecht erklären. Ich denke, ihn hat die Macht gereizt, die er da hatte, und die Uniform auch.«

Lisa runzelte die Stirn. »Inwiefern hatte er da Macht?«

»Der Büttel ist eine Respektsperson im Dorf. Ein wichtiges Mitglied im Hammeltanzausschuss. Einer, dessen Wort Gewicht hat, fast genauso viel wie das Wort des Ortsvorstehers.«

»Tatsächlich«, machte Lisa und fragte sich, ob das für einen Menschen allen Ernstes so wichtig sein konnte. Wobei der Stellenwert, den der Hammeltanz hatte, schon immens hoch war. Und sie dachte bei sich, dass Personen, die so eine Machtposition mit voller Ernsthaftigkeit brauchten, wohl im wahren Leben nicht allzu viel zu melden hatten. Der letzte Büttel hatte seine Position immer würdevoll, aber mit einem spitzbübischen, charmanten Augenzwinkern bekleidet, und niemand wäre auf die Idee gekommen, ihn als Machtinstanz zu bezeichnen.

»Der Ausschuss entscheidet zum Beispiel, wer den Hammel spenden darf – und ich will meinem Mann ja nichts unterstellen, aber das war in diesem Jahr zufällig einer seiner besten Kumpel.«

»Ach«, entfuhr es Heiko.

»Das kann natürlich wirklich ein Zufall sein, und gefragt habe ich ihn nicht.«

»Mal was anderes«, wechselte Heiko das Thema. »Entschuldigen Sie die persönliche Frage, aber … wie stand es denn um Ihre Ehe?«

Nun errötete die Frau leicht, wieder glättete sie ihre Frisur, bevor sie antwortete: »Nicht besser oder schlechter als um die meisten Ehen in unserem Alter, würde ich sagen. Man lebt sich ein bisschen auseinander, jeder macht sein Ding, aber im Grunde versteht man sich schon. Man rauft sich halt zsamm.«

Tolle Ehe, dachte Lisa, sie hoffte inständig, dass Heiko und sie nicht eines Tages auch so enden würden. Obwohl sich das sowieso erübrigte, denn Heiko würde sie garantiert niemals fragen, ob sie ihn heiraten würde, dazu war er viel zu hohenlohisch. Auch, wenn seine Mutter ihn bei jedem Treffen damit nervte.

»Und Ihre Tochter hat sich mit Ihrem Mann verstanden?«, forschte Heiko weiter.

Nun schnaubte die Frau, es klang unfroh. »Ganz und gar nicht. Sie steckt mitten in der Pubertät, da wäre alles andere wohl widernatürlich. Und das Mädle ist grad auch wirklich nicht einfach.«

»Inwiefern?«

Es war Karolin, die antwortete. »Die macht so verschiedene Phasen durch … was ist sie gerade?«

»Ein Mittelalter-Fan«, erklärte Manuela, milde nachsichtig lächelnd. »Sie hört seit geraumer Zeit nur noch mittelalterliche Musik in ohrenbetäubender Lautstärke, zieht sich schwarz an und liest historische Romane über die Kelten. Selber schreibt sie auch so Zeug. Ich durfte auch schon einige Keltengeschichten lesen, die sind sehr romantisch.«

»Fällt Ihnen noch etwas ein, was uns helfen könnte?«, fragte Lisa weiter.

Aber beide Damen schüttelten den Kopf und versprachen, sich zu melden, wenn ihnen noch was einfallen würde. Heiko ließ ihnen deshalb noch seine Visitenkarte da und ermutigte vor allem die Witwe mit einem »Jederzeit«.

»Und, wie fandest du die?«, wollte Heiko wissen, als sie wieder draußen waren. Fahrig nestelte er an seiner Zigarettenschachtel, holte einen Glimmstängel heraus und zündete ihn sich an.

»Du sollst nicht so viel rauchen«, schimpfte Lisa, »vor allem nicht, wenn du so erkältet bist.«

Wie zur Antwort hustete Heiko heftig, verdrehte die Augen, erlaubte sich noch einen Zug und schnippte dann die Kippe in den Gulli. Für derlei Diskussionen war er heute zu schwach. »Also?«, fragte er noch einmal.

»Die ist schon durch den Wind. Und besoffen war sie gestern bestimmt auch.«

»Na, da war sie wohl nicht die Einzige. Das gehört ja zum Hammeltanz dazu.«

Lisa strich sich eine vorwitzige Strähne, die sich aus ihrem blonden Zopf gelöst hatte, aus dem Gesicht. »Toll, wir haben einen Haufen volltrunkener Zeugen.«

»Vielleicht hat ja doch jemand was gesehen«, relativierte Heiko und beschloss dann: »Als Nächstes nehmen wir uns den Hammeltanzsieger vor. Der hatte immerhin die Verantwortung für den Degen. Hätte der besser aufgepasst, dann hätten wir jetzt keinen Fall.«

Lisa grinste. »Das darfst du dem so aber nicht sagen«, mahnte sie.

»Wo denkst du hin. Aber das spricht womöglich für eine Tat im Affekt, findest du nicht? Oder hat das jemand geplant?«

Lisa wiegte den Kopf. »Ich glaube auch eher an Affekt. Oder jemand hat die Gelegenheit genützt. Außerdem hat das Ganze ein bisschen was von einer Hinrichtung, oder? Wie theatralisch, das Opfer mit einem altehrwürdigen Degen aufzuspießen, während es eine Uniform mit goldenen Knöpfen und eine Pickelhaube trägt. Oder?«

»Scho«, fand Heiko. »Womöglich war es ein sehr persönlicher Affekt. Und vielleicht hat die ganze Sache auch mit dem Hammeltanz zu tun? Denn warum sonst sollte jemand den Degen benutzen, und das Risiko eingehen, beim Klauen erwischt zu werden, wenn es jedes Küchenmesser auch tun würde?«

Simon Weichholzer wohnte in einer der ältesten Wohnsiedlungen, im Kastanienweg. Kleine, schmucke Einfamilienhäuser standen hier auf mittelgroßen Grundstücken mit adretten Gärten, von denen viele einen alten Obstbestand hatten. Die Fassaden waren in den Modefarben der 80er gestrichen, Graugrün, Hellgelb, Cremeweiß. Anscheinend waren viele Häuser damals zum letzten Mal renoviert worden. Ihre Bauart verriet hingegen, dass sie sämtlich in den 50ern errichtet worden waren. Heiko parkte den M3 gegenüber von einem Grundstück, das von einer akkurat geschnittenen Buchsbaumhecke umsäumt war. Sie durchschritten kurz darauf ein schmiedeeisernes Gartentürchen mit Blattornamenten, das eigentlich schon fast ein Tor war, und nahmen Sekunden später das Klingelschild in Augenschein. »Zweimal der gleiche Name«, stellte Lisa fest. »Dann klingeln wir oben«, beschloss Heiko.

Es stellte sich heraus, dass sie richtig geraten hatten. Der Hammeltanzsieger kam höchstselbst die hölzerne Treppe aus dem oberen Stockwerk herunter, um ihnen zu öffnen. Die Tür schwang auf und gab den Blick frei auf den noch arg ungekämmten jungen Mann, der ein weißes T-Shirt zur ausgeleierten und zerrissenen Jeans trug. Wären da nicht noch letzte Pubertätspickel in seinem von vollem, braunem Haar umrahmten Gesicht gewesen, so hätte man sich fast an die Calvin-Klein-Werbung der 80er erinnert fühlen können. »Wer ist das, Simon?«, rief eine schrille Stimme von oben, und der Junge antwortete, ebenfalls brüllend: »Keine Ahnung, Schatz!«, und dann, an Lisa und Heiko gewandt: »Wer seid ihr denn?«

»Luft und Wüst von der Kriminalpolizei«, stellte Heiko vor.

»Ou, ja richtig, ihr wart ja gestern auch schon dabei«, erinnerte sich der Junge. »Das war ja klar, dass ihr kommt.«

Heiko nickte ernst. »Wir müssen tatsächlich dringend mit Ihnen reden, Herr Weichholzer.«

Der junge Mann führte sie die knarzende Holztreppe hoch in eine relativ modern eingerichtete Einliegerwohnung, wo sie die Hammeltanzsiegerin erwartete. Das hübsche Mädchen passte schon eher in die Calvin-Klein-Werbung – und zwar genauso, wie sie da stand: blond, blauäugig, blasser, perfekter Teint, Top-Figur. Manche Frauen waren eben einfach perfekt, musste Lisa neidvoll eingestehen. Im Gegensatz zu ihrem Freund erkannte Jacqueline Schüler die Polizisten sofort. Simon wies auf den Esstisch, um den vier Stühle gruppiert waren. Insgesamt war das Interieur eine etwas seltsame Mischung aus erster eigener Wohnung und Jugendzimmer. »Simon?«, rief es plötzlich von unten, und der junge Mann verdrehte die Augen. Sekunden später hörte man Schritte die Treppe hinaufpoltern, und nach einem eher alibihaften Anklopfen stand plötzlich eine Frau etwa in Heikos Alter im Zimmer, die sicherlich die Mutter des Jungen war. »Du hast Besuch«, stellte die Frau, die etwas korpulenter und relativ klein war, fest und musterte fragend die beiden Kommissare. Heiko erhob sich. »Wir befragen Ihren Jungen zu der Sache von gestern.« Nun verengten sich die grünen Augen der Frau zu schmalen Schlitzen, ihr beflissenes Lächeln erstarb und sie zischte: »Du sagst nichts ohne Anwalt, Simon. Wir haben einen guten Anwalt, dass ihr's wisst!«

»Beruhigen Sie sich, Frau Weichholzer. Ihr Sohn ist nicht verdächtig. Wir sammeln nur Zeugenaussagen und versuchen zu rekonstruieren, was passiert ist.«

»Des basst scho, Muader«, beeilte sich der junge Mann zu versichern, dem es sichtlich unangenehm war, dass seine Mami sich ungefragt verteidigend vor ihn stellte.

»Du sagst nichts, was dich belasten könnte«, meinte die kleine Frau und schien ihren Sohn mit dem ausgestreckten Zeigefinger beinahe aufspießen zu wollen, während Heiko dachte, dass die wohl ein paar amerikanische Fernsehkrimis zu viel gesehen hatte. Der Sohn nickte einigermaßen brav. »Versprochen, Muader.«

Eine Minute später waren sie tatsächlich wieder allein.

»Also, Herr Weichholzer«, begann Heiko.

»Sagen Sie doch Simon. Da komm ich mir sonst blöd vor.«

»Okay, Simon. Du warst ja gestern der Hammeltanzsieger und hast damit den Degen mit rumtragen dürfen, richtig?«

Simon nickte. »Ja, das war schon ein tolles Gefühl. Ich war richtig stolz. Unglaublich, mein erster Hammeltanz und gleich ein Volltreffer. Aber ich hatte ja auch die hübscheste Tänzerin.«

Bei der Blondine kam das Geschleime gut an, sie kicherte verhalten und strich sich geschmeichelt durchs Haar.

»Ein schönes Paar wart ihr, ja«, stimmte Lisa zu. »Und das jüngste noch dazu.«

»Richtig.«

»Hat sich denn nach dem Hammeltanz jemand für den Degen interessiert?«, fragte Heiko weiter.

Nun schnaubte der junge Mann. »Natürlich, alle. Alle wollten ihn mal halten und ein Selfie damit machen.«

»Sou, sou«, konstatierte Heiko.

»Ja, deswegen hab ich mir auch nicht groß was dabei gedacht, als er plötzlich verschwunden war.«

»Als du vom Klo zurückgekommen bist«, erinnerte sich der Kommissar. »Richtig?«

»Genau.«

»Aber hat sich irgendjemand besonders dafür interessiert?«, forschte Heiko weiter.

»Nein, finde ich jetzt nicht«, stellte Simon fest und ergänzte dann, an Jacqueline gewandt: »Oder was meinst du?«

»Das nicht. Nur die Sache mim Roland war komisch«, meinte die.

»Was für eine Sache mim Roland? Was meinst du?«

»Na, da, beim Tanz.«

»Ach das, ja, das war etwas unschön«, gab Simon zu.

»Was war denn da los?«, ermunterte Lisa zum Erzählen.

»Wart ihr beim Hammeltanz dabei?«, erkundigte sich Simon. »Ich meine, beim eigentlichen Tanz.«

Heiko nickte. »Der Büttel hatte ja den Degen, als der Wecker geklingelt hat. Und der Roland war dann der Meinung, dass der Degen ihm gehört, weil er eben der nächste Tänzer war. Aber das ist ja dann die Entscheidung vom Büttel, soweit ich weiß.«

Lisa zuckte die Achseln, da hatten sie auf dem Festplatz was anderes gehört, aber sie hielt es jetzt gerade nicht für klug, zu widersprechen. »Und das hat Herrn … wie heißt er denn mit Nachnamen?«

»Geller.«

»Das hat dem Herrn Geller nicht gefallen?«, vermutete Heiko.

»Ganz und gar nicht. Und dann hat der Andi ja auch noch was einigermaßen Fieses hinterhergeschoben, was aber niemand außer den Tänzern mitgekriegt hat.«

»Was denn?«

»Musst du das wirklich erzählen, Simon?«, tadelte Jacqueline. »Der arme Kerl.«

»Wieso, vielleicht haben die ja dann den Mörder gleich, wär doch a gute Sach.«

»Was hat der Büttel denn gesagt?«, insistierte Heiko.

»Der hat sowas gesagt wie: ›Was braucht so ein alter Sack wie du noch den Hammeltanz gewinnen?‹ Und dann hat er mir den Degen gegeben.«

»Und Sie hat das natürlich gefreut«, vermutete Lisa.

»Zugegeben – das war schon fies vom Andi, den Spruch hätte er sich sparen können. Aber in dem Moment, wenn die anderen dich dann hochwerfen … das ist so ein geiles Gefühl, da freust du dich einfach nur, dass du gewonnen hast. Das ist schließlich der Traum eines jeden Onolzheimers.«

Lisa lächelte leicht, verständnisvoll, obwohl sie bei sich dachte, dass es von wahrer Größe gezeugt hätte, dem dummen Spruch des Büttels Paroli zu geben und vielleicht tatsächlich den Sieg abzugeben. Aber nun gut, Simon war noch jung, fast noch ein Kind, das wäre wohl zu viel verlangt.

»Und wie hat der Herr Geller dann reagiert?«, fragte Heiko weiter.

Nun runzelte der junge Mann die Stirn. »Der hat mich dann eine Stunde später vor der Halle angepöbelt und war dann irgendwie … verschwunden. Oder hast du ihn nochmal gesehen, Jacky?«

Das Mädchen schüttelte den Kopf. »Den ganzen Abend nicht, nein.«

»Der war's vielleicht«, mutmaßte Simon. »Das

könnte ich mir vorstellen. Der war echt ziemlich angepisst.«

»Was hat er denn zu Ihnen gesagt?«, wollte Lisa wissen.

»Ach, son Stuss, dass das sein Degen sei und so. Dass er der Sieger sei. Der war ja da schon im Vollsuff. Der Typ hat echt ne Meise. Ich mein, das ist ja schon wichtig mit dem Hammeltanz, aber letztlich ist es doch nur ein Spiel, oder?«

»Für den Geller war das kein Spiel«, bemerkte Heiko, als sie wieder draußen waren. »Mir ist beim Hammeltanz schon aufgefallen, dass der den Simon nicht beglückwünscht hat und auch beim Hochleben lassen nicht dabei war.«

»Du denkst, das ist für die Tänzer so wichtig, dass sie dafür einen Mord begehen?«

»Zusätzlich mit der Demütigung durch den Büttel, ja, könnte ich mir schon vorstellen, dass das reicht.« Sie bestiegen den M3 und Heiko rief auf dem Revier an, um sich die Adresse von Roland Geller geben zu lassen.

Nur Minuten später standen sie vor einem kleinen, eher ungepflegt wirkenden Haus in den Langäckern. Der schmale Streifen Vorgarten bestand aus einem Rasenstück, dessen Gras für die Jahreszeit sehr hoch stand – es wurde wohl selten gemäht. Die Kommissare klingelten, der Name auf dem Klingelschild war nachlässig mit blauem Kugelschreiber hingekritzelt. »Alles dunkel«, stellte Lisa fest und beschattete die Augen, um vielleicht durch die Milchglasscheibe der altertümlichen Haustür etwas erkennen zu können. Aber vergeblich – und es öffnete auch niemand, auch nicht beim zweiten und beim dritten Klingeln. »Nicht da«, stellte Heiko fest und zückte erneut sein Handy, um herauszufinden, wo der Mann arbeitete. Kurz darauf rief er beim hiesigen Maultaschenfabrikanten an, nur um zu erfahren, dass der Herr Geller die ganze Woche Urlaub genommen habe, wegen dem Hammeltanz, und dass der das immer so machen würde. »Hm«, brummte Heiko, nachdem er Lisa die Information mitgeteilt hatte. »Fragen wir die Nachbarn«, schlug Lisa vor. »Vielleicht wissen die was.«

Im Haus daneben wohnte eine junge Frau, die erst, nachdem Heiko ihr seinen Ausweis gezeigt hatte, die Sperrkette vom Türschlitz entfernt und ihnen geöffnet hatte. Als sie die Türe aufzog, erkannten die Kommissare, dass sie schwanger war. Sie war eine hübsche Brünette mit zierlicher Figur, an der der Bauch sehr seltsam aussah, und stellte sich als Heidi Kauz vor.

»Frau Kauz, wir wollten zu Herrn Geller«, erklärte Heiko, nachdem er sich und Lisa ebenfalls vorgestellt hatte.

»Der ist nicht da«, erklärte die Frau sofort und betrachtete kurz ihre Fingernägel.

»Haben Sie eine Ahnung, wo er sein könnte? Im Gschäft ist er anscheinend nicht«, fuhr Heiko fort.

Die Frau schüttelte erst leicht den Kopf, seufzte aber dann und schaute hinaus. »Sein Auto ist weg. Er hat einen relativ bonzigen Audi. Sein ganzer Stolz.«

»So«, machte Heiko. »Sie wissen nicht zufällig, wo

er hin sein könnte? Wir müssten wirklich dringend mit ihm sprechen.«

Die Frau zuckte die Achseln. »Also, ich hab ihn gestern Abend zum letzten Mal gesehen.«

»Wann denn?«

»Das kann ich wirklich nicht mehr genau sagen, ich musste zur Toilette, und da habe ich auf der Straße eine Autotür schlagen gehört und kurz rausgeschaut. Da hab ich ihn gesehen, wie er sich in sein Auto gesetzt hat und mit quietschenden Reifen davongefahren ist.«

»Sie wissen gar nicht mehr, um wie viel Uhr das war?«, vergewisserte sich Lisa noch einmal.

»Leider nein, ich hab nicht auf die Uhr geschaut. Vielleicht um sieben.«

»Und er ist seither verschwunden«, resümierte Heiko.

»Weiß nicht genau. Ich hab ihn halt nicht mehr gesehen.«

Das hohenlohisch-westfälischer Ermittlerteam wechselte einen Blick. »Danke, Frau Kauz. Sie haben uns sehr geholfen.«

Sofort, als sie wieder draußen waren, rief Heiko auf dem Revier an und ließ sich die Handynummer des Mannes geben. Zu seiner Überraschung klingelte es plötzlich unweit der Stelle, an der sie sich gerade befanden. Heiko nahm das Telefon vom Ohr, um die Richtung des Klingeltons besser orten zu können. Aber Lisa war schneller, nach wenigen Sekunden zog sie das Handy mit Hilfe eines Taschentuchs aus der Buchsbaumhecke, die das Grundstück umstand. »Er hat sein Handy weggeworfen«, stellte sie fest und wog es unschlüssig in der Hand. »Oder verloren, wer weiß«, relativierte Heiko. »Schreiben wir ihn zu Fahndung aus, oder?«, fragte Lisa. Heiko nickte. »Auf jeden Fall.«

Die Musik auf ihren Kopfhörern war laut, ohrenbetäubend laut. Ihre Mutter würde sie schimpfen, dass das gesundheitsschädlich sei, dass sie sich das Gehör ruinieren würde, schwerhörig werden würde, aber das war eigentlich vollkommen egal, denn ihre Mutter war ja nicht da. Sie hatte sie allein gelassen, allein mit ihren Gedanken, das war zu erwarten gewesen, denn ihre Mutter war schwach, erbärmlich schwach. Deshalb hatte sie sich auch nie gegen ihren Vater wirklich durchsetzen können, deswegen hatte er tun und lassen können, wonach ihm war. Sie versuchte, die Musik, eine ihrer irischen Lieblingsbands, noch höher zu drehen, aber es ging nicht, sie war bereits am Anschlag. Sie saß hier im alten Zimmer ihrer Mutter, das jetzt das Gästezimmer war und den Charme der 80er verströmte. Ihre Oma hatte sie daran gehindert, sich einzuschließen, sie hatte einfach den Schlüssel mitgenommen. Ihre Oma war eigentlich ganz süß, und sie konnte nichts dafür. Niemand war schuld, womöglich, außer dem, der ihn umgebracht hatte. Sie hatte ja erst am nächsten Morgen offiziell davon erfahren, hatte ja schon geschlafen, eigentlich, aber dann hatte Hanna angerufen und es ihr erzählt, sie gefragt, ob sie kommen solle. Sie hat verneint, es ihr sogar verboten. Sie war einfach wach gelegen, hatte sich schlafend gestellt, als ihre Mutter kurz die Tür geöffnet hatte, um nach ihr zu sehen. Es war tief in der Nacht gewesen, und ihre Mutter hatte geschnieft, sich die Nase geputzt, war zu ihr getreten und hatte ihr – der vermeintlich Schlafenden, über die Wange gestrichen, und war dann ebenso schnell wieder verschwunden. Am nächsten Morgen hatte die Chrissie sie dann zur Oma gekarrt, und die hatte sie erst einmal an ihrem enormen Busen fast zerquetscht und ihr dann einen Kakao aufgenötigt. Jetzt saß sie seit drei Stunden auf dem Sofa und hörte Musik. Ihr Papa war tot, ach, was heißt Papa, eigentlich hatte sie ihn nie so genannt, immerhin selten. Vater, hatte sie ihn genannt, Erzeuger, wenn sie wütend auf ihn gewesen war oder wenn sie sich gestritten hatten, und das war ziemlich oft passiert. Er hatte sich auch kaum um sie gekümmert, selten, nur neulich hatten sie zusammen im HEM in Satteldorf ein neues Handy gekauft, das war ein schönes Erlebnis gewesen, banal eigentlich, aber schön. Es hatte nicht viele dieser gemeinsamen Erlebnisse gegeben, seit Stunden zermarterte sie sich das Hirn auf der Suche nach Gemeinsamkeiten, nach schönen Dingen, die sie miteinander erlebt hatten, nach Momenten, die schön gewesen waren. Aber außer dem Handykauf neulich und einem Familienausflug in den Europapark vor fünf Jahren war ihr nichts eingefallen. Das Klopfen an der Tür hatte sie nicht gehört, aber es musste geklopft haben, denn das machte die Oma. Oma berührte sie an der Schulter, liebevoll, zärtlich, aber sie hatte gerade keine Energie für derlei Freundlichkeiten. Widerwillig schaltete sie die Musik ab und zwang sich zu einem kleinen Lächeln, die Oma konnte ja nichts dafür. »Ja?«

»Kommst du runter? Ich hab einen Zwetschgenkuchen für dich gebacken, und du kannst auch einen Kaffee haben.«

Aber Sina schüttelte den Kopf. »Hab keinen Hunger.«

Die Fahndung nach Roland Geller lief, und Lisa und Heiko nutzten die erzwungene Pause, um Uwe einen Besuch abzustatten – denn auch, wenn er immer sehr belästigt tat, arbeitete er sehr effizient und hatte relativ schnell Ergebnisse vorzuweisen. Sie betraten sein Reich, das er im oberen Stockwerk des Crailsheimer Polizeireviers hatte, und fanden den Spurensicherer in der für ihn üblichen Haltung vor – in seinem ledernen Chefsessel thronend, vor seinem gewaltigen Rechner einen pappsüßen Kaffee aus dem Automaten schlürfend.

»Ach, ihr schon wieder«, empfing er sie und zwinkerte ihnen zu. »Ihr wollt jetzt schon Ergebnisse?«

Heiko verdrehte die Augen. »Lass das Theater.«

»Ich meine, ich müsste schon richtig gut sein, wenn ich jetzt schon was für euch hätte, oder?«, grinste Uwe schelmisch und trank Kaffee.

»Heldenhaft«, bestätigte Lisa und schenkte dem Kollegen ein zauberhaftes Lächeln, von dem sie wusste, dass er ihm nie widerstehen konnte – obwohl er seit drei Jahren fest mit Eva, Lisas bester Freundin aus Wesel – liiert war. Auf der Arbeitsplatte entdeckte Heiko den Degen, der nur wenig oberhalb des Griffs dunkelbraun verfärbt war.

»Das ist das Ding«, meinte Uwe und wies mit einer coolen, nachlässigen Geste auf die Mordwaffe. »Böses

Teil, eigentlich stumpf, aber mit genügend Energie geführt absolut tödlich.«

Die Kommissare traten näher an den Tisch heran und betrachteten den kunstvoll ziselierten Schaft der silbernen Waffe.

»Sicherlich hast du Fingerabdrücke gefunden?«, vermutete Heiko.

Uwe strich sich über die rasierte Glatze und trank einen weiteren Schluck seines Gebräus. »Das ist das Problem, auf dem Ding sind Dutzende, wenn nicht Hunderte Abdrücke. Absolut jeder will den Degen mal halten beziehungsweise hatte ihn schon mal in der Hand.«

»Hm«, machte Heiko. »Überlagern die sich nicht teilweise? Und diejenigen, die oben drauf sind, müssten doch die frischsten sein, also die des Mörders?«

»Oder der Mörderin«, gab Lisa im Zuge der Emanzipation zu bedenken.

»Natürlich«, lenkte Heiko ein, und Uwe verdrehte grinsend die Augen. Weiber.

»Theoretisch ginge das, ja. Aber das macht nur Sinn, wenn es sich um eine Tat im Affekt gehandelt hat. Denn sonst wäre der Mörder wohl kaum so blöd, das Ding mit bloßen Händen anzutatschen.«

»Wenn er betrunken war, dann schon«, gab Heiko zu bedenken.

»Möglich«, stimmte Uwe zu.

»Allerdings musste er den Degen erst klauen,« sinnierte Heiko weiter.

»Oder sie«, warf Lisa ein.

»Wie bitte?«

»Er oder sie.«

»Natürlich.«

»Der Täter klaut den Degen und ersticht draußen den Büttel«, überlegte Heiko laut. »Aus Wut zum Beispiel. Roland Geller.«

»Zum Beispiel«, bestätigte Lisa. »Hast du noch irgendwas, Uwe?«

»Die Ulmer melden sich im Lauf des Tages. Die finden bestimmt noch was.«

Die beiden Kommissare fragten noch auf dem Revier nach, ob es schon Fahndungsergebnisse gab – aber niemand hatte Roland Geller gesehen, er blieb verschwunden. »Was machen wir jetzt?«, fragte Lisa, als sie wieder in ihrem Büro saßen. Die beiden teilten sich ein Büro, seit Lisa angefangen hatte, in Crailsheim zu arbeiten. Dabei unterschied sich ihr Raum von den anderen dadurch, dass Lisa auf ihrer Seite des Fenstersimses eine beachtliche Orchideensammlung hortete und Heiko seine Seite mit einer stetig wachsenden Mineraliensammlung dekoriert hatte.

»Sichlers Frau hat von einer Exfrau und einem Sohn gesprochen – sollen wir uns die mal vornehmen?«, schlug Heiko vor.

Lisa schürzte die Lippen. »Na, das kann nicht schaden«, fand sie.

In diesem Moment öffnete der Kollege, der am Vorabend das Tablet verwaltet hatte, die Türe. »Ou, der Baumann«, machte Heiko und nickte dem Mann zu.

»Hey Heiko, hallo Lisa.« Alexander Baumann musterte Lisa immer mit Blicken, die Heiko so gar nicht gefielen, und Lisa lächelte den Kollegen auch noch immer hingebungsvoll an.

»Na, warst du erfolgreich?«, fragte Heiko, um dem Geflirte ein rasches Ende zu setzen.

Der Mann löste seinen Blick widerwillig von Lisas Haarpracht, wo er soeben geruht hatte, und erinnerte sich an das Tablet in seiner Hand. »Ja, hier, bitte schön. Wir haben 3.478 Fotos.«

Heiko stöhnte. »Jetzt echt?«

»Leider, ja. Schaut sie mal durch. Viele Partyselfies, aber vielleicht ist ja irgendwas davon brauchbar.«

Heiko und Lisa schnappten sich das Tablet und machten einen kurzen Abstecher in Johnnys Büro. Der halbkamerunische Franke war Polizeiobermeister und arbeitete ihnen bei den meisten Fällen zu. Sein Vorgänger, Simon Steinle, war inzwischen mit seiner Regina nach Ludwigsburg verzogen und bekam dort eigene Fälle. Nach einem schnellen Klopfen hörten sie auch schon Johnnys »Herein« mit dem für die Franken so typischen gerollten R. »Ach, meine Lieblingskommissarin und dr Kollech«, grüßte er sie und zwinkerte Lisa zu, die sich verschämt lächelnd eine Strähne hinters Ohr strich. Heiko grinste, er kannte den Kollegen bereits zu gut, um ernsthaft anzunehmen, dass er vorhaben könnte, ihm Lisa auszuspannen. Obwohl Johnny Lisa schon gut fand, das konnte man sehen – und da war er nicht der Einzige. Heikos Mutter redete ja beständig auf ihn ein, dass er endlich Nägel mit Köpfen und der Lisa einen Heiratsantrag machen sollte. Aber dazu fühlte er sich irgendwie noch nicht bereit, obwohl die Lisa schon die Frau seines Lebens war, aber Heiraten … naja.

»Und? Was liecht an?«, fragte Johnny und unterbrach damit Heikos Sinnieren.

»Du, da haben wir ein Tablet mit über 3.000 Bildern drauf«, begann Lisa und legte Johnny das Gerät auf den Schreibtisch.

Johnny stöhnte und verdrehte die Augen – ihm schwante wohl nichts Gutes.

Heiko zückte sein Handy und rief die Bilder aus der Halle auf. Er schickte sie per Chat an Johnnys Handy, das sogleich artig piepste. »Schau mal, da schick ich dir grad was. Kannsch du vielleicht alle Bilder, wo die Stelle in der Halle drauf ist, in einen Ordner packen? Und ganz besonders, wenn, im Idealfall, der Degen an der Wand lehnt? Am besten wäre ein Bild, wo jemand grad mit dem Degen zur Tür rausgeht, aber das ist wohl latent unrealistisch.«

Johnny nahm sich sein Smartphone, rief die Bilder auf und betrachtete sie stirnrunzelnd.

»Weil da hat der Hammeltanzsieger den Degen an die Wand gelehnt. Und halt, wenn dir sonst noch was auffällt«, erklärte Heiko.

Johnny nickte. »Aans sooch ii eich«, meinte er dann: »Sowas mecht mir fai sogor Spaß. Des is so Sherlock-Holmes-mäßig.«

Es war dem hohenlohisch-westfälischen Ermittlerduo ein Leichtes herauszufinden, dass die Ex von Andreas Sichler tatsächlich in Wittau wohnte, wie es Manuela schon vermutet hatte. Der ehemalige reine Industriestandort war seit kurzer Zeit auch Wohngebiet, allerdings eher für die Betuchten – der Ortsteil, der zwar nicht offiziell als Stadtteil geführt wurde, aber irgendwie schon diesen Status hatte, war eines der wenigen Baugebiete in Crailsheim, in dem es noch größere Bauplätze zu erstehen gab – oder zumindest zu erstehen gegeben hatte. Die Bauplätze waren sündhaft teuer und wurden nur nach Bewerbung vergeben. Die Wahrscheinlichkeit war also hoch, dass Tina Waldmann – so hieß die Frau nach ihrer Heirat – nicht gerade am Hungertuch nagte. Und die Kommissare sahen ihre Vermutung bestätigt, als sie dem M3 entstiegen – sie fanden sich vor einer schmucken Villa auf einem größeren Grundstück wieder. Es wäre die Untertreibung des Jahrhunderts gewesen, den Garten »gepflegt« zu nennen. Weißer Marmorkies bildete kleine Wege zwischen akkurat geschnittenen Buchsbaumkugeln und korrekt gestutzten Rosenbäumchen, die trotz der Jahreszeit immer noch recht fleißig blühten. Der Weg zur Haustür war ebenfalls mit einem schweren, edel wirkenden Stein gepflastert.

»Kein Billigglump«, stellte Heiko fest. Auch die Türklingel schrillte nicht etwa schnöde, sondern tönte voll.

»Ja?«, ertönte eine Stimme, und Heiko wunderte sich nur solange, bis er die diskret designte Sprechanlage entdeckte.

»Kriminalpolizei, Wüst und Luft«, meinte er. »Wir müssten kurz …«, aber der Türöffner surrte bereits, und Sekunden später wurden sie im Flur von einer Frau empfangen, die aussah, als sei sie einem Katalog entsprungen. Das dunkle, fast schwarze Haar war zu einer eleganten Frisur gesteckt. Obwohl sie sich zu Hause aufhielt, war sie dezent, aber perfekt geschminkt. Und ihr cremefarbener Rollkragenpulli, den sie zur Nadelstreifenhose trug, schien aus Kaschmir zu sein.

»Wie kann ich Ihnen helfen?«, empfing sie die Gäste und schenkte ihnen ein beflissenes, geradezu professionelles Lächeln.

»Können wir uns irgendwo hinsetzen?«, begann Lisa. Es war besser, wenn die Leute saßen, wenn sie derlei Nachrichten erhielten – nicht, dass die Frau noch umkippte.

»Aber bitte«, meinte die Dame, führte sie in ein Wohnzimmer, das ebenfalls dezent und geschmackvoll mit hochwertigen Möbeln eingerichtet war. »Nehmen Sie Platz«, lud die Hausherrin ein und wies auf das weiße, großzügige Ledersofa. Sie selbst setzte sich in einen passenden Sessel gegenüber, nachdem sie ihnen noch etwas zu trinken angeboten hatte und die Kommissare dankend abgelehnt hatten.

»Sicherlich kommen Sie wegen dem Andreas«, vermutete die Frau und stützte ihr Gesicht mit einer nachlässigen Geste auf die schöne, schmale Hand.

»Sie wissen schon Bescheid?«, wunderte sich Lisa.

»Natürlich, das hier ist Crailsheim«, gab die Frau zu bedenken.

Und als die Kommissare schwiegen, erklärte sie: »Eine Freundin hat mich gestern Abend angerufen. Sie war auf dem Hammeltanz und hat alles mitgekriegt.«

»Ahja«, machte Heiko. »Und … wie geht es Ihnen damit?«

Nun lachte die Frau, und zum ersten Mal bröckelte die perfekte Fassade, es wirkte gekünstelt. »Wissen Sie, ich bin schon seit 17 Jahren vom Andreas geschieden. Diese Ehe war sozusagen … eine Verirrung meiner Jugend. Ja, so kann man das ausdrücken.«

»Sie hatten keinen Kontakt mehr?«, vermutete Heiko.

Tina Waldmann schüttelte den Kopf. »Nicht mehr als nötig. Unser Sohn ist ja schon aus dem Haus, da hat man dann nicht mehr soooooo viel miteinander zu tun.«

»Kann ich verstehen«, meinte Lisa und dachte an den einen oder anderen ihrer Exfreunde.

»Wann haben Sie Ihren Ex-Mann denn zum letzten Mal gesehen?«, fragte Heiko weiter.

Die Frau stieß pfeifend die Luft aus und blickte überlegend nach oben. »Och, also, ich glaub … am Volksfest, ja, da sind wir uns über den Weg gelaufen. Am Sonntag, ich mit meiner Familie und er mit seiner.«

Es lag etwas Seltsames in der Art, wie sie die Familien voneinander abgrenzte.

»Sie sind wieder verheiratet?«, fragte Lisa.

»Ja, glücklich. Und bevor Sie mutmaßen: Ich bin selbstständig, ich habe eine Reinigungsfirma. Daher das Haus. Ich setze mich nicht hin und spiele das kleine Frauchen für einen Geschäftsmann.«

Lisa wunderte sich, dass die Waldmann derart offensiv damit umging und folgerte daraus, dass sie sich schon wohl so einiges an Vermutungen hatte anhören müssen. »Das hätten wir jetzt auch gar nicht gedacht«, beeilte sie sich also zu versichern.

»Mein Mann arbeitet beim Groninger, er ist Maschinenbauingenieur, und wir haben eine kleine Tochter, Sofia, die gerade in der Schule ist. Sie geht jetzt aufs Gymnasium, sechste Klasse.« Ungefragt griff sie zu ihrem Smartphone, rief die Bildergalerie auf und zeigte den Kommissaren das Bild eines dunkelhaarigen Mädchens, das wie eine kindliche Version ihrer selbst wirkte.

»Ein hübsches Kind«, lobte Lisa.

»Ja, nicht wahr«, bestätigte die Frau und wirkte ungemein stolz.

»Und Ihr Sohn …«, fuhr Heiko fort.

»Mein Sohn ist jetzt schon 25. Er wohnt in Groningen. Wir kommen gut aus, aber insgesamt kann er mehr mit seinem Vater anfangen.« Es war normal, dass Angehörige von Mordopfern immer noch im Präsens von den Getöteten redeten. Es dauerte eine Weile, bis man realisierte, dass ein Mensch nicht mehr da war.

»Ihr Sohn hat sich also mit Ihrem Ex-Mann gut verstanden?«, resümierte Heiko.

»Soweit ich weiß, ja.«

»Und wie sieht es mit Ihrem Mann aus?«

Nun lachte die Frau, es klang unfroh.

»Es gibt wohl keine zwei Menschen auf der Welt, die sich weniger ähnlich sind als die beiden. Die hatten gar nichts miteinander am Hut. Mein Ex hat meinen Mann als Schnösel bezeichnet, und der ihn als Prolet.«

»War er das? Ein Prolet?«, wollte Lisa wissen.

Die Frau wiegte den Kopf hin und her. »So einfach ist es, glaube ich, nicht. Andreas war insgesamt schon in Ordnung. Natürlich hatte er nicht die Klasse meines Mannes, aber in Anbetracht der Verhältnisse, in denen er groß geworden ist, hat er sich ganz gut gemacht.«

»Was meinen Sie denn mit ›Verhältnisse‹?«, forschte Heiko.

»Etwas unterhalb von ›gutbürgerlich‹, ›Proletariat‹, würde mein Mann sagen«, erklärte Tina.

»Ach so«, meinte Heiko und dachte bei sich, dass das aber auch etwas über den Mann aussagte.

»Sagen wir es mal so: Eine Frau ohne Ambitionen wäre mit Andreas prima ausgekommen. Eine, die damit zufrieden ist, den Haushalt zu führen, hübsch auszusehen, ein paar Kinder zu werfen und ansonsten den Mund zu halten.«

Die Kommissare schwiegen, damit Tina Waldmann noch weiterredete, denn es wurde gerade interessant.

»Wenn man aber mehr vom Leben wollte als Frau, vielleicht sogar selbstständig gedacht hat, dann hat er versucht, dich runterzumachen und dich klein zu halten.«

»Hat er das auch mit Ihnen gemacht?«, erkundigte sich Lisa.

Jetzt lachte die Frau wieder. »Probiert hat er es. Und Anfang 20 hat das auch funktioniert. Aber später dann nicht mehr. Das war der Grund, warum wir uns getrennt haben.«

»Haben Sie denn außerdem noch eine Idee, wer mit Ihrem Ex-Mann ein Problem gehabt haben könnte?«, wollte die Kommissarin wissen.

Nun hob und senkte sich die schmale Hand von der Lehne, eine Geste der Ahnungslosigkeit. »Wie schon gesagt, wir hatten nicht viel miteinander zu tun.«

Kaum, als die Kommissare draußen waren, klingelte Heikos Handy. Es war Johnny. Er rief vom Revier aus an und vermeldete, dass das Auto von Roland Geller auf der Autobahn gesichtet worden sei, die Kollegen seien gerade dabei, ihn zu kassieren.

Eine Stunde später saßen die beiden Kommissare im Verhörraum des Polizeireviers Crailsheim. Begleitet wurden sie von Frau Brucker, der bewährten Sekretärin, die alles, was gesagt wurde, gewissenhaft mit ihrem klackernden Laptop protokollierte und es sich ansonsten nur selten erlaubte, tadelnde oder verwunderte Blicke über den Rand ihrer Brille zu schicken. Und vor ihnen saß nun Roland Geller, ein Mann um die 50, mit stechend grünen Augen, mittelgroß, das blonde Haupthaar etwas schütter, untersetzt und leicht dicklich. Er hielt die Hände verkrampft vor sich gefaltet und wirkte ungemein nervös.

»Ich weiß gar nicht, was ich hier soll«, versuchte er ein Vorpreschen, und es wirkte bockig, aber zugleich auch hilflos.

»Sie sind als Verdächtiger im Mordfall Sichler hier«, informierte Lisa.

Jetzt zog der Mann die schmalen Augenbrauen zusammen. »Wie bitte … Mordfall? Ist der etwa tot?«

»Woher wissen Sie denn, dass es sich um *ihn* und nicht etwa um *sie* handelt?«, erkundigte sich Lisa.

Der Mann schluckte und meinte dann: »Geraten«, und als die Kommissare arg ungläubig dreinblickten, meinte er: »Also gut. Es kam im Radio.«

Heiko überlegte und musste zugeben, dass das tatsächlich sein konnte. »Und Sie sind darüber nicht allzu traurig, nehme ich an«, fuhr Heiko fort. Geller beugte sich über den Tisch und fixierte Heiko mit einem undeutbaren Blick. »Ich hätte da gestern gewinnen müssen, ich. Denn so sind die Regeln. Sobald der Büttel den Degen hat, gehört er dem nächsten Paar.« Die letzten paar Wörter unterstrich er, indem er mit der Faust im Takt der Silben auf den Tisch trommelte. »So sind die Regeln«, wiederholte er, ließ die Faust ein letztes Mal auf dem Tisch landen und lehnte sich dann zurück.

»Sie waren also sehr wütend auf Herrn Sichler«, stellte Lisa fest.

»Das ist die Untertreibung des Jahrhunderts, junge Frau«, versetzte der Verdächtige. »Ich versuche schon so lange, zu gewinnen, und gestern hätte ich rechtmäßig gewinnen müssen, und er hat es mir versaut, dieses Aas. Und eins sag ich Ihnen: Ich weiß, dass er das mit Absicht gemacht hat.«

»Einer Ihrer Mittänzer hat ausgesagt, der Büttel hätte Sie dann auch noch … vor den anderen brüskiert«, half Heiko nach.

Nun schwieg der Mann und schüttelte den Kopf. Dann kam: »Dazu sage ich nichts. Und ich habe ihn auch nicht umgebracht.«

»Sie sind nach dem Hammeltanz geheimnisvoll verschwunden, sind nicht erreichbar, niemand hat Sie gesehen, und dann, plötzlich, liegt der Büttel tot da und Sie bleiben verschwunden – wie erklären Sie sich das denn?«

»Sie wären da auch nicht länger geblieben. Ihr wisst ja sicher schon, was er zu mir gesagt hat, das war ja eine unglaubliche Schande.«

»Womöglich waren Sie deshalb sehr wütend auf ihn, und das ist ja auch verständlich.«

Lisa lächelte ihr schönstes Lächeln, es wäre ja ungemein praktisch, wenn sie den Fall jetzt schon geklärt hätten, idealerweise durch ein Geständnis.

»Haben Sie ihn deshalb …«

»Ich habe ihn nicht umgebracht. Ich habe ein Alibi.«

Lisa zog die Augenbrauen hoch. »Nämlich?«

»Ich bin so um sieben rum abgehauen. Ich bin heim, hab mein Auto geholt und bin dann nach Stuttgart gefahren.«

»Haben Sie sich dort mit jemandem getroffen?«, half Heiko nach.

Nun verschränkte der Mann die Hände, leckte sich kurz über die Lippen und lehnte sich wieder auf den Tisch. »Das kann man so sagen, ja.«

»Und mit wem?«

Der Mann schwieg erneut und schüttelte den Kopf, bockig.

»Herr Geller, wenn Sie ein Alibi haben, dann müssen Sie schon etwas konkreter werden«, forderte Lisa. Der Verdächtige schüttelte noch einmal den Kopf, seufzte dann aber und meinte »Ich war bei Gina.«

»Ach, bei Gina«, versetzte Lisa. »Gina und wie weiter?«

»Weiß ich nicht. Ich weiß nur, wo sie wohnt. Sie inseriert immer, und ich war schon ein paar Mal dort.«

Frau Brucker sandte einen tadelnden Blick über ihren Laptop hinweg und schnalzte nahezu unhörbar mit der Zunge.

»Sie ist eine Professionelle«, vermutete Heiko.

Geller senkte den Kopf und nickte verschämt. »Ich hab das gestern einfach gebraucht.«

»Soso«, machte Heiko. »Und wenn die Dame jetzt

bestätigt, dass Sie bei ihr waren … nun, sagen wir es mal so, es gibt glaubwürdigere Alibis.«

»Ich war bei Gina«, versicherte der Mann. »Das müsst ihr mir glauben.«

Weil die Kommissare schwiegen, fügte er hinzu: »Ich war ja ziemlich neben der Kapp, dann hab ich mich einfach um sieben ins Auto gesetzt und bin losgefahren.«

»Waren Sie betrunken, Herr Geller?«, forschte Lisa weiter.

»Wollt ihr mir auch noch den Führerschein abnehmen?«, lautete die Antwort.

»Nachträglich ist das kaum möglich«, beruhigte Lisa. »Selbst bei einem gewaltigen Pegel dürften Sie jetzt wieder nüchtern sein.«

»Natürlich war ich betrunken. Am Hammeltanz ist jeder betrunken.«

Killian Seiler regte sich auf, und zwar ungemein. Wieder und wieder las er den Artikel im Hohenloher Tagblatt, dessen Überschrift »Nur der Hammel hat in Onolzheim nichts zu lachen« lautete. Eine Unverschämtheit. Eine Barbarei. Und das HT unterstützte derlei auch noch und fand es womöglich sogar lustig. Das arme Tier! Man konnte sich heutzutage gut von anderen Dingen als von Fleisch ernähren, wir leben ja schließlich nicht mehr in der Steinzeit. Einige Menschen, und nicht wenige, um nicht zu sagen beinahe alle, waren diesbezüglich stehen geblieben, entwicklungspsychologisch mindestens, wenn nicht sogar gänzlich. Er schaltete seinen Laptop ein. In seinem Kopf formten sich die Gedanken, die

Formulierungen. Er wusste, was er aussagen wollte, er musste es nur noch aufschreiben. Assoziationen schossen ihm durch den Kopf, wie muss sich das arme Tier während des Hammeltanzes fühlen, gefühlt haben vielmehr, denn aller Wahrscheinlichkeit nach hatten sie den Hammel schon hingerichtet, auf barbarische, grausame Art und Weise. Obwohl das Töten eines Tieres immer grausam war, das ging nicht in human. Mit den Menschen, die so etwas billigten, sogar taten – wenn sie überhaupt als Menschen zu bezeichnen waren – sollte man das Gleiche machen. Der Laptop war hochgefahren, und Killian Seiler öffnete sein Schreibprogramm. Wenige Sekunden später hämmerten seine Finger einen gesalzenen Leserbrief in die Tasten.

Sie verfrachteten den Verdächtigen in die Untersuchungshaft und riefen die Kollegen in Stuttgart an, damit die sich um die Dame kümmern konnten. In diesem Fall musste man auch als Hohenloher eben mit den Schwaben zusammenarbeiten, auch, wenn man das sonst tunlichst vermied. Der schwäbisch näselnde Kollege versprach, sich schnell darum zu kümmern, und sich sofort zu melden, wenn sie die Dame befragt hätten. Heiko mailte noch ein Foto von Geller nach Stuttgart und ging dann mit Lisa in die Mittagspause.

Sie hatten es sich bei der »Brigitte« gemütlich gemacht, einem Café, das sich im alten Gasthaus »Engel« einquartiert hatte und sich nur etwa 100 Meter vom Revier entfernt befand. Beide hatten sich je zwei Stückchen Hefezopf und einen Kaffee bestellt.

»Und, was denkst du?«, fragte Heiko kauend.

»Was ich denke? Ich denke, dass der eine wahnsinnige Wut im Bauch hat. Aber ich glaube nicht, dass er es war.«

Heiko nickte. »Das glaube ich auch. Sonst wäre er doch nicht zurückgekommen, sondern abgehauen. Außer, er wäre nicht draufgekommen, dass wir ihn verdächtigen.«

»Bei der Vorgeschichte? Ich bitte dich.« Lisa nahm einen Schluck ihres rabenschwarzen Kaffees. Sie trank den Kaffee schwarz, das fand Heiko sexy. So konsequent. »Damit musste er unbedingt rechnen.«

»Da hast du recht«, gab Heiko zu. »Na, vielleicht erweist sich das Alibi ja noch als hieb- und stichfest. Wollen wir's mal hoffen, mir tut der Kerl irgendwie leid.« In diesem Moment klingelte Heikos Handy. Es war ein Fremder, der sich als Neidhard Gerlein, der Onolzheimer Ortsvorsteher, vorstellte. Heiko stellte das Telefon auf laut, sodass Lisa mithören konnte, allerdings nicht so laut, dass die Leute am Nachbartisch das Gespräch verfolgen könnten. »Sie sind doch der Polizist, der den Mord am Büttel untersucht, stimmt's?«, vergewisserte sich der Mann. Heiko bejahte und nickte dazu, eine, wie Lisa fand, sehr niedliche Angewohnheit – zumal der Anrufer ihn ja nicht sehen konnte.

»Ich hab' Ihre Nummer vom Kollegen auf dem Revier. Es ist nämlich dringend. Anscheinend wurde der Hammel entführt«, erzählte der Mann kurz darauf.

»Wie, entführt?«, wunderte sich Heiko.

»Von einer VERT, den ›Verteidigern der Rechte der Tiere‹.«

»Ach was.«

»Ja, als nämlich der Herr Weller heut Morgen den Hammel füttern wollte, da war er weg und stattdessen lag so ein Briefumschlag aus Umweltschutzpapier da. In dem Brief wird auch der Büttel erwähnt, und deshalb hab ich gedacht, ich sag euch mal besser Bescheid, denn wer weiß, vielleicht steckt ja noch mehr als eine Schafentführung hinter dem Ganzen?«

»Das ist absolut möglich, Herr Gerlein«, stimmte Heiko zu. »Wir sind in einer halben Stunde bei Ihnen.«

»Kommen Sie doch gleich zum Tatort«, schlug Gerlein vor und nannte ihnen die entsprechende Adresse.

Dem *Tatort* fehlte es – anders als dem vorherigen – natürlich an der gewissen Ernsthaftigkeit und Tragik, die ein *Tatort* normalerweise zu haben pflegte. Denn immerhin war nicht wirklich etwas Schlimmes geschehen, es war nur ein Schaf entführt worden. Allerdings waren die Personen, die Lisa und Heiko an eben jenem Tatort antrafen, nicht viel weniger bestürzt, als wenn es sich um einen Mordschauplatz gehandelt hätte. Denn immerhin war der Hammel verschwunden.

»Dieser Brief lag im Stall«, begrüßte sie Neidhart Gerlein und wedelte mit einem DIN-A4-Papier, das einige Knicke aufwies. Er wirkte unglaublich wütend. »Die blöden Hühner«, regte er sich auf. »Was fällt denen ein!«

Heiko unterdrückte ein Grinsen – der Mann war wirklich sehr aufgebracht, auch der Bauer, der sich als Christoph Weller vorgestellt hatte und dem der Stall gehörte, wirkte definitiv not amused.

»Zeigen Sie doch mal her«, forderte Lisa. Dann las sie

vor: »Sehr verachtete Schlächter, wir haben den Hammel mitgenommen. Er ist jetzt an einem besseren Ort in artgerechter Tierhaltung. Was ihr mit ihm vorhattet, ist schändlich und verachtenswert. Schämt euch! Mit euch sollte man das gleiche machen – und mit allen, die dieses barbarische Ritual jedes Jahr zelebrieren, dem Ortsvorsteher, dem Hammelspender, dem Büttel. Passt nur auf, dass es euch nicht einmal ebenso ergeht! Mit verächtlichen Grüßen, VERT, die Verteidiger der Rechte der Tiere.«

Lisa ließ den Zettel sinken, und Heiko biss sich auf die Lippen, um nicht loszulachen wegen des unfreiwillig komischen Pamphlets.

»Die spinnen doch, diese Tussis«, ereiferte sich der Bauer und trat gegen einen Pfosten.

»Wie kommen Sie denn darauf, dass es sich um Frauen handelt?«, tadelte Lisa.

»Nur Weiber kommen auf solche Ideen«, beharrte Weller und funkelte Lisa böse an.

»Also Christoph. Die Schrift sieht halt weiblich aus«, relativierte der Ortsvorsteher. »So gemalte Kringel auf den I-Punkten – das macht doch kein Kerl.«

Heiko nahm Lisa den Brief aus der Hand und musste zugeben, dass der Mann durchaus recht hatte. Auch ohne graphologisches Gutachten war die Chance 99 Prozent, dass es sich um eine Verfasserin und nicht etwa einen Verfasser handelte.

»Das ist eine Drohung gegen uns alle, ich erstatte da Anzeige«, beschloss Christoph Weller. »Wegen Bedrohung.«

»Das geht nicht«, desillusionierte Heiko. »Sie können höchstens eine Anzeige wegen Diebstahls erstatten.

Genau genommen müsste das der Besitzer des Hammels tun.«

»Also der Simon.«

»Ja, womöglich.«

»Vielleicht haben diese Damen ja was mit dem Mord zu tun?«, vermutete Gerlein.

Lisa schürzte die Lippen und meinte dann: »Naja, das war doch wohl eher … dummes Geschwätz, das mit dem Büttel, oder was meinst du, Heiko?«

Heiko nickte. »Das denke ich auch.«

»Oberste Priorität hat für uns, dass der Hammel wieder auftaucht. Immerhin muss man den heute schlachten«, gab Gerlein zu bedenken.

Lisa schnaubte empört, das war ja so gemein, der arme Hammel! Hoffentlich blieb das arme Tier verschwunden!

»Könnt ihr da nicht einfach einen neuen kaufen?«, fragte Heiko, aber die beiden Männer schüttelten sofort gleichzeitig die Köpfe.

»Auf gar keinen Fall. Das muss *der* Hammel sein.«

»Oder halt feiern, ohne den Hammel zu schlachten?«, schlug Lisa zaghaft vor.

Die Männer straften sie mit Nichtachtung, wie konnte sie es nur wagen, so etwas zu sagen!

Heiko wiegte den Kopf. »Wenn die Damen nicht ganz doof sind, dann werden sie das Tierchen sicherlich nicht in der Wohnung im Bad angebunden haben. Wir können relativ sicher sein, dass solche Vereine ihre Wege haben, um ein Schaf verschwinden zu lassen. Auf irgendeinen Gnadenhof, was weiß ich. Ich an eurer Stelle würde also …«

»… das geht wirklich nicht«, unterbrach der Ortsvorsteher. »Es muss der Hammel sein, der die Zeremonie mitgemacht hat.«

Heiko zuckte die Achseln. »Das kriegt doch keiner mit«, gab er zu bedenken. »Oder habt ihr irgendjemandem davon erzählt?« Die beiden sahen sich an und schüttelten schließlich nach kurzem Zögern die Köpfe.

»Dann würde ich jetzt an eurer Stelle ganz schnell einen neuen Hammel besorgen und die Sache vergessen«, schlug Heiko vor.

»Und den Brief, sollen wir den auch vergessen?«, meinte Weller bockig, nachdem er sich nervös die Lippen geleckt hatte.

»Den Brief nehmen wir mit«, beschloss Heiko. »Wer weiß, ob wir den nicht noch brauchen können.«

Die Kommissare versprachen dann noch, den Diebstahl an die zuständigen Kollegen weiterzuleiten, denn sie von der Mordkommission wären da definitiv die falschen Ansprechpartner.

Manuela Sichlers Handy klingelte. Sie betrachtete das Display, sinnend, es war ihre Freundin Erika. Zumindest diejenige Person, die sie als Erika eingespeichert hatte. Gewohnheitsmäßig blickte sie um sich, ob sie alleine war – aber dann fiel ihr ein, dass das ja gar nicht mehr notwendig war, denn Andreas war ja nicht da, weg, für immer. Einerseits schockierte sie das, andererseits eröffnete es ungeahnte Möglichkeiten. Sie drückte die grüne Annahmetaste.

»Hallo«, meinte sie, und sie bemerkte, dass ihre Stimme etwas belegt klang.

»Hallo, mein Schatz«, grüßte er zurück und erkundigte sich dann: »Und, wie geht es dir?« Er sparte sich ein »Herzliche Anteilnahme«, denn das wäre sowieso eine Lüge gewesen. Er war nicht der Meinung, dass es schade um den Andreas war, im Gegenteil, er hatte ihn noch nie leiden können. Sie schätzte es, dass er nicht heuchelte, das liebte sie so an ihm, er war authentisch, ehrlich, echt.

»Und wie geht es der Sina?«, fragte er weiter, weil sie nicht geantwortet hatte. Und das interessierte ihn wirklich.

»Sie ist noch bei meiner Mutter«, lautete die Antwort.

»Ach so.«

»Findest du das schlimm?«

»Was?«

»Dass ich sie nicht hier habe.«

»Gar nicht. Das ist in Ordnung. Du kannst sie ja im Lauf des Tages wieder abholen, und dann könnt ihr gemeinsam traurig sein.«

»So machen wir's«, antwortete sie und erwischte sich selbst bei einem kleinen Lächeln, weil er so lieb war, so fürsorglich, weil sie ihn so liebte.

»Und was ich dir sagen wollte«, fuhr er fort.

»Was denn?«

»Ich bin immer für dich da. Jederzeit. Ruf mich Tag und Nacht an. Ich komme rund um die Uhr bei dir vorbei. Bei euch. Das ist okay.«

Sie schluckte. »Das ist lieb von dir«, quittierte sie und fuhr dann fort: »Aber ich brauche jetzt ein klein bisschen Zeit für mich. Und Sina weiß ja nichts davon.«

»Sie kann es erfahren, nach einer gewissen Zeit. Du und ich, das ist etwas Besonderes. Du weißt, dass ich zu allem bereit bin«, antwortete er.

Sie schluckte geräuschvoll. »Das weiß ich«, bestätigte sie dann. »Ich lasse es dich wissen, sobald ich auch bereit bin.«

Dem Hammel kam an diesem Tag schon wieder besondere Aufmerksamkeit zu. Dennoch hatte das Tier das Gefühl, dass es sich diesmal nicht um etwas Gutes handelte, wenn es so die gekachelten Wände und die Männer in weißen Schürzen um sich herum betrachtete. Das Schaf blökte leise, eine Mischung aus Unsicherheit, Verwunderung und Angst. Nun, vielleicht hätten die Menschen ja auch etwas Gutes im Sinn, sagte sich der Hammel endlich, als Schaf musste man ja auch ein bisschen Vertrauen haben in die Menschen. Drei der Männer traten schließlich auf den Hammel zu, zwei positionierten sich links und rechts von ihm, einer direkt vor dem Tier. Der Hammel blickte nach links und rechts, oder vielmehr: wollte nach links und rechts blicken, denn es war ihm nicht möglich, der Mann vor ihm hatte schon seinen Schädel mit resolutem Griff angehoben; endlich setzte er das Bolzenschussgerät im Genick des Tieres an, und dann, nach einer Sekunde und einem satten »Klack«, sackte der Hammelbraten auf vier Beinen zusammen.

Zur gleichen Zeit zogen die Hammeltänzer im feuchtfröhlichen Pulk durch Onolzheim. Sie waren alle schon ziemlich angeheitert, aber das gehörte zum Hammeltanz einfach dazu. Einige von ihnen waren dafür gewesen, den Zug durch den Ort in diesem Jahr ausfallen zu lassen, wegen dem Sichlers Andi, aus Pietät und so. Und tatsächlich fehlten auch zwei, drei, allen voran Roland Geller, aber der harte Kern war beieinander und klapperte die einschlägigen Locations ab, wo es etwas zu trinken gab. Soeben hatten sie »Hammeltanz ist der schönste Tanz« gesungen, die Männer lagen sich grölend in den Armen. Und alle zusammen schlugen sie endlich bei der Rita auf, der Dame, die früher den alten Dorfladen betrieben hatte und die den Hammeltänzern am Dienstag traditionell immer ein »Schneegestöber«, eine Mischung aus Korn, Vanilleeis und Zitrone spendierte. Sie betraten gemeinsam den kleinen Laden, der immer noch mit Regalen bestückt war, die jedoch keine Waren mehr beherbergten, schade eigentlich. So dicht gedrängt standen sie, dass man erst ausweichen musste, wenn jemand woandershin wollte. Rita, eine gemütlich wirkende, dunkelhaarige Person, lauschte mit wohlwollendem Lächeln den Klängen von »In Junkers Kneipe«, was die Hammeltänzer nur für sie anstimmten, allerdings mit der kleinen Textänderung »Wir wollen Hammeltänzer sein.« Zum Dank erhielt jeder von ihr ein Glas mit ihrem berühmten Schneegestöber. André und Oliver stießen an, es klimperte, und dann kippten sie das leckere Getränk. »Das hätte dem Sichlers Andi jetzt auch gefallen«, sinnierte André endlich, hielt sein Glas hoch, brüllte laut »Auf dich, Andi, auf den Büttel!«, und kippte den letzten Rest hinunter. Die anderen schwiegen erst erstaunt, dann jedoch folgten die meisten seinem Beispiel, »Auf den Andi« war gemurmelt zu hören, und dann endlich, sagte Simon zu André, dass sie jetzt den Gellers Roland verhaftet hätten, und dass er sich ganz gut vorstellen könnte, dass der das gewesen sei, so verbittert, wie der wäre.

Heiko und Lisa waren wieder auf dem Revier, als Johnny zur Tür hereinschaute und meldete: »Dem Geller sein Alibi hat sich fai bestätigt, die Stuttgarter Kollechen hamm die Dame gefunden und die hat sich sehr gut an den ›niedlichen Roli‹ erinnert. Schaut so aus, als wär er unschuldig.«

»Also ist er aus dem Schneider«, meinte Lisa desillusioniert.

»Außer, die Dame lügt«, gab Heiko zu bedenken. »Wenn man andere Sachen von der auch kaufen kann, dann wer weiß …«

»Dann hätte er doch aber eher die Gelegenheit genutzt, um abzuhauen«, gab Lisa zu bedenken. »Einmal kurz nach Tschechien und weg wäre er gewesen.«

»Stimmt«, meinte auch Johnny, »aber des is euer Job.« Er schloss wieder die Tür, offenbar hatte er zu tun.

»Als heißer Kandidat scheidet er jetzt erst mal aus«, stellte Lisa fest.

»Und jetzt?«, sinnierte Heiko und nahm einen Bergkristall zur Hand. Die Esoteriker waren überzeugt davon, dass er einem eine klarere Sicht verschaffte. Heiko glaubte nicht an derlei Kram, ihn beruhigte einfach die schöne, glatte Oberfläche des Steins.

»Schauen wir uns die VERT-Leute an?«, schlug Lisa vor.

»Die Hammelentführer?«

»Genau die.«

»Na, ich weiß nicht, ob das für einen Mord langt. Ich würde eher mal mit dem Sohn der Exfrau reden. Den kennen wir noch gar nicht.«

Heiko nickte nachdenklich, das war womöglich keine schlechte Idee. Er sah auf die Uhr – es war fast fünf, und die Chancen standen wohl nicht schlecht, den Mann zu Hause anzutreffen.

Nach kurzer Recherche hatten sie die Adresse des Sohnes des Mordopfers herausgefunden. Die Kommissare veranlassten erst noch die Entlassung von Roland Geller, setzten sich in den M3 und fuhren über Satteldorf in das kleine, schmucke Dörfchen, das früher Standort der »Wacker-Brauerei« gewesen war. Mit dem klangvollen Slogan »Trinkt wacker Wacker-Bier« hatte das Unternehmen die hiesige Brauereilandschaft bis in die 90er-Jahre hinein mitgeprägt. Nun gab es nur noch das Engel-Bräu, aber die machten auch ein sehr gutes Bier, wie Heiko fand. Kleinere Brauereien gab es sonst noch in Riedbach, in Michelbach an der Lücke und allgemein in der Landwehr. Die Sonne war bereits am Sinken und tauchte die Landschaft in ein rotgoldenes Licht, als sie in das Örtlein hineinfuhren. Nach kurzer Suche fanden sie die Straße, in der der Sohn des Mordopfers, Pascal Sichler, wohnte. In einem eher heruntergekommenen älteren Zweifamilienhaus aus den 50ern entdeckte das Ermittlerteam zwei leuchtende Dachfenster, die in der herbstlich-abendlichen Dämmerung wie Laternen wirkten. Sie konnten also damit rechnen, dass Sichler zu Hause war. Lisa betätigte die Türklingel, und nach kurzer Wartezeit kam ein Mann die Treppe herunter, um ihnen zu öffnen. Er wäre nicht unattraktiv gewesen, hätte er nicht eine Bierwampe in der Größe vor sich hergeschoben, dass sie nicht mehr als »Bäuchlein« zu klassifizieren war. Sein Dreitagebart tat ein Übriges, um zum ungepflegten Eindruck beizutragen. Immerhin trug er relativ stylische Bluejeans und ein sauberes grünes Karohemd.

»Wer seid ihr denn?«, empfing er die Kommissare etwas ungehalten und strich sich durch die blonde Bürstenfrisur.

»Wüst und Luft von der Kriminalpolizei«, stellte Heiko sie beide vor.

Pascal Sichler musterte sie mit eng zusammenstehenden, schönen grünen Augen und verschränkte die Arme vor der Brust. »Ihr kommt wegen dem Vatter«, stellte er fest und fixierte sie weiter.

»Dürfen wir hereinkommen?«, bat Lisa und schenkte dem Mann ihr schönstes Lächeln. Derlei Dinge besprachen sich schlecht zwischen Tür und Angel. Mit leicht genervter Attitüde ließ der Mann sie eintreten und führte sie die hölzerne Treppe hinauf in seine Wohnung, die als Studio angelegt war. In einer Ecke gab es eine kleine Kochnische, der Wohnraum wurde von einem großen Sofa in Rot und einem gewaltigen Fernseher, neben dem eine Spielkonsole aufgebaut war, dominiert. Durch ein Paravent abgetrennt wurde offenbar der Schlafbereich, Lisa erspähte dahinter die Konturen eines Französischen Betts und eines Kleiderschrankes.

»Willkommen in meinem Reich«, meinte der Mann und lächelte spöttisch. »Zu mehr reicht es gerade nicht.«

»Ist doch ganz hübsch«, fand Lisa, kam aber nicht umhin zu bemerken, dass eine weibliche Hand der relativ ungeputzten Wohnung und auch dem unrasierten Kerl definitiv guttäte. Immerhin war der Couchtisch vor dem Sofa mit einem leeren Pizzakarton und einigen Bierdosen dekoriert.

»Setzt euch doch«, lud Sichler ein und wies auf das Sofa. Es knarzte, als sie alle drei darauf Platz nahmen, es war wohl doch schon etwas älter. Könnte noch aus dem Jugendzimmer stammen. »Sie wollen sicherlich wissen, ob ich meinen Vater umgebracht habe«, fiel der Mann mit der Tür ins Haus und verdrehte sich so, dass er mit seinen Besuchern direkt reden konnte.

»Na na, Herr Sichler, so haben wir das jetzt erst mal nicht gemeint.«

»Ist ja aber verständlich. Und ich habe nicht mal ein Alibi. Ich war hier und hab mich volllaufen lassen. Was soll man denn sonst auch an einem Montagabend machen, nach Feierabend?«

»Sie haben es nicht so mit dem Hammeltanz?«, vermutete Lisa. Nun schnaubte der junge Mann.

»Weder mit dem Hammeltanz, noch mit meinem Vater.«

»Er war immerhin der Büttel«, gab Heiko zu bedenken. »Ist man da nicht ein klein bisschen stolz?«

»Ich habe nur als Kind in Onolzheim gewohnt. Dann bin ich mit meiner Mutter in eine Wohnung in den Roten Buck gezogen, und da waren wir, bis sie den Horst kennen gelernt hat.«

»Herrn Waldmann«, vermutete Heiko.

»Genau den.«

»Und hatten Sie dann noch Kontakt zu Ihrem Vater?«, fragte Lisa weiter.

Pascal Sichler löste sich aus seiner erstarrten Haltung und schnaubte. »Wenig. Eher so am Geburtstag und an Weihnachten. Man kann sagen, dass es immer weniger geworden ist. Mein Vater hatte dann eine neue Frau, eine neue Familie, ein hübsches kleines Töchterlein.«

Es klang eifersüchtig. Die Kommissare wechselten einen Blick, der besagte, dass sie ihn weiterreden lassen sollten. Und es funktionierte.

Sichler fuhr fort: »Als ich in der Pubertät war, wurden seine Besuche weniger. Er hatte wohl keinen Bock mehr auf den pickligen Jungen, und der auch nicht auf den Vater, der sich nur all Schaltjahr blicken ließ.«

»Kann ich verstehen«, meinte Heiko. »Und Sie sind dann mit Ihrer Mutter zu Herrn Waldmann gezogen.«

Sichler schnaubte. »Meine Mutter. Die gibt ja unglaublich gerne mit Ihrer Firma an. Dabei war sie früher selbst eine Putzfrau und hat sich dann – zugegebenermaßen mit einigem kaufmännischen Geschick – nach und nach ihr Firmalein aufgebaut. Das Kapital dafür hatte sie aber vom Horst.«

»Soso«, machte Heiko und vermutete: »Und dann habt ihr alle zusammen in Wittau gewohnt.«

Wieder ein unzufriedenes Schnauben. »Ja, aber nicht lange. Denn dann kam ja auch da ein süßes Töchterlein auf die Welt. Ein leibliches Kind vom Horst.«

»Na und?«

»Nichts und, aber sagen wir mal so, als ich 18 war und damals wie jeder 18-Jährige vor mich hingesagt habe, ich wolle ausziehen, hat er sofort »Mach das doch« gesagt. Ich passte wohl nicht in seine kleine, perfekte Familie. Die Sofia ist ja auch ein ausnehmend süßes Kind, ein hübsches Mädchen.« Die grünen Augen funkelten, wirkten hasserfüllt.

»Und dann sind Sie ausgezogen«, vermutete Heiko weiter.

»So bald wie möglich, ja«, bestätigte Pascal. »Und ich hatte und habe mit beiden wenig am Hut. Deshalb ist mir der Tod vom Vatter auch ziemlich egal, denn zum letzten Mal habe ich ihn … am Volksfest gesehen, und das auch nur zufällig im Vorbeilaufen.«

»Waren Sie überhaupt auf dem Hammeltanz?«, forschte Lisa weiter.

»Ich? Nein. Ich werde meinem Vater bestimmt nicht dabei zuschauen, wie er einen putzigen Dorfpolizisten spielt, der irgendwo das Sagen hat. Der hat das gebraucht, das sag ich euch. Aber ich hab mir das nicht gegeben, das kann er alleine machen. Hat schon gereicht, dass er am Crailsheimer Ortseingang von den Plakaten gegrinst hat. Da ist mir fast schlecht geworden. Denn mich hat er nie so angelächelt.«

»Haben Sie denn eine Ahnung, wer ein Problem mit ihm gehabt haben könnte?«, fragte Heiko weiter.

Der Mann schüttelte den Kopf. »Fragt mich nicht. Womöglich viele. Denn mein Vater war ein echtes Arschloch.«

Mehr war aus dem Mann nicht herauszubringen gewesen, und obwohl er kein wirklich glaubwürdiges Alibi vorweisen konnte, stuften weder Lisa nach Heiko ihn als heißen Kandidaten ein, so gleichgültig, wie er seinem Vater gegenüber war. Heiko hatte vorgeschlagen, ob sie nicht noch nach Onolzheim in die »Rose« sollten, um sich dort am Stammtisch ein bisschen über das Mordopfer zu erkundigen. Lisa hatte allerdings darauf bestanden, nach Hause zu gehen, da Heiko den ganzen Tag furchtbar gehustet und geschnieft hätte. Sie würde ihm jetzt ein schönes, heißes Erkältungsbad einlassen, weil sonst würde er sich noch den Tod holen.

Bei Yvette und Tobias ging es an diesem Abend ähnlich kuschelig wie im warmen Wasser einer Badewanne zu. Yvette hatte sich in Anlehnung an ihr Elefantenkostüm graue Spitzenunterwäsche gekauft und Tobias damit überrascht, als er aus der Arbeit gekommen war. Sie hatte Trauben besorgt und sie gemeinsam mit ihrem Schatz verzehrt, eine nach der anderen und genüsslich, davor und auch dabei. Nun lagen sie auf dem Satin-Spannbettlaken unter der bordeauxroten Satinbettwäsche, außer Atem vom Liebesspiel, glücklich. Sie hatte die Arme um ihn geschlungen und streichelte seine Brust, schmiegte ihren Kopf an ihn. Er war so männlich, ein Beschützer, ein toller Kerl. Wenn er sie fragen würde, ob sie ihn heiraten wollte, sie würde sofort Ja sagen.

»Das war schon unverschämt, findest du nicht?«, begann sie plötzlich.

Er war in Gedanken gewesen, ganz woanders.

»Na, mit dem Andi«, half sie nach. Yvette richtete sich auf, stützte sich auf den linken Arm und blickte ihrem Freund ins Gesicht. Mit der rechten Hand strich sie eine verschwitzte dunkle Haarsträhne aus seiner Stirn.

»Was denn?«, erkundigte er sich.

»Also, ich fand das unmöglich, dass der euch bezichtigt hat, ihr hättet den Brand gelegt«, erklärte Yvette. »Du etwa nicht?«

Tobias schloss kurz die Augen, um sie kurz darauf wieder zu öffnen, allerdings etwas zu lange, als dass die Geste als Blinzeln durchgegangen wäre.

»Das ging gar nicht«, pflichtete er ihr bei. »Eine Unverschämtheit.«

Yvette nickte heftig. »Gell, das finde ich auch.«

»Und Schwachsinn noch dazu«, fuhr Tobias fort und zog die Decke enger um sich, er fröstelte wohl von einem Luftzug, der zur offenen Schlafzimmertüre hereinwehte – es war nicht zu spüren, woher er kam.

Yvette atmete einmal tief durch, dann meinte sie: »Sag mal, du denkst doch nicht, dass der Willi etwas mit dem Mord zu tun hat? Weil er sich darüber aufgeregt hat?«

»Wer, unser Hauptmann?«, vergewisserte sich Tobias. Nun lachte er. »Sicher nicht, mein Schatz.«

Yvette hörte für einen Moment auf, ihn zu streicheln, und fuhr sich stattdessen selber mit der Hand durch die kurze Frisur. »Nur, weil ich dann womöglich irgendwie mit schuld wäre, weil ich das dem Willi ja gesagt habe.«

»Was hast du dem Willi gesagt?«

»Na, dass der Andi die Feuerwehrler verdächtigt.«

Tobias lachte, und Yvette wunderte sich, weil es sich ein klein bisschen gekünstelt anhörte. »Da kannst du ganz sicher sein, dass der das nicht war, Yvy«, beruhigte er sie und stupste mit seinem linken Zeigefinger ihre Nasenspitze an.

»Wie kannst du da so sicher sein?«

»Ich weiß es einfach.«

MITTWOCH

Am nächsten Morgen schlugen Lisa und Heiko recht früh auf dem Revier auf, um bei Uwe vorstellig zu werden. Er hatte am Vortag eine SMS geschickt, dass es interessante Neuigkeiten gebe. Heiko hatte sich nach dem Bad – ein Hamamelis-Sanddorn-Bad, das Lisa ihm eingelassen hatte (wobei er keinerlei Ahnung hatte, was Hamemelis war, bestimmt aber was Gutes) – tatsächlich erholter gefühlt und wie ein Baby geschlafen. Nun spürte er aber wieder das unangenehme Kratzen im Hals, so eine Muswiesenerkältung war eben langwierig und ungut. Lisa reichte ihm wortlos ein Spitzwegerichbonbon, ebenfalls eine Muswiesenbeute. Gemeinsam betraten sie Uwes Reich.

»Ach, die Kommissare, seid ihr auch schon da«, empfing er sie.

Heiko grinste, und sie setzten sich auf die üblichen Hocker, Uwe thronte wie immer in seinem ledernen Chefsessel.

»Du hättest Neuigkeiten?«, begann Heiko.

Uwe nickte und langte nach seinem üblichen Kaffeebecher, nur um festzustellen, dass er leer war. Er fluchte leise und wandte sich dann seinem Rechner zu. »Die Ulmer haben ein Haar in der Faust des Toten gefunden.«

»Vom Mörder?«, hoffte Heiko.

»Keine Ahnung. Ein langes, braunes«, erklärte Uwe weiter. »Es kommt nachher per Kurier.«

»Also war es doch eine Frau«, vermutete Lisa.

»Es gibt auch langhaarige Männer«, gab Heiko zu bedenken.

Uwe grinste. »Das wollte ich euch jedenfalls sagen. Mehr habe ich allerdings noch nicht, ich würde mich melden, sobald ich das Haar habe und was weiß.«

»Und was ist jetzt mit den Fingerabdrücken auf dem Degen?«, erkundigte sich Lisa. Uwe seufzte theatralisch und schüttelte dann den Kopf. »Ich glaube, das können wir getrost vergessen. Da ist wirklich nichts Brauchbares drauf. Es sind einfach zu viele, als Beweismittel völlig untauglich.«

»Schade«, fand Heiko, das wäre aber auch zu schön gewesen.

Das hohenlohisch-westfälische Ermittlerteam hatte es sich im Büro bequem gemacht, um das weitere Vorgehen zu besprechen.

»Vielleicht sollten wir uns doch diese VERT-Leute mal anschauen«, schlug Lisa vor.

»Du denkst doch nicht, dass die wegen sowas den Büttel umbringen? Wegen des Tierschutzes?«, hielt Heiko dagegen.

Lisa gab zu bedenken: »Wenn die der Meinung sind, dass Tiere genauso wie alle anderen Individuen ein Recht auf Leben haben – was ja an sich kein schlechter Gedanke ist –«,

Heiko verdrehte die Augen, hoffentlich käme Lisa niemals auf den Gedanken, Vegetarierin zu werden,

»dann könnte ich mir vorstellen, dass man den Büttel quasi als Rädelsführer des Hammelmordes sehen könnte.«

Heiko grinste. Rädelsführer. »Es kann ja nicht schaden«, meinte er, tippte etwas ungelenk »VERT« in seinen Laptop ein und klickte auf »Suchen«. »Vert, französisch für ›Grün‹«, las er.

»Du musst das ein bisschen präzisieren«, bestimmte Lisa. »Schreib ›Tierschutz‹ dazu.«

Nun kamen schon mehr Treffer, es gab sogar eine offizielle Homepage. Lisa war zu ihm getreten und schaute ihm über die Schulter.

»Klick mal auf das Impressum«, riet sie ihrem Freund und Partner.

Heiko kam ihrer Bitte nach.

»Die sind in Dortmund«, stellte Lisa fest.

»Na, dann kommen die wohl kaum nach Oonza auf den Hammeltanz und killen den Büttel«, relativierte Heiko.

»Vielleicht gibt es sowas wie eine Ortsgruppe?«, fragte sich Lisa.

Erneut gab Heiko »VERT Tierschutz« und diesmal noch dazu »Crailsheim« in die Suchleiste ein und klickte auf »Suchen.« »Nicht viel«, stellte er fest und scrollte langsam nach unten. »Hier, immerhin ein Clixmix-Profil mit einem Eintrag.«

Lisa deutete auf einen Treffer, und Heiko folgte dem Link. Er meldete sich selbst an – sein Benutzername war »FRH76« für »Freie Republik Hohenlohe« – und landete endlich auf der Seite einer gewissen Eva Zanzinger. Sie hatte die Website der Organisation geteilt und mit »Tolle Sache, Fleisch essen ist Mord!!!« kommentiert.

»Und woher ist die?«, forschte Lisa.

Heiko scrollte hoch und betrachtete die Informationen in ihrem Profil. »Aus Crailsheim«, stellte er fest. Er sah ihre Posts durch. »Alles so Tierschutzzeugs«, stellte er fest.

»Oh Gott, das ist ja brutal«, meinte er und wies auf ein Bild einer gehäuteten Kuh hin. »Mach das weg, sonst ess ich wirklich kein Fleisch mehr«, erklärte Lisa.

»Da haben wir aber wohl kaum unsere Mörderin«, meinte Heiko, um das Thema zu wechseln. »Oder was meinst du?«

»Das nicht«, stimmte Lisa zu, »aber vielleicht die Hammelentführerin.«

»Was nicht unsere Sache ist«, erinnerte Heiko, »dafür sind wir nicht zuständig.«

»Da hast du recht, aber vielleicht weiß die ja was Genaueres? Oder kennt ein paar Verrückte, die zu sowas fähig wären?«

Heiko zuckte die Achseln. »Schaden kann es nicht«, beschloss er.

Nach wenigen Minuten hatten sie die Adresse von Eva Zanzinger herausgefunden und waren auf dem Weg nach Altenmünster, wo die Dame wohnte. Sie ließen den »EBERL«, den »Großmarkt für jedermann«, rechts liegen, passierten den alten »Kronprinzen«, der jetzt ein Schnitzeltempel war und fuhren nach der Unterführung bei der Flügelau schließlich in die linke Siedlung ab. Nach kaum zwei Minuten stellte Heiko den M3 vor einem Zweifamilienhaus ab. Soeben wollten sie den kurzen Weg zur Haustüre mit den sechs Klingelschildern beschreiten, als Heiko etwas auffiel. Hinter einer kleinen Gartenmauer ragte eine Anhängerkupplung hervor. Er legte Lisa eine Hand auf die Schulter. »Wart mal kurz«, bat er, ging zur rechten Seite des Hauses und entdeckte tatsächlich einen Kastenanhänger mit rostfarbener Plane. Lisa war ihrem Freund und Partner gefolgt, und gemeinsam und gänzlich aus Versehen – sie hatten ja keinen Durchsuchungsbeschluss – schoben sie die Plane im unteren Bereich einen Spalt zur Seite und lugten hindurch.

»Schafsscheiße«, stellte Heiko fest.

Lisa kicherte. »Schaut aus wie die Kacke vom Alfred in Groß«, stellte sie fest. »Wenn wir da jetzt die DNA untersuchen, dann stellt sich bestimmt raus, dass die Böbbel vom Hammeltanzhammel sind.«

»Und dann?«

»Nix und dann, dann müssten die Damen … den Hammel ersetzen oder so.«

»Haben die Onolzheimer jetzt eigentlich einen neuen Hammel?«, erkundigte sich Lisa.

»Da man nichts gehört hat, vermute ich mal, dass die ihn irgendwie zurückgekriegt haben. Oder einen Ersatzhammel geschlachtet haben.«

»Der Arme«, meinte Lisa und verzog die Lippen.

Heiko seufzte, immer dieses Vegetariergelaber. »Dann wollen wir die Dame mal mit den Anschuldigungen konfrontieren«, beschloss er.

Die Dame war aber nicht zu Hause, also erkundigten sich Lisa und Heiko auf dem Revier, wo sie denn arbeitete und erhielten die Auskunft, dass Eva als Apothekerin in der Flügelau arbeitete. Es dauerte also nicht lange, bis Heiko und Lisa den M3 auf dem Parkplatz der Apotheke gegenüber dem Discounter abstellten. Sie betraten die Apotheke durch die Schiebetür, und Heiko hustete erneut. »Vielleicht sollten wir dir so ein Hustenzeugs besorgen, bei der Gelegenheit«, sann Lisa nach. »Quatsch«, widersprach Heiko, hustete aber gleich wieder. »Wenn du nicht so viel rauchen würdest, dann wäre der verdammte Husten auch nicht so hartnäckig«, behauptete Lisa weiter, und Heiko beschloss, die Bemerkung ganz einfach zu ignorieren, denn das konnte er gerade nun wirklich nicht brauchen, er war nämlich krank und er litt. Suchend blickte er sich um und entdeckte an den beiden Schaltern, hinter denen riesige Apothekergläser dekorativ auf einem Regal aufgereiht waren, eine ältere Dame und eine junge Frau. Die Oma ließ sich, soviel Heiko verstehen konnte, zum Thema Salbeitee beraten, die junge Frau wollte hingegen das Thromboserisiko ihrer Antibabypille erklärt bekommen. Heiko nieste und zückte ein Taschentuch, nur um festzustellen, dass das, das sich in seiner Hosentasche befand, schon ziemlich verrotzt war. Das Päckchen mit den neuen lag allerdings im Auto. Geduldig warteten die Kommissare, bis die doch recht umfangreichen Beratungen beendet waren. Relativ gleichzeitig entfernten sich die beiden Frauen vom Tresen, sodass Lisa und Heiko an der Reihe waren. »Frau Zanzinger?«, fragte Lisa freundlich und fragte sich, welche der beiden Apothekerinnen wohl Frau Zanzinger war – die üppige dunkelhaarige mit dem Dutt oder die hagere blonde. Schließlich hob die etwas dickere die Hand. »Sie brauchen was gegen Husten?«, vermutete sie zaghaft und lächelte Heiko an. »Das auch«, gab Lisa zu, bevor Heiko etwas sagen konnte. »Aber zuerst müssten wir mal kurz mit Ihnen reden – am besten unter vier Augen.« Sie lächelte hingebungsvoll der Kollegin zu, die den Wink mit dem Zaunpfahl verstand und sich sofort nach hinten verabschiedete, sie müsse sowieso den Wareneingang überprüfen.

Eva Zanzinger verschränkte die Arme vor dem voluminösen Busen und meinte dann: »Also. Um was geht's?«

»Kennen Sie die Organisation VERT?«, begann Heiko, der sich von seinem Hustenanfall wieder etwas erholt und sie beide vorgestellt hatte.

»Nie gehört«, lautete die Antwort, und sie kam etwas zu schnell.

»Also Frau Zanzinger, jetzt lügen Sie aber, Sie haben doch im Clixmix deren Beiträge gepostet«, unterstellte Lisa.

»Ach so, diese Tierschutzmenschen«, erinnerte sich die Frau und lächelte nervös. »Jaja, das kann sein. Ihr wisst doch bestimmt auch nicht mehr alles, was ihr irgendwann mal gepostet habt.«

Eigentlich doch, dachte Heiko bei sich, überhaupt postete er wenig bis gar nichts, denn wozu sollte das gut sein, außerdem hatte er gar keine Zeit für sowas.

»Haben Sie mitgekriegt, dass der Hammel entführt wurde?«, forschte Heiko weiter.

»Welcher Hammel?«, fragte die Frau verständnislos zurück und zog die relativ dichten Augenbrauen zusammen.

»Der Onolzheimer Hammel«, informierte Lisa stoisch und half dann weiter, als die Frau sich immer noch dumm stellte: »Vom Hammeltanz.«

»Ach der«, meinte die Frau endlich und blinzelte mehrfach nervös. »Ich weiß nix«, meinte sie dann und betrachtete ihre Fingernägel, die ziemlich abgekaut waren.

»Gehört der Anhänger in Ihrem Hof Ihnen?«, erkundigte sich Heiko.

»Welcher Anhänger?«

»Na, bei Ihnen zu Hause«, half Heiko nach, dem allmählich die Geduld ausging. Diese Tussi stellte sich aber auch an!

»Der mit der Schafskacke drin«, präzisierte Lisa.

Nun änderte sich die Körperhaltung der Frau. »Ihr werdet den Hammel nie finden, denn er ist jetzt an einem besseren Ort. Denn er hat ein Recht zu leben!«, proklamierte sie und wirkte plötzlich frech.

»Ist das Bekennerschreiben von Ihnen?«, fragte Heiko rundheraus.

»Darauf muss ich nicht antworten«, behauptete die Frau.

»Nein, das müssen Sie nicht. Aber wir können ein graphologisches Gutachten in Auftrag geben.«

Nun schnaubte die Apothekerin. »Ernsthaft? Wegen des verschwundenen Hammels?«

»Es geht nicht um den verschwundenen Hammel, Frau Zanzinger«, erläuterte Lisa. »Es geht um Mord.«

Jetzt weiteten sich die katzengrünen Augen der Frau, die fast dunkelgrün waren. »Mord? Wie bitte?«

»Im Bekennerschreiben ist vom Büttel die Rede«, informierte Lisa.

Die Frau fuhr sich wieder fahrig über den Kopf. »Erstens weiß ich gar nicht, von was für einem Bekennerschreiben ihr redet. Zweitens haben wir …«

»Wer, wir?«, unterbrach Heiko.

»Wie bitte?«

»Wer, wir«, wiederholte Heiko, langsam und etwas lauter. Dazu zog er die Augenbrauen etwas verärgert zusammen.

»Da habe ich mich versprochen, ich meinte natürlich ›ich‹«, korrigierte sich die Frau.

»Hm«, machte Heiko und meinte damit »das glaubst du ja wohl selber nicht.«

»Wo waren Sie denn am Mordabend zwischen 22.00 und 1.00 Uhr?«, wollte nun Lisa wissen.

»Was issn der Mordabend?«, lautete die Gegenfrage.

»Der Montagabend.«

»Montags bin ich im Bauchtanz, bei der Volkshochschule«, gab Eva Zanzinger Auskunft.

»Und wie lange?«

»Von acht bis neun. Und anschließend waren wir noch was trinken, so bis um elf.«

»Und danach? Danach haben Sie zusammen mit Komplizen womöglich den Hammel entführt? Und davor oder dazwischen den Büttel umgebracht?«

»Nein, ich bin einfach ins Bett«, widersprach die Frau. »Und dass die Kacke im Anhänger vom Onolzheimer Hammel stammt, das müsst ihr erst mal beweisen.«

In diesem Moment klingelte Heikos Handy, und er wusste nach einem kurzen Blick aufs Display, dass Uwe sie sprechen wollte. »Halten Sie sich zu unserer

Verfügung, wir sind noch nicht fertig, Frau Zanzinger«, resümierte Heiko streng und nahm das Gespräch an.

Die Apothekerin grinste frech und drückte Lisa plötzlich ein gelbes Tütchen in die Hand. »Heiße Zitrone mit Vitamin C. Gut für seinen Husten. Geht aufs Haus«, meinte sie und zwinkerte Heiko nochmals zu.

Kaum standen sie vor der Apotheke wieder auf dem Parkplatz, zückte Heiko sein Handy und wählte eine Nummer. Nach dreimaligem Klingeln wurde abgenommen.

»Gerlein?«, meldete sich sein Gesprächspartner.

»Wüst von der Kriminalpolizei«, antwortete Heiko.

»Ach, der Bollizischd. Und, gibt's was Neues?«, erkundigte sich der Onolzheimer Ortsvorsteher.

»Wir glauben, dass wir wissen, wer den Hammel gestohlen hat«, informierte Heiko. »Wenn Sie also Anzeige …«

»Hören Sie zu, Herr Wüst«, unterbrach Gerlein. »Das ist wirklich lieb von Ihnen, aber der Hammel wurde nicht gestohlen.«

»Verstehe«, murmelte Heiko und wandte ein: »Ich wollte nur …«

»Im Gegenteil, er wurde bereits ordnungsgemäß geschlachtet und wird am Samstag mit Knödeln und Spätzle serviert.«

Heiko grinste. »Wenn Sie meinen«, resümierte er und verabschiedete sich.

Uwe schwenkte theatralisch ein scheinbar leeres Cellophantütchen, als sie sein Reich betraten.

»Es gibt Neuigkeiten«, begrüßte er das hohenlohisch-westfälische Ermittlerteam.

»Hoffentlich gute?«, kommentierte Lisa und lächelte ihren Kollegen hingebungsvoll an.

Uwe wedelte mit der Hand. »Das kann man jetzt so oder so sehen. Einfach wird es nicht.«

Mit den Augen winkte er in Richtung der beiden Hocker, auf denen sich die Kommissare brav niederließen.

»Also, das ist gar kein Haar«, begann er und rief am Computer ein Bild auf, auf dem seine Beute 100-fach vergrößert erschien.

»Wie, kein Haar?«, wunderte sich Heiko.

»Es ist kein menschliches Haar. Es ist künstlich. Feinstes Polyester«, erklärte der Spurensicherer.

Heiko seufzte. »Und das bedeutet?«

»Das bedeutet, dass ihr nach Kunsthaar in der Länge 27,8 Zentimeter mit mittelbrauner Farbe suchen müsst.«

»Bei den Teilnehmern eines Kostümumzugs? Ist das dein Ernst?«

»Es ist doch besser als nichts«, fand Lisa. »Immerhin. Wir müssen uns bloß mal die Bildergalerie ansehen, wer alles ein solches Kostüm hatte.«

»Das kann ja jeder sein«, meinte Heiko und strich sich verzweifelt eine Haarsträhne aus der Stirn.

Er muss mal wieder zum Frisör, dachte Lisa.

»Na, jeder jetzt nicht grad, es schränkt das Ganze schon ein«, meinte auch Uwe und lächelte sein freundlichstes Lächeln.

»Und hast du noch was für uns?«, fragte Lisa weiter.

Uwe reichte ihnen ein Blatt Papier mit einer einzelnen Farbfläche darauf. »Hier hab ich euch die Farbe des Haares mal ausgedruckt, zumindest ungefähr. Das ist ja immer ein bisschen verfälscht.«

»Ou, des is gut«, fand Heiko.

»Ansonsten habe ich nur das genaue Obduktionsergebnis«, erklärte Uwe und angelte nach einem Aktendeckel, der vor ihm auf dem Schreibtisch lag. Er tat es umständlich, denn er musste dazu seine bequeme Lümmelhaltung im Ledersessel aufgeben. »Der Degen hat die Bauchaorta durchtrennt«, informierte er, nachdem er das Papier studiert hatte.

»Ach was«, machte Heiko und vermutete: »Absicht?«

Uwe gab zu: »Möglich«, und meinte dann: »Kann aber auch Zufall sein.«

»Na, dass man mit so einem Stich genau die Bauchaorta erwischt …«

»Die Bauchaorta ist immerhin in der Mitte«, wandte Uwe ein. »Einfach mittendrin. Wenn man also jemandem in den Bauch sticht, ist die Chance hoch, dass man die trifft.«

»Man kann also davon ausgehen, dass der Täter das Opfer wirklich töten und nicht nur verletzen wollte. Scheiden damit Taten im Affekt aus?«

Uwe wiegte den Kopf. »Nicht unbedingt. Wenn jemand genügend Wut im Bauch hatte … allerdings braucht man da schon eine gewisse Kraft dafür, weil der Degen ziemlich stumpf ist. Ich würde das einem Betrunkenen nicht so ohne Weiteres zutrauen. Nicht mit dieser Präzision«.

Lisa zog eine Augenbraue hoch und stellte mit halbem Ernst fest: »Dann müssen wir also einfach nur rausfinden, wer nüchtern geblieben ist?«

Heiko lachte auf. »Wer ist schon nüchtern am Hammeltanz?«

»Wenn du mich fragst, dann spricht das, was Uwe gesagt hat, eben schon eher für einen Mord. Wenn ich jemanden mit einem Degen umbringen will, dann halte ich mich doch mit dem Saufen zurück«, gab Lisa zu bedenken. »Ich kann ja nicht riskieren, dass ich nicht treffe.«

»Da hast du schon recht. Aber einen Bollen kann man auch simulieren«, erklärte Heiko.

»Einen was?«, wunderte sich Lisa.

»Einen Bollen. Einen, äh, Rausch«, übersetzte Heiko grinsend.

Moritz Schmalfuß aß zu Mittag. Er war schon Rentner, seine Frau arbeitete noch in der Bäckerei um die Ecke. Sie war eine gute Frau, kochte ihm jeden Abend sein Essen vor und er brauchte es dann mittags nur noch aufzuwärmen. Er legte Wert auf ein gutes Mittagessen, das wusste seine Frau, und sie tat ihm den Gefallen. Heute gab es Sauerbraten mit Klößen, das konnte sie gut und das schmeckte auch noch, wenn man es in der Mikrowelle wärmte. Und jeden Mittag las er das Hohenloher Tagblatt und trank ein Bier dazu, eines, nicht mehr, denn ein Säufer war er ja nicht. Und dazu setzte er sich in die leere Küche, leer deshalb, weil ja seine Frau nicht da war. Obwohl die Küche nicht ganz leer war, seine Katze Georgina leistete ihm Gesellschaft. Er stellte dem Tier jeden Mittag gewissenhaft seine Schale Katzenfutter hin, und dann aßen sie gemeinsam. Aber andere Menschen waren eben keine da – umso besser, dann hatte er seine

Ruhe – es war so leise, dass er dem Ticken der Küchenuhr lauschen konnte, und das wirkte zusammen mit dem leisen Schmatzen der Katze irgendwie entspannend auf ihn. Er besah sich die dampfenden Knödel, zerteilte sie mit der Gabel und badete eines der Stücke in der Sauce. Dabei schlug er der Gewohnheit entsprechend zuerst die Todesanzeigen auf, denn schließlich musste man wissen, wer alles gestorben war. Das Beängstigende an der Sache war allerdings, dass die Jahrgänge der Verblichenen näher und näher an das eigene Geburtsjahr rückten oder dieses sogar unterschritten. Ja, er war schon älter mit seinen 71, es war schon recht, dass er den Posten des Büttels abgegeben hatte. »Andreas Sichler ist vollkommen unerwartet von uns gegangen«, war das Erste, was er las. Moritz Schmalfuß grinste, grad hatte er dran gedacht. Der Andi war ja nicht lang Büttel gewesen, gar nicht lang. Und das war auch recht so, denn der hatte das nicht ordentlich gemacht, hatte sich nicht an die Regeln gehalten. Und er würde seinen rechten Arm dafür verwetten, dass der das ganz genau gewusst hatte, die reine Willkür war das, und sowas konnte man nicht brauchen bei einem Büttel. Der Büttel hatte ein Diener zu sein, eine ausführende Instanz, würdevoll, akkurat, korrekt, unbestechlich. Das hatte er ihm auch gesagt, nach der Sache mit dem Hammeltanz, und der Andi hatte sich dumm gestellt. Dabei hatte der Andi das ganz sicher gewusst, er, Moritz, erinnerte sich noch genau, wie er ihm die Regeln erklärt hatte, auch über diesen sehr unwahrscheinlichen Fall gesprochen hatte, der nun eingetreten war. Der Andi war kein Diener gewesen, kein guter Büttel, bestimmt nicht. Das war schon recht so, wie alles gekommen war.

Moritz Schmalfuß schob sich das kartoffelige Knödelstück in den Mund, kaute darauf herum und spülte mit Bier nach. »Prost, Andi«, murmelte er vor sich hin und grinste, während die Katze den Kopf wandte, sich die Schnauze leckte und ihn etwas irritiert ansah.

Lisa und Heiko hatten sich in ihr Büro zurückgezogen und klickten sich durch die Hammeltanz-Umzugs-Bildergalerie des Hohenloher Tagblatts.

»Unglaublich, die ganzen Kostüme«, murmelte Heiko.

»Was das für eine Arbeit ist«, stimmte Lisa zu und zeigte auf einen Krokodilsanzug, der aus bemalten Eierkartons gefertigt war. »Wahnsinn.«

»Die Flamingos scheiden definitiv aus«, beschloss Heiko, als er auf das nächste Bild klickte und einen bärtigen Mann mit stämmiger Figur, hellrosa Tanktop, rosa Tutu und pinkfarbenem Gesicht mit Glitzer auf den Wangen erblickte, der hinter dem Flamingowagen auf einem rosabestrumpfhosten Bein stand, ganz wie die Primaballerina in »Schwanensee«.

»Elegant, elegant«, fand Lisa und grinste. Das nächste Bild zeigte die Affen. »Hier, die vielleicht«, meinte Lisa, deutete auf einen Pavian, speicherte und vergrößerte das Bild.

»Könnte sein«, meinte Heiko nachdenklich.

Aber Lisa schüttelte den Kopf. »Nein, das ist zu rötlich. Das Haar hat ein helleres Braun. Eher ein Sandbraun.«

Heiko war es ein Rätsel, wie Frauen immer die tollsten Namen für Farben erfanden – und das Beste war auch noch, dass andere Frauen immer genau zu wissen schienen, welche Farbe gemeint war. Hach, da hab ich mir neulich so ein Kleid gekauft, so kiwigrün, aber nicht so Birne, sondern echt Kiwi, weißt du. Unglaublich. So war es aber auch wahrscheinlich, dass Lisas Urteil zu vertrauen war. Er klickte weiter. »Die Wilden haben auch so eine ähnliche Perücke auf«, erklärte Heiko und deutete auf einen Kerl mit Baströckchen und dunkler Rastaperücke.

»Das sind aber Dreadlocks, die Haarstruktur würde womöglich anders ausschauen«, hielt Lisa dagegen. »Unser Haar ist absolut glatt.«

Auf den folgenden Bildern waren Damen und Herren mit Pfauenkostümen abgebildet, die kamen wohl nicht infrage.

»Das würde dir aber auch gut stehen, mein Bärchen«, erklärte Lisa und deutete auf einen Mann mit Pfauenfedersakko und Pfauenfedermaske.

»Hm«, machte Heiko unbestimmt und rief das nächste Bild auf. »Das hier«, meinte er und deutete dann triumphierend auf den Bildschirm. »Bingo.«

Lisa sah genauer hin. »Die Löwen«, meinte sie nachdenklich, »das könnte sein.«

»Wer waren nochmal die Löwen? Waren das nicht die Feuerwehrler?«, erinnerte sich Heiko.

Lisa nickte. »Soweit ich weiß, ja.«

Heiko speicherte das Bild auf der Festplatte ab und vergrößerte den Ausschnitt mit der Löwenmähne. Sie fluchten leise, weil sie feststellen mussten, dass die Löwen zusätzlich noch Masken trugen.

»Ich denke, das ist es«, resümierte Heiko endlich. »Das hat doch ungefähr das Braun von unserem Haar.«

Er hielt das Blatt mit der Farbfläche hoch und verglich es mit der Stelle auf dem Bildschirm.

»Also war es jemand von der Feuerwehr. Jetzt müssen wir nur noch den Mörder verhaften«, grinste Lisa.

»Das mit den Kostümen ist halt mal echt Scheiße, und jetzt auch noch die Masken«, stimmte Heiko genervt zu.

»Aber es ist ein Hinweis«, hielt Lisa dagegen.

»Naja, mal schauen. Am besten fragen wir mal den Hauptmann, oder?«

»Gute Idee«, fand Lisa.

Sina drehte sich auf den Bauch, und die Federn ihres Schlafsofas knarzten. Sie lag gerne hier, dachte an gar nichts oder hörte Musik und dachte an nichts. Oder sie dachte nach. Ihre Mutter hatte sie wieder zu sich geholt und sich ein paar Mal entschuldigt, tausendmal, dass sie sie derart im Stich gelassen hatte. Sie sei aber so verstört gewesen. Sina wusste, dass das absoluter Schwachsinn war. Sie glaubte nicht, dass Mama sich freute über den Tod von Papa, das nun gerade nicht. Aber sie war alt genug, um zu wissen, dass ihre Eltern nicht mehr viel miteinander am Hut gehabt hatten. Ihr Vater hatte ihre Mutter nicht mehr attraktiv gefunden. Dabei war sie immer noch eine schöne Frau, obwohl sie schon Mitte 40 war. Die meisten Mütter ihrer Freundinnen waren nicht mehr so attraktiv, richteten sich nicht mehr her, ließen sich gehen. Ihre Mutter hingegen schminkte sich, machte sich schön, vor allem in letzter Zeit, so ungefähr seit einem Jahr. Ab und zu ging sie sogar mit ihren Freundinnen tanzen, in den »Apfelbaum« oder sogar weiter weg, zur Andrea Berg auf den »Sonnenhof« nach Aspach, und manchmal hatten sie dort sogar schon übernachtet. Aber für Sina war das okay, absolut, sie war alt genug, um alleine zu bleiben, mit Papa zusammen oder auch ohne ihn. Ihrem Papa war das nicht nur egal gewesen, er hatte hingegen immer öfter anderen Frauen nachgestiert, als Letztes der Gewinnerin des Hammeltanzes. Was schon irgendwie peinlich war, weil die Jacky Anfang 20 war. Abgesehen davon war ihr Papa mit seiner wachsenden Wampe und seinem schwindenden Haupthaar auch nicht grade Adonis gewesen. Sie war ausnehmend hübsch, die Jacky, das schon. Sina hatte inzwischen schon begriffen, dass Männer hübschen jungen Frauen nachschauten, egal, wie alt sie selbst waren und ob es realistisch war, dass die betreffende Frau sich jemals für sie interessieren würde. Aber ihr Papa hat da schon ein klein bisschen übertrieben. Ihr Smartphone piepte, es war eine Nachricht aus der Gruppe, aus ihrer Gruppe.

»Wmi«, lautete sie. Was macht ihr.

Sinas Finger tippten wie automatisch »Bisschen chillen.« Sie konnte das gut, musste nicht nachdenken dabei, nicht wie die Alten, die nicht mit dem Smartphone aufgewachsen waren.

»Wie geht's dir?«, meldete sich Patti, Patrizia.

»Ganz gut«, antwortete Sina.

»Ernsthaft???«, schaltete sich Hanna ein.

Sinas Antwort war ein gereckter Daumen.

»Wenn du was brauchst, du weißt ja«, schrieb Sophia.

»Danke, dass ihr meine Bffs seid«, tippte Sina und wischte sich eine Träne aus dem Augenwinkel. Best friends forever.

Das hohenlohisch-westfälische Ermittlerteam stattete kaum eine Viertelstunde später dem Feuerwehrhauptmann Willi Ulmer einen Besuch ab. Die Ulmers wohnten in einer kleinen Stichstraße in der Langäckersiedlung. Dort bewohnten sie ein kleines, aber schmuckes Einfamilienhaus mit Vorgarten. Die Dame des Hauses öffnete die Tür – sie war rundlich und trug einen blondierten Kurzhaarschnitt, insgesamt bot sie mit ihrem cremefarbenen Pullover und der dunklen Cordhose einen adretten Anblick.

»Ihr seid die Kommissare, gell?«, begrüßte sie den Besuch und legte den Kopf ein wenig schief, sodass sie Heiko irgendwie an einen freundlichen Golden Retriever erinnerte.

»Ist Ihr Mann zu Hause, Frau Ulmer?«, fragte Lisa freundlich.

Die Dame nickte und führte die beiden in ein gemütlich eingerichtetes Wohnzimmer, wo Willi Ulmer gerade am Buche-Furnier-Esstisch an einem etwas antiquiert wirkenden Laptop hantierte. Er blickte auf, als er die Gäste wahrnahm, und erhob sich dann sofort zur Begrüßung. »Die Kommissare«, stellte er fest und fragte dann umgehend: »Na, habt ihr den Mörder vom Andi?« Er wies auf die kunstlederne, mintgrüne Couchgarnitur, die mit den Vorhängen im gleichen Farbton ganz wunderbar harmonierte. Auf dem niedrigen Couchtisch stand eine polierte Olivenholzschale mit Walnüssen und einem Nussknacker darin.

»Nicht ganz«, informierte Heiko, nachdem sie auf dem doch sehr bequemen Sofa Platz genommen hatten.

»Wollt ihr einen Kaffee?«, fragte Frau Ulmer von der Tür her.

Die Kommissare verneinten dankend.

»Also, wir sind hier, weil wir Ihnen ein paar Fragen stellen müssen, Herr Ulmer«, begann Lisa und lächelte so freundlich, wie es nur ging.

»Nur zu«, meinte der Mann und machte eine einladende Handbewegung.

»Die Feuerwehrler waren ja die Löwen beim Hammeltanz«, stellte Heiko fest.

Der Mann nickte. »Ja, genau.«

»Und wenn ich das richtig sehe, dann waren die Kostüme gekauft, oder?«, fuhr Lisa fort.

»Ich sag doch immer, ihr sollt die Kostüme selber basteln. Weisch, des is scho a Schand«, schaltete sich plötzlich Frau Ulmer in das Gespräch ein und nahm auf dem Zweisitzer Platz. »Alle geben sich so viel die Mühe, und nur ihr kauft eure Kostüme«, schimpfte sie.

Der Feuerwehrhauptmann winkte ab. »Das hat bisher noch keinen gestört. Uns geht's mehr um den Wagen. Diese Kostümsache ist doch eher was für die Weiber.«

»Und euer Löwenwagen war wirklich ausnehmend schön«, erklärte Lisa und erinnerte sich an einen riesigen naturalistischen Löwen, der mit einem samtartigen Stoff überzogen gewesen war und eine imposante Bastmähne getragen hatte.

»Gell«, stimmte Ulmer zu und nickte bestätigend.

»Haben Sie denn Ihr Kostüm da, Herr Ulmer?«, forschte Lisa weiter.

Der Mann stutzte. »Warum das denn?«

Lisa beschloss, dem Mann die halbe Wahrheit zu erzählen. »Wir bräuchten es für einen Abgleich. Keine Angst, wir verdächtigen nicht konkret Sie …«

»Wie, nicht konkret?«

Heiko schluckte und antwortete dann: »Wir haben Grund zu der Annahme, dass der Mörder ein Löwenkostüm getragen haben könnte.«

»Jetz stell di doch net sou ou«, zischte Frau Ulmer und erhob sich, wohl um die Bitte der Kommissare zu erfüllen.

»Du hocksch di awwer glei widder nou!«, befahl Ulmer in einem Ton, der so herrisch wirkte, dass seine Frau verblüfft gehorchte. Dann erhob er sich. »Es ist besser, wenn ihr jetzt geht. Ich werde euch gar nichts zeigen, so ein Schwachsinn. Von meinen Jungs war das niemand.«

Heiko dachte nicht daran, aufzustehen und zu gehen. »Sie behindern die Arbeit der Polizei?«, meinte er, und es klang drohend.

»Ja, das tue ich. Meine Kameraden waren das nicht, so ein Quatsch. Ihr müsst euch irren.«

»Wir können das Kostüm beschlagnahmen, auf richterlichen Beschluss«, erklärte Lisa. »Seien Sie doch vernünftig, Herr Ulmer.«

»Willi, jetz mach doch net sou an Terz«, zischte nun die Frau, die sich inzwischen wieder gefangen hatte.

»Haja, dann hollt eich doch sou an Beschluss, und noa kummt ihr widder her.«

Heiko dachte immer noch nicht daran zu gehen. Ihre Befragung war noch nicht beendet. »Sie setzen sich jetzt wieder, Herr Ulmer«, bestimmte er und wechselte zu einem etwas strengeren Tonfall. »Weil wenn das hier nicht funktioniert, dann können wir die Befragung auch ohne Weiteres auf dem Revier weiterführen.«

»Willi!«, beschwor Frau Ulmer ihren Gatten. »Jetzt stell dich doch nicht so an. Net, dass du aufs Revier mitmusch! Was soochan doa d Leit!«

Ulmer schob nachdenklich die Unterlippe nach vorne und setzte sich dann wieder, geradezu bockig. »Also. Stellt eure Fragen, und dann raus hier. Und das Kostüm kriegt ihr nicht.«

»Am Abend des Mordes«, begann Heiko in sachlichem Ton. »Ist Ihnen da etwas aufgefallen? Hat sich jemand dem Degen genähert oder hat jemand plötzlich gefehlt?«

Der Mann wiegte den Kopf und meinte dann: »Am Mordabend hab ich gar nichts mehr mitgekriegt. Ich war viel zu betrunken.«

»Und dann brauchen wir noch eine Liste der Mitglieder«, forderte Lisa.

»Die stehen auf der Homepage«, half nun die Dame des Hauses und erntete dafür einen vernichtenden Blick von ihrem Mann.

Heiko nickte, spielte kurz mit dem Gedanken, den Mann weiter auszufragen. Dann kam er aber zu dem Schluss, dass das momentan wohl wenig Sinn hatte und erhob sich. »Trotzdem vielen Dank, Herr Ulmer, wir melden uns, wenn wir noch Fragen haben.«

»So ein Seggl«, ereiferte sich Heiko, als sie wieder draußen waren. Wütend nestelte er an seiner Kippenschachtel, schob sich eine Zigarette zwischen die Lippen und zündete sie an.

»Wann hörst du eigentlich mit dem Rauchen auf?«, meinte Lisa in vorwurfsvollem Ton.

Der Kommissar verdrehte die Augen, das konnte er gerade wirklich nicht brauchen.

»Ich denke, dass da gar nicht unbedingt was dahinter ist. Das ist sicher so eine verkappte Kameradengeschichte«, mutmaßte Lisa.

»Wir müssen an so ein Kostüm kommen«, stellte Heiko fest. »Aber wenn wir das rumposaunen, dann warnen wir den Mörder nur. Wir müssen das anders anstellen.«

»Wir holen uns einen richterlichen Beschluss«, schlug Lisa vor. »Und dann sollen ein paar Kollegen relativ gleichzeitig bei allen Feuerwehrlern die Kostüme abholen. Am besten abends, wenn alle von der Arbeit wieder zuhause sind.«

Heiko nickte. »Keine schlechte Idee, so machen wir's.« Er zog noch einmal an der Zigarette, was einen heftigen Hustenanfall hervorrief.

Lisa kramte ein Salbeibonbon von der Muswiese hervor und schob es ihrem protestierenden Freund in den Mund. »Und rasieren könntest du dich auch mal wieder«, befand sie.

»Ich bin krank«, krächzte Heiko Mitleid heischend und blickte leidend drein.

Lisa schnalzte mit der Zunge. »Na und?«

Inzwischen war in einer Chatgruppe in Hohenlohe ganz schön was los. Es war wie so oft in Gruppen von Schulklassen, die es mit und ohne den Lehrer gab. Nämlich war auch hier, in dieser speziellen Gruppenvariante, eine Person ausgeschlossen – Sina Sichler, die Tochter des Mordopfers. In der Gruppe waren vier Mädchen beziehungsweise junge Frauen, die sich nun miteinander unterhielten, und die sich bewusst waren, dass Sina nichts, aber auch gar nichts davon wusste.

Patti: Heute Nacht ist es so weit.

Hanna: Ich freu mich schon!

Sophia: Wieder an unserem Platz?

Patti: Denk schon ... vergiss nicht, die Sachen mitzubringen. Deine Mum hat doch so ein Glas, oder?

Hanna: Ja, steht im Wohnzimmerschrank, wenn die wüsste, OMG!

Sophia: LOL ☺

Anne: Hi, Sisters!

Patti: Alles klar?

Anne: Heute um Mitternacht an unserem Platz. Was meint ihr, ist sie bereit?

Sophia: Denk schon.

Patti: Finde auch.

Anne: Hanna?

Hanna: Weiß nicht, ob das grad so gut ist. Wegen ihrem Dad ...

Anne: Der ist unwichtig. Es geht um etwas Tieferes. Und sie zeigt Verständnis.

Patti: Fragen wir sie doch!

Anne: Sie muss es wirklich wollen. Und innerlich bereit dafür sein. Hanna, du fragst sie. Du zweifelst am meisten, deshalb bist du die Richtige dafür. Du wirst es merken, wenn sie auch Zweifel hat.

Hanna: Oh Mann … muss ich??
Anne: Es ist nötig, ja.

Das hohenlohisch-westfälische Ermittlerteam hatte recht schnell einen Beschluss erwirken können, der ihnen die Aushändigung aller Löwenkostüme plus Masken der Mitglieder der Freiwilligen Feuerwehr Onolzheim gestattete. Der Richter hatte zwar ein bisschen gemotzt, weil das für einen Durchsuchungsbeschluss arg dürftig sei, aber Lisa und Heiko hatten ihm versichert, dass sie das bei der schwierigen Beweislage unbedingt weiterbringen würde. So hatte der Mann letztlich grummelnd zugestimmt und die entsprechenden Papiere ausgestellt. Sie beauftragten Johnny und alle verfügbaren Streifen, die Feuerwehrler abzuklappern und die Löwenkostüme einzukassieren. Inzwischen setzten sie sich mit zwei Butterbrezeln und dem Hohenloher Tagblatt in ihr Büro und aßen mal etwas – dazu waren sie heute noch gar nicht gekommen. Sie hatten sich zwei Becher Automatenkaffee geholt, und Heiko schlug seinen Teil der Zeitung – er bestand darauf, immer zuerst den Regionalteil zu haben – von hinten auf. »Ach, schau, da ist schon eine Todesanzeige. Die sind ja schnell«, meinte er und studierte die große Anzeige, die mit Dürers »Betenden Händen« versehen war. Lisa hatte den überregionalen Teil und ließ ihn sinken, um die Anzeige ebenfalls zu betrachten.

»Andreas Sichler ist vollkommen unerwartet von uns gegangen«, las Heiko. »Wir können es nicht verstehen. Manuela mit Sina und Pascal.«

»Ja, sowas ist schon hart«, befand Lisa und nahm

einen Schluck Kaffee, bevor sie hungrig in ihre Brezel biss.

»Die Beisetzung findet im engsten Familienkreis statt«, las Heiko weiter.

»Die können doch noch gar nicht wissen, wann das ist«, wunderte sich Lisa.

»Aber dass sie keinen Bock auf Neugierige haben, das können sie durchaus schon wissen«, hielt Heiko dagegen, nieste und putzte sich umständlich die Nase. Er blätterte weiter, las hier und da, Jahrestreffen des Kleintierzuchtvereins, Schulchorkonzert des ASG, Verbeamtung an der Gewerblichen Schule, Ausflug der Wanderfreunde Tiefenbach. Dann endlich stutzte er.

»Warum muss der Hammel sterben? Setzt der Barbarei ein Ende!«, zitierte er.

»Wie bitte?«, wunderte sich Lisa.

»Steht hier«, erklärte Heiko und tippte auf eine Seite der Zeitung. »Ein Leserbrief.«

»Ach, tatsächlich«, kommentierte Lisa und forderte dann: »Lies vor!«

Heiko überflog die Zeilen und zitierte einzelne Sätze. Es sei »eine Schande, dass man heutzutage noch Tiere in barbarischen Ritualen hinmetzeln« würde und »nicht genug, dass man den Hammel den ganzen Tag kurz angebunden ohne Wasser und Futter lässt«, man müsse ihn zu guter Letzt auch noch töten, obwohl es heutzutage ganz tolle fleischlose Alternativen gäbe und es doch letztlich egal sei, ob man den Hammel schlachte oder nicht, ferner seien die Menschen, die derlei »rohe Tradition« unterstützten, »zutiefst verachtenswert« und gehörten »ebenso behandelt wie der Hammel.«

»Schreibt wer?«, wollte Lisa wissen.

»Ein Killian Seiler«, erklärte Heiko und fügte hinzu: »Unglaublich – tatsächlich ein Mann.«

Lisa wandte ein: »Also, mir ist das ganz sympathisch. Es gibt eben auch Männer, die nicht bergeweise Fleisch in sich reinstopfen und sich Gedanken um die Tiere machen.«

»Hey, ich stopfe auch nicht bergeweise Fleisch in mich rein«, protestierte Heiko, ein bisschen beleidigt.

»Ja, weil ich dich daran hindere«, versetzte Lisa.

»Diesen Seiler merken wir uns mal«, beschloss Heiko. »Aber jetzt schauen wir erst mal, dass die Kostümsammelaktion anläuft.«

Sina aalte sich auf dem Sofa ihres Jugendzimmers. Sie tat wieder einmal nichts Bestimmtes, wie so oft in letzter Zeit, und ließ ihren Gedanken freien Lauf. Obwohl das gar nicht immer gut war, gar nicht. Sie wollte sich soeben erheben, da piepste ihr Handy auf dem kleinen gläsernen Beistelltisch. Die Nachricht kam von einer Nummer, die sie überhaupt nicht kannte und lautete: »Hallo Süsse, was geht?« Sie runzelte die Stirn. Wer konnte das sein? Sie rief das Profilbild und den Status auf. Das Bild war nichtssagend, das Logo einer Heavy-Metal-Band, der Status lautete »Chill mal.« Kurz spielte sie mit dem Gedanken, die Nachricht zu löschen und den Kontakt gleich zu sperren. Aber dann siegte ihre Neugier, denn was konnte schon passieren, solange sie sich nicht mit dem geheimnisvollen Unbekannten, der womöglich bierbäuchig und Mitte 60 war, auf abgelegenen Autobahnparkplätzen traf.

»Wer bist du??«, tippte sie also, und sogleich zeigten zwei blaue Häkchen an, dass der Unbekannte die Nachricht nicht nur erhalten, sondern auch gelesen hatte.

»Du kennst mich«, lautete die lapidare Antwort.

Sina verdrehte die Augen. »Lass den Scheiß«, tippte sie zurück, »für sowas bin ich nicht in Stimmung.«

»Nils«, kam nun, ebenso schnell wie die vorherige Nachricht.

»Welcher Nils?«, schrieb Sina zurück

»Der Bruder von Patti. Kindergeburtstag vor sechs Jahren? Ich fand dich schon damals süß.«

Kleiner Pädo, dachte Sina, denn sie wusste, dass Nils sechs Jahre älter war als sie und Patrizia. Die Mädels aus ihrem Chat gingen aufs LMG und auf die RZF, das Lise-Meitner-Gymnasium und die Realschule zur Flügelau. Patrizia lernte Kauffrau bei einem Unternehmen in der Nähe. Und so verbrachten die Mädchen meistens die Mittagspausen miteinander, wenn die Schülerinnen unter ihnen Nachmittagsschule hatten. »Und, was machst du so?«, schrieb Nils weiter, weil sie nicht antwortete. Sina versuchte, sich an den Jungen zu erinnern, ja, doch, er war eigentlich ganz süß. Aber definitiv zu alt für sie. Nun, das würde sich von alleine erledigen, denn Jungs hatten einen gewissen Stolz, wenn sie eine Weile ignoriert wurden. Sina stellte den Dialog auf stumm und legte das Smartphone beiseite. Sie war gerade außerdem definitiv nicht aufgelegt zu derlei Smalltalk. Es ging ihr schlecht – vielleicht nicht so schlecht, wie man erwarten würde, aber schon ziemlich schlecht. Und die Langeweile und die viele Nachdenkerei fraßen sie auf. Morgen würde sie mal wieder in die Schule gehen – ein bisschen Ablenkung würde ihr guttun. Obwohl sie sich schon ein bisschen fürchtete vor all den mitleidigen Blicken und dem blöden Gelaber. Das würde sich hoffentlich in Grenzen halten. Erneut piepste ihr Handy, und sie runzelte die Stirn. Hatte sie den Dialog nicht auf stumm geschaltet? Nachlässig angelte sie nach dem Gerät und rief den Chat auf. Drei Nachrichten von Nils – die würde sie später lesen – und eine von Hanna. Es war eine Einladung. Für heute Nacht. Auf die sie lange gewartet hatte. Endlich!

Die Kostümsammelaktion war gut angelaufen, von überall her erhielten die Kommissare Feedback, dass die Kollegen Kostüme einkassieren konnten. Drei hatten allerdings angegeben, dass ihre Kostüme in der Reinigung seien. Ansonsten hatten die Beamten aber alle bekommen können, zu Heikos Genugtuung auch das von Willi Ulmer. Die Polyesterlöwenfelle lagen nun in Folien verpackt auf einem Haufen in Uwes Reich. Der Spurensicherer hatte aber abgewunken, heut hätte er keine Zeit mehr dafür, aber er würde sich gleich morgen früh darum kümmern.

Es war mitten in der Nacht, Mitternacht, um genau zu sein, und der volle Mond erleuchtete den Wald um sie herum. Die Luft war kalt, sie alle trugen ihre Winterjacken. Aber unter den Winterjacken waren sie schwarz gekleidet, nachtschwarz, rabenschwarz. Anne, Hanna, Sophia und Patrizia waren schon oft hier gewesen, hier, im Wald zwischen Onolzheim und Gründelhardt. Denn dieser Ort war seit Jahrhunderten magisch, hatte eine große Geschichte, eine gewaltige Energie. »Nun, nachdem der Ort wieder vom Frevel gereinigt ist, können wir hier unsere Handlungen abhalten«, begann Anne. »Sina, bist du bereit?« Sina schluckte. War sie sich wirklich sicher? Wollte sie das? Noch einmal betrachtete sie die Gesichter der anderen. Sie zeigten gespannte Erwartung. Vorfreude. Und Liebe. Sie würden Schwestern sein, auf immer verbunden. Wie wunderschön! Sinas Blicke streiften noch einmal die Treppenstufen, den magischen Kreis, den sie kurz vorher aus Steinen und Ästen gelegt hatten. Dann sah sie hoch zum vollen Mond, und der schien ihr zuzulächeln. Die Göttin grüßte sie. »Ich bin bereit«, hörte sie sich sagen, obwohl das irgendwie gar nicht sie selbst gewesen war. »Dann zieh dich aus«, forderte Anne. Sina schluckte und nickte. Sie würde es schon durchstehen. Obwohl es kalt war, ja, aber sie würde die Kälte nicht fühlen. Sie zog erst ihre Jacke und dann die restliche Kleidung aus, endlich auch noch ihre Unterwäsche. Und stellte fest, dass sie die Kälte doch fühlte – sie fraß sich augenblicklich in ihre Haut, richtete ihre Härchen am ganzen Körper steil auf. Sie würde schon durchhalten. Anne lobte sie: »Gut so.« Dann nickte sie Hanna und Patrizia zu, die Sina mit einem schwarzen, seidenen Schal die Augen verbanden und mit einem Hanfseil die Hände auf den Rücken fesselten. Schlagartig wurden die Geräusche des Waldes intensiver, jetzt, da sie ihres Sehsinns beraubt war. Die Naturgeister wandten sich ihr zu, und ein warmes Glücksgefühl durchströmte Sina, das sie ihr Frieren beinah vergessen ließ. »Bist du bereit, eine Hexe zu werden?«, hörte sie nun endlich Annes Stimme, die sich anders anhörte als sonst. Womöglich sprach die Mondgöttin durch sie. »Ja, das bin ich«, gelobte Sina.

»Dann knie nieder.« Sina gehorchte, obwohl es ihr mit den gefesselten Händen nicht leichtfiel. Anne trat vor sie, sie konnte die Wärme ihres Körpers und ihre Anwesenheit spüren. Irgendwo rief ein Waldkauz. Anne nahm ihr die Augenbinde ab. »Du wirst jetzt von Neuem geboren«, sprach sie, als sie mit einem silbernen Dolch schnell hinter sie trat und das Seil durchschnitt, das ihre Hände hinter dem Rücken zusammenhielt. »Erhebe dich, Hexe Sina. Schwestern, begrüßt unser neues Covenmitglied«, forderte Anne. Schnell legte Hanna Sina eine mitgebrachte Decke um, und jedes der Mädchen küsste sie auf den Mund. Das hatte nichts Sexuelles, sondern war ein Zeichen von Verbundenheit, Ausdruck der Liebe und des unendlichen Zusammenhalts, den sie im Coven untereinander hatten. »Herzlich willkommen«, fuhr Anne fort. »Du hast jetzt das große Glück, liebe Schwester, gleich an unserem Ritual teilnehmen zu dürfen. Wir feiern heute den Esbat, den Blutmond. Und wir rufen die Mondgöttin herab.« Sina schlüpfte dankbar und zitternd wieder in ihre sorgsam zusammengelegte Kleidung. Sie nickte, denn das wusste sie bereits. »Aber zuerst wenden wir uns der Treppe zu«, fuhr Anne, die Hohepriesterin des Covens, fort. »Ich habe in einem Gedichtband ein schönes Gedicht gelesen«, erzählte die Hohepriesterin weiter. »Es wurde zwar von keinem Hexer verfasst, zeugt aber von Weisheit.«

Sie zitierte:

»Die versunkene Treppe

Betrete die Treppe und träum' deinen Traum,
von Felsen, von Wasser, von Strauch und von Baum.
Geheimes und Wünsche begegnen dir dort,
auf der versunkenen Treppe
am vergessenen Ort.«

»Wie wunderschön«, erlaubte sich Hanna einzuwerfen.

Anne nickte. »Nicht wahr? Der Dichter schreibt zwar über die Treppe von Büchenstegen, aber es könnte unsere sein.«

Zustimmendes Murmeln der Schwestern.

Die Covenleiterin hob die Hand. »So, jetzt wollen wir beginnen. Ihr alle kennt die Anrufung.«

Die Gruppe der fünf Mädchen stellte sich im Kreis um den magischen Zirkel aus Steinen auf und fasste sich an den Händen. Die Blicke auf den Mond gerichtet, begannen sie zu intonieren:

»Wundervolle Herrin des Mondes
Die Du den Abend mit silbernen Küssen begrüßt
Herrin der Nacht und der Magie
Die Du durch den schwarzen Wolkenhimmel reitest
Und Licht auf die kalte Erde wirfst
Mondgöttin
Sichelfrau …«

Spätnachts kam Sina nach Hause, ganz spät. Es war 2.30 Uhr, und eigentlich hatte sie ihrer Mutter gesagt, sie würde bei Hanna schlafen. Nun war ihr aber doch irgendwie nach ihrem eigenen Bett. Das Buch der Schatten, das sie von Anne erhalten hatte, hatte sie unter den Arm geklemmt. Sie würde es Seite für Seite abschreiben und seinen Inhalt in sich aufsaugen. Sie war begierig, die Geheimnisse zu lernen. Sina war mit dem Fahrrad nach Hause gefahren, kühl war es gewesen, aber das war ihr egal, denn sie fühlte sich von neuer Energie durchströmt. Der Vollmond begleitete sie, die liebevolle Mondgöttin. Ihre Initiation hatte etwas in ihr bewirkt, und auch das anschließende Ritual hatte sie wunderschön gefunden, noch fremdartig, aber energiespendend und schön. Sie steckte den Schlüssel ins Schloss und hoffte inständig, dass ihre Mutter sie nicht hören würde, dann müsste sie sie nicht anlügen und Storys über eine Geburtstagsfeier erfinden. Das Schloss schnappte auf, und die Türe ihres Hauses öffnete sich. Und dann sah sie einen nackten Mann durch ihren Flur laufen. Sina blinzelte. Handelte es sich um eine Nachwirkung des Rituals? Vielleicht sogar um den Sonnengott? Der Mann blieb wie erstarrt stehen, bewegte sich nicht mehr. Sinas Hand tastete nach dem Lichtschalter. Das Licht flackerte kurz, ging dann an, und der Mann hatte offenbar die Zeit genutzt, um die Hände vor sein Geschlecht zu legen. »Hallo, Sina«, grüßte er sie. Sina schnappte nach Luft. »Onkel Klaus? Was machst du denn hier?«

DONNERSTAG

»Wir begrüßen wieder die Sina«, lächelte Frau Wild-Senglein. Sina zwang sich zu einem Lächeln, ebenso wie alle in der Klasse, denen das Lächeln regelrecht ins Gesicht getackert schien. Was hätten sie auch tun sollen, die Situation war ja wirklich blöd. Sina mochte Frau Wild-Senglein eigentlich ganz gern, eine üppige Blondine, die mit ihren blauen Augen und kleinen Lachfältchen etwas Mütterliches hatte. Andererseits ging ihr das verbindliche Getue ihrer Klassenlehrerin manchmal ziemlich auf die Nerven, und vor allem jetzt musste sie sich zu diesem Lächeln wirklich, wirklich zwingen. »Wir möchten dir nur als Klasse sagen, dass du auf uns zählen kannst und dass wir für dich da sind. Und alle Lehrer natürlich auch. Wenn du etwas brauchst oder wir dir helfen können, dann sag es einfach«, sagte Frau Wild-Senglein, und es klang auswendig gelernt, zumindest wohlüberlegt. Aber sie meinte es gut, sie alle meinten es wohl gut, grinsten sie an wie Honigkuchenpferde auf Ecstasy. Sina räusperte sich und meinte dann: »Äh, danke. Aber können wir jetzt anfangen?« Sie hatte keinen Kopf für sowas, nicht nach dem Mord und vor allem nicht nach gestern Nacht, in der so viel passiert war. Sie hatte Klaus in flagranti bei ihnen zu Hause erwischt. Das hätte sie nicht von ihrer Mutter gedacht. Gut, ihr Vater hatte sicher auch nichts anbrennen lassen, und dass das Liebesleben ihrer Eltern nicht mehr gut gewesen war, geschweige denn ihre Ehe, das wusste sie ja bereits. Aber dass ihre Mutter so schnell nach Papas Tod mit Klaus … Ihre Mutter war beim Frühstück vor Scham fast im Boden versunken und hatte gar nichts dazu gesagt. Sie war schon feige, schwach. Es war einerseits verständlich, dass sie ihren Gelüsten einmal nachgegeben hatte, wenn der Klaus sie beschleimt hatte. Ein One-Night-Stand, warum sollte es das bei den Alten nicht geben. Obwohl, vielleicht waren sie ja auch schon länger zusammen, überlegte Sina. Vielleicht ging das schon eine ganze Weile so. Und vielleicht hatte der Klaus sogar mit dem Mord zu tun. Sie würde darüber nachdenken müssen.

Lisa und Heiko waren sofort bei Uwe aufgeschlagen, weil der schon eine Nachricht geschickt hatte, dass es Neuigkeiten gäbe. Er nippte wie immer am Kaffee, der Stapel Kostüme lag auf seiner Arbeitsplatte, in Folien verpackt.

»Na, Uwe, was gibt's?«, fragte Heiko, um die Sache ein wenig zu beschleunigen.

»Neuigkeiten«, meinte Uwe und trank wieder pappsüßen Automatenkaffee.

»Und welche?«, fragte Lisa unbeirrt weiter.

Uwe fuhr sich über die rasierte Glatze und seufzte vernehmlich, bevor er wieder nach dem Tütchen mit dem Haar angelte. »Also, eure Löwenkostüme sind ein Treffer«, informierte er endlich. »Das Haar stammt von der Mähnenkapuze. Die Wahrscheinlichkeit ist also hoch, dass euer Mörder ein Löwe ist – beziehungsweise war.«

»Ach, und kein Stachelschwein«, grinste Heiko.

»Nein, und auch kein Flamingo, Mistkäfer oder Moskito«, feixte Uwe zurück. »Passt ja auch besser, findsch net?«

»Auf jeden Fall.«

»Könnt ihr mal ernst sein, ihr beiden?«, empörte sich Lisa. »Ein bisschen Pietät, meine Herren, es geht hier um Mord.«

Die Jungs bissen sich auf die Lippen.

»Hast du noch irgendwelche DNA gefunden?«, hoffte Heiko.

Uwe schüttelte den Kopf. »Keine Chance. Nur die vom Mordopfer.«

»Kein Wunder, ist ja auch eine Kapuze aus Stoff, und das Haar ist nur außen«, stellte Lisa fest, nachdem sie zum Tisch getreten war und eines der Kostüme angehoben hatte.

»Also ist es auch müßig, die Kostüme und die Masken abzusuchen. Oder?«, vermutete Heiko.

Uwe wiegte den Kopf.

»Ich könnte das schon machen. Allerdings – wenn der Mörder das Opfer mit dem Degen gekillt hat, hat er den Mann wohl kaum vorher am Kragen gepackt. Der Sinn einer so langen Stichwaffe ist ja, sich den Gegner einigermaßen vom Leib zu halten.«

»Kannsch ja trotzdem mal schauen«, schlug Heiko vor. »Die Namen stehen doch überall drauf.«

Uwe seufzte. »Ja. Und die Kollegen holen grad noch die restlichen drei Kostüme aus den Reinigungen ab. Aber die könnt ihr dann eh vergessen, so von den Spuren her.«

»Müssten wir uns nicht die Leute, die die Kostüme haben reinigen lassen, genauer anschauen?«, dachte Lisa laut nach.

»Prinzipiell schon«, meinte Uwe, »aber einer davon hat eine Bierdusche gekriegt und zwei haben das Teil vollgekotzt.«

»Iiiiiiiih«, machte Lisa.

»Ja, Mädle, Hammeltanz halt.«

»Wir können die betreffenden Herren ja mal im Hinterkopf behalten«, beschloss Heiko. »Wie heißen sie denn?«

Uwe schaute auf einem Zettel nach, bevor er antwortete: »Tobias Meister, Marco Stegmüller und Klaus Brunner.«

Die Kommissare machten sogleich einen Abstecher zu Johnny, der ihnen erklärte, er habe »dodaal gründlich« die Bilder durchgesehen und alles, was irgendwie nach Degen oder der fraglichen Wand aussähe, in einen Ordner gepackt. Dass ihm aber leider nichts aufgefallen wäre, »schood eichendlich.« Heiko eröffnete ihm, dass er die Bilder ein zweites Mal durchsehen müsste, und dass sie diesmal einen Ordner mit allen Löwen auf der Party bräuchten. Johnny seufzte nun doch und machte sich augenblicklich an die Arbeit.

Lisa und Heiko zogen sich die Bilder, die Johnny in den ersten Ordner gepackt hatte, auf einen USB-Stick und nahmen sie mit in ihr Büro. Vielleicht hatten sie Glück und entdeckten auf einem von ihnen einen Löwen, der sich soeben des Degens bemächtigte. »Haben die

Leute gesagt, wo sie die Kostüme gekauft haben?«, fragte Heiko plötzlich und gab »Kostüm Löwe« in die Suchmaske seines Rechners ein. »Lauter Kinderkostüme«, stellte er fest und schrieb beim zweiten Versuch »Erwachsene« dazu. Er beschränkte seine Suche auf »Bilder« und scrollte bei den Hunderten Ergebnissen, die er gefunden hatte, schnell nach unten. Lisa war hinter ihn getreten und half ihm bei der Suche. »Das da ist es«, erklärte sie dann und tippte auf ein sandbraunes Kostüm, das etwas hochwertiger aussah als die anderen. »Und das. Und das.«

»Am besten rufen wir mal kurz den Feuerwehrhauptmann an und fragen ihn, wo die Feuerwehrler die Kostüme gekauft haben. Da wird er ja wohl kaum was dagegen sagen können.« Heiko rief Ulmers Nummer im Handy auf und drückte die grüne Taste. Der Mann ging schnell dran und gab ihm tatsächlich – murrend zwar, aber immerhin – die Auskunft, sie hätten die Kostüme von einem Internet-Shop namens »Rudilette«, und sie hätten da eine Sammelbestellung gemacht. Und sie sollten ihn jetzt bitte wieder in Ruhe lassen, er habe zu tun, und von ihnen sei das sowieso niemand gewesen. Heiko bedankte sich ebenso mürrisch und legte wieder auf. »Das hilft uns aber nicht wirklich weiter, denn die Kostüme gibt es auch anderswo, wie du siehst«, gab Lisa zu bedenken und fuhr mit dem Mauszeiger über die entsprechenden Bilder, sodass die Online-Shops, in denen sie erhältlich waren, angezeigt wurden. »Na, aber die Wahrscheinlichkeit, dass unser Mörder unter den Feuerwehrlern zu finden ist, ist doch recht hoch«, hielt Heiko dagegen. »Der Mörder müsste ja sonst gewusst haben, dass die Feuerwehrler so ein Löwenkostüm haben, sich das dann besorgen und …«

In diesem Moment ging die Tür auf, und der Kollege, der am Empfang saß, stand da, mit einem jungen, vielleicht 16-jährigen Mädchen.

»Das ist die Sina Sichler«, stellte Baumann vor. »Die Tochter von …«

»Ja, das wissen wir. Hallo, Sina«, grüßte Lisa und lächelte das Mädchen an.

Sie war eine recht hübsche Dunkelblonde mit für ihr Alter viel zu starker, dunkler Schminke, Ombré-Haaren und komplett schwarzer Kleidung. Womöglich trug sie Trauer, das arme Ding.

»Die Sina hat euch was zu sagen«, informierte der Kollege weiter, und das Mädchen nickte schüchtern.

»Setz dich doch, Sina«, lud Lisa ein und wies auf den Besucherstuhl vor ihrem Schreibtisch.

Zögernd gehorchte das Mädchen.

»Ich lass euch dann mal allein«, bestimmte der Kollege und schloss leise die Tür. Das Mädchen schien sich seiner Sache nicht so ganz sicher zu sein, unschlüssig knetete sie einen dünnen Schal, den sie wohl ansonsten um den Hals getragen hatte.

»Du willst uns was sagen, Sina?«, ermunterte Lisa. Sina nickte und räusperte sich.

»Also, wahrscheinlich ist das nichts, aber …« Sie kämpfte mit sich, und Heiko fürchtete schon, sie würde aufstehen und gehen.

»Sina, wenn du Informationen hast, die wichtig sind für die Aufklärung des Mordes an deinem Vater, dann musst du uns das sagen.«

Wieder nickte Sina. »Okay, ja, das weiß ich ja.«

»Also?«

»Also, als ich heute Nacht nach Hause gekommen bin, habe ich im Flur Onkel Klaus angetroffen.«

»Onkel Klaus?«, hakte Heiko nach.

»Klaus Brunner.«

»Und?«

»Er war nackt, und er war … bei Mama.« Sina errötete und senkte den Blick.

»Du meinst, er hat bei deiner Mutter übernachtet«, resümierte Lisa.

»Und da hast du dir gedacht, dass er vielleicht was mit dem Mord zu tun haben könnte?«, vermutete Heiko.

»So ähnlich«, gab das Mädchen zu.

»Aber hätte sich deine Mutter nicht einfach scheiden lassen können?«, gab Heiko zu bedenken.

»Schon«, meinte Sina, »aber dann wäre das Haus weg gewesen. Und ich meine, dass Papa auch eine Risikolebensversicherung hatte. Und womöglich kriegt Mama jetzt die Kohle und kann sich mit Onkel Klaus ein schönes Leben machen.«

»Ist Klaus Brunner dein Onkel?«, forschte Heiko weiter.

»Nein, wir nennen ihn nur so, weil er schon immer einer der besten Kumpels von meinem Vater war. Er ist aber zehn Jahre älter, ich weiß gar nicht, was meine Mutter von ihm will …« Gedankenverloren zerrte sie einen Anhänger aus ihrem Ausschnitt – einen silbernen Stern mit blauem Stein – und spielte daran herum.

»Und deine Mutter ist die Begünstigte der Lebensversicherung?«, vermutete Lisa weiter.

Nun weiteten sich die Augen der jungen Frau, und sie ließ den Anhänger zurück in ihren Ausschnitt fallen. »Meine Mutter hat damit bestimmt nichts zu tun. Wenn, dann war das die Idee vom Klaus.« Sie erhob sich und wickelte sich den Schal um den Hals. »Es war falsch, herzukommen«, quittierte sie. »Vergesst einfach, was ich gesagt habe.«

»Na, so einfach ist es nun nicht, Sina«, beschied Lisa.

Tränen stiegen in dem Mädchen hoch, und es ließ hilflos die Arme an die Seite klatschen, bevor es sie sich eng um den Körper schlang.

Lisa erhob sich und umarmte die Tochter des Mordopfers, die einen halben Kopf kleiner war als sie. »Hör mal zu, Sina. Du willst doch auch, dass der Mörder gefasst wird, oder? Und deine Mama war das bestimmt nicht. Aber diesen Onkel Klaus schauen wir uns mal genauer an. Vielleicht war es ja alles seine Idee, und deine Mutter wusste gar nichts davon, hm?«

Sina schniefte. »Ja, also gut«, meinte sie, zückte ein Taschentuch und putzte sich geräuschvoll die Nase. »Ich will ja auch, dass Papas Mörder gefunden wird. Denn ein Mord ist ein Verbrechen wider die Natur.«

Sie hatten das Mädchen noch befragt, wo der Onkel Klaus denn jetzt wohl zu finden sei – und die Tochter des Mordopfers hatte gemeint, der würde bei der Post arbeiten, in der Hauptstelle. Dann hatten sie die Kleine entlassen und dafür gesorgt, dass sie mit einer Streife nach Hause gebracht wurde. Sina hatte sich wieder ein bisschen beruhigt. Und sie konnten sich nun endlich dem Onkel Klaus widmen. Als sie schon auf dem Weg zur Tür waren, klingelte Heikos Handy. Es war Neidhard Gerlein, der Ortsvorsteher von Onolzheim.

»Herr Gerlein«, begrüßte ihn Heiko.

»Haben Sie es sich doch anders überlegt wegen des Hammeldiebstahls?«

Gerlein verneinte. »Nein, ich rufe wegen etwas anderem an, wegen Vandalismus.«

Heiko stellte das Gespräch auf laut, sodass Lisa mithören konnte.

»Vandalismus? Was ist denn passiert?«

»Irgendwelche Idioten haben unsere schöne Hexe kaputt gemacht«, beschwerte sich Gerlein.

»Wie, was für eine Hexe?«, wunderte sich Heiko.

»Der Immles Hans, der Andi Sichler, der Pikulskis Werner und ich haben doch eine Installation am Hexenstäffele aufgebaut.«

»Was ist denn das Hexenstäffele?«, warf Lisa ein.

»Das sind ein paar Treppenstufen im Wald, keiner weiß, was das früher einmal war. Wahrscheinlich führten die zu einer Scheuer. Aber weil sich die Leute das Ganze nie so richtig erklären konnten, heißen die Treppenstufen eben Hexenstäffele«, informierte der Ortsvorsteher.

»Und was habt ihr da aufgebaut?«

»Eine Hexe in einem Häuschen, das hat toll ausgesehen, haben Sie denn damals den Artikel im HT nicht gelesen?«

»Leider nein«, bedauerte Heiko.

»Jedenfalls. Jemand hat die Hexe zertrümmert und ihre Überreste über den Waldboden verteilt. Die war aus Kunstharz.«

»Und der Herr Sichler war auch dabei beim Aufbau?«

»Das war sogar seine Idee.«

»Ach was.«

»Ja, aber da ist noch was Komisches«, erklärte Gerlein.

»Was denn?«

»Wahrscheinlich hat das keine Bedeutung. Da ist so ein komischer Steinkringel in der Nähe, als hätte jemand ein Lagerfeuer machen wollen. Nur ohne Feuer, vielmehr sind da so Äste drin, ganz komisch. Könnt ihr euch das mal anschauen?«

»Prinzipiell schon«, erklärte Heiko, »aber zuerst müssen wir noch dringend etwas anderes erledigen.«

»Das ist kein Problem«, quittierte Gerlein. »Denn die Hexe ist ja schon kaputt. Ich hab's dem Moritz und dem Werner schon gesagt, und die haben keine Lust, das Ding nochmal aufzubauen. Die Figur war nämlich schon einmal verschwunden, und damals …«

»Entschuldigung, Herr Gerlein, aber wir kümmern uns wirklich sobald es geht, ja? Versprochen. Aber jetzt müssten wir dringend …«

»Is gut«, schloss der Ortsvorsteher seinen Anruf ab, »also, dankschee.«

Nach nicht einmal 15 Minuten standen sie im Postgebäude, das in Crailsheim am Busbahnhof stand. Hinter dem Bau lag eine schöne Jagstaue mit einem kleinen Ententeich, dem Wehr und Parkbänken zum Verweilen. Verweilen – das war allerdings etwas, was in Hohenlohe kaum einer machte, denn da schaffte man was, da hatte man zu tun. Deswegen war der Park auch nicht so frequentiert, wie er es hätte sein können. Die Kommissare ließen die bronzene Postillionfigur links liegen und betraten das Gebäude. Es waren vier Schalter geöffnet. An zweien davon standen Damen – eine davon eine kleinere. Der dritte Schalter war von einem jungen Mann besetzt, der vom Alter her unmöglich Onkel Klaus sein konnte. Also musste Klaus Brunner logischerweise der, wie Lisa feststellte, für sein Alter durchaus knackige und gutaussehende, graumelierte Mann ganz links mit dem hellblauen Hemd und der dunkelblaugelben Postlerkrawatte sein. Er bediente soeben eine ältere Dame, die ein immenses Paket verschickte. Alle Schalter waren belegt, aber letztlich wurde die kleinere Dame frei. Heiko beschloss, ganz sicher zu gehen, trat mit Lisa zum Schalter und fragte: »Ist der Kollege dort der Herr Brunner?«

»Ja, das ist der. Aber Sie können auch bei mir …«

»Nein nein, wir müssen ihn etwas fragen. Aber vielen Dank.«

Nach einer gefühlten Ewigkeit hatte die ältere Dame ihren Smalltalk mit dem Herrn Brunner samt Paketabgabe beendet. Er winkte Lisa und Heiko mit einer nachlässigen Handbewegung heran, offensichtlich hatte er mitbekommen, dass sie explizit zu ihm wollten.

»Grüß Gott«, grüßte er.

»Herr Brunner?«, begann Heiko. »Herr Klaus Brunner?«

»Ja? Und wer seid ihr?«

»Luft und Wüst von der Kriminalpolizei«, stellte Heiko vor, »können wir irgendwo unter vier Augen reden?«

Brunner nickte, zog seine gepflegten Augenbrauen über den nussbraunen Augen fragend zusammen und deutete auf den gläsernen Kasten neben dem Schalter, in dem normalerweise Bankberatungen durchgeführt wurden. »Bitte«, lud er ein, als sie die gläserne, riesige Box betraten und wies auf die beiden Besucherstühle. Er selbst nahm auf der anderen Seite des großen Schreibtischs, der den Raum dominierte, Platz.

»Was kann ich für euch tun?«

Heiko räusperte sich und begann dann: »Wir ermitteln im Mordfall Sichler.«

Man konnte sehen, dass es im Hirn des Mannes arbeitete. Er faltete die Hände wie zum Gebet, lehnte sich aber gleichzeitig in den leicht knarzenden, schwarzen Lederstuhl zurück. »Ich kannte den Andi als Kumpel, mit dem ich ab und zu mal was trinken war. Und als ich noch verheiratet war, haben wir als Familien ab und zu was miteinander unternommen. Das ist aber schon eine ganze Weile her.«

»Den Andi kannten sie also ganz gut«, hielt Heiko dagegen. »Aber wie steht es mit seiner Frau?«

Nun war der Mann ehrlich schockiert. Man konnte sehen, dass er soeben dabei war, entrüstet zu bestreiten, aber dann besann er sich offenbar. »Woher wisst ihr … die Sina?«

Heiko nickte.

»Ja, das ist blöd gelaufen«, gab der Postler zu, »die hätte das gar nicht sehen sollen. Die hat ihrer Mutter gesagt, sie würde bei einer Freundin übernachten, und dann haben wir uns halt mal wieder getroffen, die Manu und ich.«

»Geht das schon länger so mit Ihnen beiden?«, forschte Lisa weiter.

»Ein Dreivierteljahr ungefähr«, gab der Mann Auskunft. »Wieso? Ist das wichtig?«

»Wussten Sie, dass der Herr Sichler eine Lebensversicherung hatte, deren Begünstigte seine Frau ist?«

»Nein, das wusste ich nicht. Aber mal was anderes: Brauche ich einen Anwalt?«

»Wenn Sie nichts zu verbergen haben, normalerweise nicht, Herr Brunner. Oder möchten Sie uns etwas sagen?«

»Ach, Sie meinen, die Manu und ich hätten den Kerl um die Ecke gebracht, um an die Kohle zu kommen?«

»Wäre doch denkbar, oder?«, fuhr Heiko fort. »Mit der Ehe stand es ja nicht zum Besten.«

»Na und? Da konnte die Manu ja wohl nichts dafür. Der Andi war ein Arschloch, das sie komplett ignoriert hat. Man muss einer so schönen Frau, wie sie es ist, sagen, dass sie schön ist. Man muss sie wertschätzen. Ihr mal Blumen mitbringen. Solche Sachen. Und der hat nur den jungen Mädels nachgestiert. Zuletzt hat er auf dem Hammeltanz die diesjährige Siegerin dermaßen betatscht, dass es schon ganz peinlich war …«

»Wir kommen vom Thema ab, Herr Brunner«, tadelte Lisa sanft und lächelte ihr schönstes Verhörlächeln, das mit der entzückenden kleinen Steilfalte zwischen den Augenbrauen.

»Sie besitzen doch eines dieser Löwenkostüme, Herr Brunner«, setzte Heiko die Befragung fort.

»Ou ja, das wolltet ihr ja gestern abholen, stimmt's? Aber ich hab das schon in die Reinigung gegeben, weil irgendein Depp hat mir da eine Halbe Bier drüber geleert.«

»Wieso haben Sie es denn nicht einfach in die Waschmaschine gepackt, Herr Brunner?«, erkundigte sich Heiko.

Der Mann zeigte nach rechts zur Wand. »Da drüben auf der anderen Seite der Jagstbrücke ist die Reinigung. Und da ich hier arbeite ... außerdem kann man die Kostüme nicht einfach in der Maschine waschen, denn das würde das Kunstfell ruinieren.«

»Ach so. Vielleicht waren aber auch Blutflecken darauf?«, mutmaßte Heiko.

»Warum braucht ihr überhaupt die ganzen Kostüme? Das haben die Jungs gestern in der Chatgruppe geschrieben, dass ihr die alle abholt.«

»So, haben sie das, ja«, ärgerte sich Heiko, das war ja ganz toll. »Wir nehmen an, dass der Mörder von Andreas Sichler so ein Kostüm getragen hat.«

Der Mann gab zu bedenken: »Das muss aber nicht zwangsläufig ein Feuerwehrler sein. Jeder hätte sich ein solches Kostüm besorgen können.«

»Schon, Herr Brunner. Aber Sie haben ein Motiv, und zwar ein sehr gutes. Und Sie waren den ganzen Abend über da ... wann sind Sie denn nach Hause gegangen?«

»Weiß nicht mehr, ich war ja betrunken. Aber den Mord habe ich nicht mehr mitgekriegt, Gott sei Dank.«

Die Kommissare wechselten einen Blick. »Vielleicht ist es doch besser, Sie rufen Ihren Anwalt an, Herr Brunner«, quittierte Heiko.

Sie hatten Brunner in die Untersuchungshaft verfrachtet und machten noch einen kurzen Abstecher zur Reinigung Wörsinger, bei der der Mann sein Kostüm abgegeben hatte. Der kleine Laden befand sich direkt an der Jagstbrücke, auf der einstmals am Volksfest vor einigen Jahren die Majorette Jessica Waldmüller erstochen worden war, und lag quer zu einem kleinen Weglein, das zum Woha und zum Jagstbrückenhochhaus führte. Die Kommissare betraten das kleine Geschäft und rochen sofort frische, saubere Wäsche.

»Grüß Gott«, grüßte die Frau hinter dem Tresen, eine Kurzhaarblondine mittleren Alters.

Heiko nickte ihr zu. »Wüst und Luft von der Kriminalpolizei«, stellte er sie vor.

»Ou, Bollizischda«, stellte die Frau fest. »Kou ii eich helfa?«

»Unser Kollege hat vorhin ein Kostüm bei Ihnen abgeholt.«

»Zwei«, korrigierte die Frau.

»Ach ja«, meinte Lisa und erinnerte sich, dass ja drei Kostüme in der Reinigung gewesen waren. Gut, es gab ja noch mehr Reinigungen in Crailsheim.

»Können Sie uns sagen, was da für Flecken drauf waren, auf diesen Kostümen?«

Nun schüttelte die Frau bedauernd den Kopf. »Leider net. Des hat mei Kollech gmacht, und der kummt ersch morcha widder.«

»Haben Sie da eine Telefonnummer? Oder eine Adresse? Oder beides am besten?«

Weder bekamen Sie den Reinigungsmenschen ans Telefon noch trafen sie ihn zu Hause in Maulach an. Also riefen sie auf dem Revier an und fragten, ob der Herr Brunner denn schon seinen Anwalt erreicht habe. Die Antwort lautete, dass Herr Brunner heute am späten Nachmittag für sein Verhör mit Anwalt zur Verfügung stünde. Nach kurzem Beratschlagen beschlossen die Kommissare, dass es doch clever wäre, gleich weiterzufahren zur anscheinend doch nicht so ganz trauernden Witwe.

Manuela Sichler öffnete die Tür und trat sofort beiseite. Sie trug eine Jeans und einen hellblauen Pullover. Offenbar verzichtete sie im Gegensatz zu ihrer Tochter darauf, Schwarz zu tragen.

»Habt ihr den Mörder vom Andi schon gefasst?«, fragte sie, während sie das Ermittlerteam ins Wohnzimmer geleitete und die beiden bat, Platz zu nehmen.

Als sie sich gesetzt hatten, erschien Sina in der Tür und erstarrte augenblicklich. »Ich hab Ihnen doch gesagt, dass meine Mutter nichts damit zu tun hat«, entfuhr es ihr, und sie wirkte wütend.

»Was soll das denn heißen? Warst du bei der Polizei?«, ereiferte sich Manuela Sichler und funkelte ihre Tochter so wütend an, dass beinahe Blitze aus ihren hellblauen Augen schossen.

Sina würdigte ihre Mutter keiner Antwort, sondern ließ mit einem Schwung die Tür ins Schloss fallen und verzog sich.

Manuela lächelte beflissen. »Mitten in der Pubertät«, relativierte sie. »Da sind sie unmöglich.«

Lisa lächelte ebenfalls. »Sicherlich möchten Sie wissen, warum Ihre Tochter bei der Polizei war«, begann sie dann die Befragung.

Manuela sog scharf die Luft ein. »Sie denkt ja wohl

nicht, dass ich meinen Mann umgebracht habe?«, fürchtete sie und legte die Hand auf die Brust.

»Nein, das nicht. Aber sie denkt, dass jemand, den Sie kennen, das vielleicht getan haben könnte«, erklärte Heiko.

Manuela schwieg, und es wirkte bockig.

»Können Sie sich vielleicht vorstellen, um wen es sich handelt, Frau Sichler?«, half Lisa nach.

Eisiges Schweigen. Dann: »Möchtet ihr eigentlich einen Kaffee?«

Lisa versuchte, die Stimmung zu entkrampfen. »Sie dürfen das nicht falsch verstehen, Frau Sichler. Wir verachten Sie nicht für Ihre Liaison. Das ist nicht unsere Sache. Uns geht es nur um den Mord. Es geht uns nichts an, wie Ihre Ehe war …«

Heiko grinste in sich hinein. Clever, clever, die Lisa. Und es funktionierte.

Noch einmal sog die Witwe scharf die Luft ein, dann brach es aus ihr heraus: »Eine Scheißehe war das, das sag ich euch. Er hat überhaupt nicht auf sich geachtet, ich habe mich im Gegenzug schön hergerichtet, für ihn, und er hat mich nicht einmal angeschaut. Ich hab einfach nur sein Essen kochen und putzen dürfen, war also seine persönliche Haushälterin. Er hat mich nicht angefasst, nicht umarmt. Da geht man dann irgendwann in den ›Epfel‹, mit Freundinnen, aus purer Verzweiflung und weil man sich mal wieder wie eine Frau fühlen will und nicht wie ein Stück Holz.«

»Und da haben Sie dann den Herrn Brunner getroffen«, vermutete Heiko.

»Beim Discofox tanzen, auf der Foxnacht, ja. Die ist

einmal im Monat. Ich wusste gar nicht, dass der Klaus so gerne tanzt. Und er ist nicht nur ein begnadeter Tänzer, sondern er weiß auch, wie man Frauen behandelt.«

»Und Sie haben eine Affäre mit ihm begonnen«, schloss Lisa, und Manuela nickte. »Verständlich, in Ihrer Situation«, meinte die Kommissarin weiter.

Manuela Sichler nickte heftig. »Nicht wahr. Zuerst hatte ich ein schlechtes Gewissen, ihr wisst gar nicht, wie sehr. Wegen des Ehebruchs und so. Aber dann hab ich mir gedacht, dass ich auch das Recht dazu habe, ein klein bisschen glücklich zu sein, wenigstens ab und zu. Dass die Sina das mitkriegt, das war so nicht geplant, und das tut mir auch leid.«

»Wollten Sie es Ihrer Tochter denn irgendwann sagen?«, forschte Lisa.

Heiko hielt sich da eher zurück, so Beziehungskram-Befragungen konnte Lisa besser als er.

»Die Sache mit dem Klaus und mir wurde schnell ernster, und da hab ich schon über eine Trennung nachgedacht. Und darüber, dass ich vielleicht der Sina alles sagen könnte, irgendwann. Jetzt ist aber der Mord dazwischengekommen, und ich wusste nicht, wie.«

»Hatte Ihr Mann eigentlich eine Lebensversicherung, Frau Sichler?«, fuhr Heiko fort.

»Wie meinen Sie das?«, gab die Befragte zurück.

»So, wie ich's sage«, beharrte Heiko, »hatte er oder hatte er nicht?«

Manuela Sichler senkte den Blick und nickte dann. »Ja, er hatte eine, und ja, ich bin die Begünstigte. Aber ich habe ihn nicht umgebracht.«

»Das kann auch nicht sein, denn Sie waren ja die

ganze Zeit im ›Country Corner‹, nicht wahr? Oder waren Sie zwischendurch mal kurz weg? Vielleicht in einem Löwenkostüm?«, erkundigte sich Heiko.

»Wie bitte, was?«

»Sie müssen den Mord auch gar nicht selbst ausgeführt haben. Sie können auch den Herrn Brunner dazu angestiftet haben.«

»Ich hätte mich doch einfach scheiden lassen können, wenn ich meinen Mann hätte loswerden wollen«, hielt Frau Sichler dagegen.

»Ja, aber das Geld aus der Lebensversicherung würde Ihnen ein angenehmes Leben ermöglichen. Und das Haus würde Ihnen dann auch gehören, nicht wahr? Und vielleicht haben Sie Ihren Mann dermaßen gehasst, dass …«

»… ich habe ihn nicht gehasst, nicht mehr«, widersprach Manuela. »Zuerst habe ich ihn geliebt, und zwar abgöttisch. Dann, nachdem er mir gegenüber immer gleichgültiger wurde, habe ich ihn gehasst, ja, ich war wütend auf ihn, weil er unser Glück mit Füßen getreten hat, einfach kaputtgemacht hat. Aber diese Phase ging vorüber, und irgendwann war er mir nur noch egal.«

»Sehen Sie, Frau Sichler«, resümierte Lisa, »und so kommen wir auf die Idee, dass Sie mit Herrn Brunner unter einer Decke stecken könnten.«

»Der Klaus war das nicht«, versicherte die Witwe. »Und ich habe ihn auch nicht angestiftet.«

»Das werden wir schon noch rausfinden. Wir müssen Sie bitten, sich zu unserer Verfügung zu halten, Frau Sichler«, beharrte Lisa.

Die Witwe nickte. »Selbstverständlich.«

»Wenn wir schon in Onolzheim sind, können wir uns doch kurz das Hexenstäffele anschauen, oder?«, schlug Lisa vor, als sie wieder draußen waren und Heiko sich schon wieder eine Zigarette anzündete. Die Kommissarin wedelte vorwurfsvoll mit der Hand. »Ich will übrigens nicht die ganze Zeit passiv rauchen«, beschwerte sie sich und hustete demonstrativ. Heiko hustete ebenfalls, er war immer noch erkältet. »Haja, des mach mer«, beschloss Heiko und rief Gerlein an, damit er ihnen das Fiasko zeigen konnte.

Die Hexe hatte sich heute freigenommen, das tat sie gern am Tag nach dem Esbat, denn das Ritual laugte sie aus, kostete Kraft. Trotzdem wollte sie um nichts in der Welt die euphorisierende Energie missen, die sie währenddessen spürte, während sie der Mondgöttin so nah war wie sonst nie. Manchmal hatte sie das Gefühl, dass die Göttin in sie hineinfuhr. Anders ließ sich dieses höchste Glück, das sie verspürte, nicht erklären. Als sie gestern Nacht heimgekommen war, hatte sie noch einige Pflanzen im Garten gepflückt. Denn in einer Vollmondnacht gepflückte Kräuter waren besonders wirkungsvoll. Sie liebte es außerdem, sich nachts alleine in ihrem Garten aufzuhalten, unter dem liebenden Auge der Mondgöttin, während sich all die Menschen, die um sie herum wohnten, den wichtigen Dingen verschlossen. Sie alle hatten ja keine Ahnung, was sie verpassten, aus purer Ignoranz. Welch ein armseliges Dasein! Anne Kinzig rückte die Minze zurecht, deren Blätter in der Wärme ihres kleinen Kanonenofens, den sie extra zu diesem Zweck angeschafft hatte, schon fast getrocknet waren. Es war bekannt, dass Minze positive Erlebnisse anzog, ebenso wie die Kamillenblüten Ruhe und Ausgeglichenheit schafften. Die kleinen, weißgelben Blüten verströmten einen betörenden, süßlichschweren Duft. Daneben stand eine kleine Schale mit Basilikumblättern, für das persönliche Glück. Auch Majoran hatte sie gepflückt, für Kraft und Energie. Die Zutaten wären schon bald bereit. Und sie konnte sie räuchern oder aber auch einen Tee daraus bereiten, der, mit ein wenig Honig gesüßt, ihr und ihren Schwestern genügend Energie schenken würde, die Herausforderungen des Lebens mit all seinen Schwierigkeiten, negativen Menschen und seinem Unbill ganz allgemein zu überstehen.

20 Minuten später standen die beiden zusammen mit Neidhard Gerlein und Werner Pikulski, der Urgestalt der Hohenloher Mundartsänger, vor sieben Stufen im Onolzheimer Wald. Gerlein hatte den Pikulski und auch noch Hans Immle, der das Projekt anscheinend angestoßen hatte, als Verstärkung mitgebracht, mit dem Hinweis, die würden sich mit dem Hexenstäffele auch auskennen, die hätten mit gebaut.

»Schaut euch diese Sauerei an«, ereiferte sich Gerlein und wies auf die Kunstharztrümmer, die auf dem Waldboden verstreut waren. »So viel Mühe haben wir uns gegeben mit der Installation, und diese Vandalen schlagen einfach alles zsamm.«

»Sauerei«, bestätigte Pikulski und nickte zustimmend, genau wie Immle.

»Dafür machen die dann so einen Quark, das ist wohl

Land Art«, fuhr Gerlein fort und wies auf einen steinernen Kreis mit Ästen.

»Was issn Land Art?«, wollte Heiko wissen.

»Das weiß ich auch nur, weil meine Frau mich immer zu Vernissagen schleppt. Man nimmt Blätter, Äste und Steine und so Naturzeugs und legt daraus irgendwelche Muster mitten im Wald. Das soll dann Kunst sein.« Gerlein, Immle, der Pikulski und Heiko schnaubten synchron, während Lisa anerkennend nickte und den Kreis näher betrachtete.

»Da kann man doch sicher Anzeige erstatten, wegen Sachbeschädigung oder so, weil das würde ich wirklich gerne machen, wegen der ganzen Mühe, die sich die Leute mit dem Ding gegeben haben«, fuhr Gerlein fort.

»Mit unserer schönen Hexe«, präzisierte Immle.

»Das sieht aber nicht wie Land Art aus«, meinte Lisa dann fachmännisch. »Zumindest nicht nur.«

»Keine Land Art? Aber was dann?«

»Ich habe da mal was in einer Frauenzeitschrift drüber gelesen. Ich meine, das da ist ein Hexenkreis.«

»Ein was?«, ereiferte sich Immle. »Ein Hexenkreis?«

Lisa bestätigte. »Es gibt einen modernen Hexenkult, ich glaube, die nennen sich Wicca. Die Idee ist gar nicht schlecht, die berufen sich auf die keltische Naturreligion, Einheit mit der Natur und so weiter …«

Wieder schnaubten alle vier Männer unisono. »Hören Sie mal, Fräulein, in Oonza gibt es keine Hexen. Zumindest keine echten.«

»Ein paar Weiber würden schon als Hexe durchgehen«, wandte Immle ein, und die Männer feixten. »Nein, aber im Ernst: Sowas gibt's hier nicht.«

Heiko zückte sein Handy, um nach »Hexenkreis« zu googlen, aber keine Chance, hier draußen gab es kein Internet.

»Was für eine Bewandtnis hat es eigentlich mit dem Hexenstäffele?«, fragte Lisa und sah dabei den Pikulski an, der immerhin Mundartsänger war und daher über Sagen und ähnliches Bescheid wissen müsste, mindestens so gut wie die Jungs von Annaweech oder der Wiesenbacher Kurt Klawitter.

Aber der Pikulski zuckte zu ihrer Überraschung die Achseln. »Das weiß keiner so genau«, gab er zu. »Man vermutet, dass da einfach eine Hütte im Wald gestanden hat. Die Hütte ist weg, aber die Stufen sind noch da.«

»Aber wenn man jetzt Anhänger des Wicca-Kultes wäre und im Wald vor der Haustüre ein ›Hexenstäffele‹ hätte«, vermutete Lisa weiter, »dann könnte man doch auf die Idee kommen, dass gerade dieser Ort irgendwie … geeignet sei für Rituale und dergleichen? Und womöglich würde man dann eine Installation mit einer Hexenfigur als unpassend für diesen Ort empfinden.«

»Sie meinen, moderne Hexen haben unsere Figur zsammgeschlagen?«, schloss Gerlein. »Im Ernst?«

»Wer weiß«, stimmte Lisa zu.

»Und der Sichlers Andi hat auch mit gebaut«, erinnerte sich Heiko.

»Ja, wir waren zu viert beim Hexenbau, und das hat wirklich Spaß gemacht«, erläuterte Immle.

»Des wor sou schee«, stimmte der Pikulski zu.

»Also, Sie geben die Anzeige am besten auf dem

Revier auf«, bestimmte Heiko. »Und wir merken uns die ganze Sache mal.«

Sie hatten auf dem Revier angerufen und so erfahren, dass Klaus Brunner inzwischen zum Verhör bereit sei. Den Mann von der Reinigung hatten sie immer noch nicht erreicht, aber Johnny war beauftragt, es weiter zu versuchen und sich sofort zu melden, sollte es Ergebnisse geben. Und so saßen sie kurze Zeit später zusammen mit dem Verdächtigen, seinem Anwalt Helmut Bauer und Frau Brucker, die mit geschickten und schnellen Fingern immer alles diskret und sicher mit ihrem schon etwas in die Jahre gekommenen Laptop protokollierte, im Verhörraum des Crailsheimer Polizeireviers.

»Also, Herr Brunner«, begann Heiko und rückte das Löwenkostüm, das auf dem Stuhl neben ihm hing, heran. »Das ist das Kostüm, das Sie am Hammeltanz getragen haben. Richtig?«

Brunner, der immer noch seine Postlerkleidung trug, nickte.

»Sie sind verdächtig im Mordfall Andi Sichler«, stellte Heiko fest, quasi fürs Protokoll.

»Haben Sie uns vielleicht gleich etwas zu sagen, Herr Brunner? Wissen Sie, ein Geständnis macht sich immer gut.«

Der Postbeamte schnaubte. »Wenn ich was gemacht hätte, dann könnte ich es ja zugeben. Aber so …«

Heiko seufzte. »Sie haben ein Verhältnis mit der Frau des Mordopfers. Hat Manuela Sichler Sie vielleicht dazu angestiftet, Ihren Mann umzubringen?«

»Mein Mandant hat schon ausgesagt, unschuldig zu sein«, schaltete sich nun der Anwalt ein und schob hinterher: »Was soll die Frage?«

»Im Falle seines Todes erhält die Frau die Lebensversicherung Ihres Gatten im Wert von … wie viel war das?«

»150.000«, half Lisa, das hatten sie inzwischen recherchiert.

»Ja, genau. Auch bei Mord, nebenbei bemerkt, außer, die Begünstigte hätte nachgeholfen. Da wäre es doch denkbar, dass sie da jemanden beauftragt.«

Klaus Brunner schüttelte den Kopf. »Hat sie aber nicht.«

»Jedenfalls nicht meinen Mandanten«, präzisierte der Anwalt.

»Hat sie generell überhaupt nicht«, verbesserte Brunner und sandte seinem Anwalt einen strafenden Blick.

Der zuckte die Achseln, für die Sichlers Manuela fühlte er sich anscheinend nicht zuständig, die hatte ihn ja nicht engagiert.

»Die bisherigen Ermittlungen haben ergeben, dass der Mörder mit hoher Wahrscheinlichkeit ein solches Löwenkostüm getragen hat, wie Sie auch eines haben«, fuhr Heiko fort.

»Na und? Es gab zwei Dutzend von diesen Kostümen«, hielt der Anwalt sofort dagegen.

»Schon. Aber nur drei Leute haben ihr Kostüm sofort am nächsten Tag in die Reinigung gegeben. Und nur einer davon hat ein Verhältnis mit der Frau des Mordopfers. Warum haben Sie denn das Kostüm so schnell reinigen lassen, Herr Brunner? Waren vielleicht Blutspritzer darauf?«

Der Verdächtige verdrehte die Augen. »Ich hab euch schon gesagt, dass mich jemand mit Bier übergossen hat. Und ich hasse sowas. Ich hasse es sogar schon jetzt, den ganzen Tag im gleichen Hemd zu stecken. Ich bin eben so.«

»Sie können sich sicher bald umziehen, so wie das hier läuft«, erlaubte sich der Anwalt zu feixen, aber Brunner war nicht nach Grinsen.

»Wann genau sind Sie vom Hammeltanz weg?«, fuhr Heiko fort.

Der Verdächtige knetete seine Hände. »Ich weiß es nicht mehr genau. Vor dem Mord. So um zwölf vielleicht. Ich war ja so betrunken.«

»Und dann sind Sie also direkt nach Hause, das … wo ist?«, forschte Lisa weiter.

»Im ›Roten Buck‹, St-Martin-Straße«, erklärte der Mann. »Ich glaube, ja.«

Heiko griff nach einem weiteren Beweisstück, dem Inhalt der Taschen des Kostüms, der von der Reinigung in einen Klarsichtbeutel verpackt worden war. »Das da ist übrigens in den Taschen gewesen«, meinte er. »Ein leeres Fläschchen ›Kleiner Feigling‹, ein Feuerzeug, ein Tempotaschentuch mit … Blut drauf?«

Brunner runzelte die Stirn, während Heiko sein Handy nahm und Uwe schrieb, dass er kurz vorbeikommen solle. »Das ist aber hundertprozentig mein Blut, ich hab manchmal eine ganz trockene Nase.«

»Es wird immer enger, Herr Brunner«, stellte Heiko fest. »Immer noch kein Geständnis?«

Der Mann schüttelte den Kopf, bockig.

In diesem Moment streckte Uwe den Kopf zur Tür herein – der musste grad den Gang entlanggekommen sein. »Was gibt's?«, fragte er.

»Kannst du schnell herausfinden, ob auf dem Tempo hier das Blut des Mordopfers ist?«, bat Heiko.

Uwe nickte. »Ob das allerdings schnell geht, weiß ich nicht«, relativierte er, schnappte sich mit einem Handschuh das Taschentuch und verschwand.

Brunner wurde allmählich nervös, er begann zu schwitzen. »Ich putze mir die Nase normalerweise gar nicht mit solchen Tüchern. Ich habe ein Stofftaschentuch. Ich bin da so ein bisschen Alte Schule, wisst ihr«, versuchte er zu erklären.

»Wenn das so ist, wie wir vermuten, kommt das Blut da ja auch nicht aus Ihrer Nase, Herr Brunner.«

Der Mann schüttelte verzweifelt den Kopf. »Ich war das nicht. Das müsst ihr mir glauben.«

Die Ermittler hatten entschieden, das Ergebnis von Uwe abzuwarten. Denn wenn das Blut auf dem Taschentuch von Andi Sichler war, dann konnten sie den Fall als gelöst betrachten. Sie hatten sich mit einem Kaffee in ihr Büro verzogen, als plötzlich Johnny den Kopf zur Türe hereinstreckte. »Der Mann von der Reinigung is jetz dahamm«, erklärte er.

»Ach. Dann rufen wir mal an. Danke, Johnny«, antwortete Lisa und schenkte dem Kriminalobermeister ihr schönstes Lächeln.

»Geera gscheha.«

Eine Minute später hatten sie den Mann am Telefon. Eines der Kostüme habe nach Bier gestunken, das andere nach Erbrochenem. Sonst sei ihm nichts aufgefallen. Nein, auch kein Blut, auf keinem von beiden. Aber das könne er auch übersehen haben, falls es sich um sehr kleine Spritzer gehandelt habe. Aber normalerweise nicht, denn er arbeite schon gewissenhaft.

Nach einer kurzen Kaffeepause, in der sie die vorhin bei der Bäckerei Glück in Onolzheim gekauften Weckle verzehrten, stiegen die beiden die Stufen zu Uwes Reich empor – denn anscheinend gab es Ergebnisse vom blutigen Taschentuch.

»Also«, begrüßte sie Uwe, »sicher seid ihr mir schon ziemlich dankbar, dass ich so schnell und kompetent arbeite, stimmt's?«

»Aber natürlich, mein Lieblingskollege«, säuselte Lisa. »Du bist wahnsinnig kompetent.«

Heiko verdrehte die Augen. »Jetz sooch scho«, forderte er.

Uwe räusperte sich. »Das Blut auf dem Teil ist nicht vom Mordopfer, leider.«

»Verdammt«, fluchte Heiko.

»Und es ist auch kein Tempo, sondern eher eine Serviette. Zu viel Plastik im Einmalstoff.«

»Okay«, meinte Lisa, »ja, der Kerl sagte ja schon, er würde normalerweise Stofftaschentücher benutzen.«

»Tjaja«, machte Uwe und strich sich über die rasierte Glatze.

»Mal was anderes«, fragte Heiko weiter. »Auf dem Kostüm müssten schon Blutspritzer sein, oder?«

Uwe widersprach: »Nicht unbedingt.«

»Wie, nicht unbedingt?«, wunderte sich Lisa. »Da war doch eine riesige Blutlache um die Leiche herum.

»Ja, aber wenn der Mörder keine obenliegenden Adern oder Venen verletzt hat, dann ist das Opfer eher so sickernd verblutet, quasi von innen raus, und halt dann sozusagen ausgelaufen. Dann würde das Blut nicht unbedingt spritzen.«

»Es könnte aber sein?«, beharrte Heiko.

»Sein könnte es schon. Deswegen suche ich ja auch immer noch die ganzen Kostüme nach Blutspritzern ab.«

»Er könnte es trotzdem getan haben«, gab Lisa zu bedenken. »Dass er Nasenbluten hat, schließt ja nicht aus, dass er der Mörder ist.« Heiko zuckte die Achseln. »Ich weiß auch nicht. Jedenfalls müssen wir ihm das Ergebnis mitteilen. Mal sehen, was er dazu sagt.«

Fünf Minuten später saßen wieder alle, inklusive Frau Brucker mit ihrem Laptop, bereit. »So, Herr Brunner«, begann Heiko etwas resigniert. Er hätte den verzwickten Fall so gerne schnell abgeschlossen.

»An Ihrem Kostüm war, soweit sich das jetzt noch nachvollziehen lässt, kein Blut. Und das Blut auf der Serviette war zumindest nicht vom Mordopfer. Sie haben diesbezüglich immerhin Glück. Allerdings haben Sie immer noch kein Alibi und ein eindeutiges Motiv …«

»… sagten Sie grad Serviette?«, fragte der Verdächtige stirnrunzelnd. »Was für eine Serviette?«

»Eine ganz gewöhnliche«, meinte Heiko. »Wie sie bei solchen Festlein verwendet wird.«

»Kann ich vielleicht den Inhalt von der Kostümtasche nochmal sehen?«, fragte der Mann dann. Heiko zuckte die Achseln.

»Sicher«, meinte er dann und reichte dem Mann den Plastikbeutel. »Nichts rausholen, nur anschauen.«

Brunner nickte. »Dachte ich mir's«, meinte er und deutete auf zwei braune Kügelchen. »Das da sind Zuckerpäckchen. Vom McDonald's. Ich knülle die manchmal zusammen und stecke sie ein, wenn ich mir nichts dabei denke. Ich war womöglich noch bei McDonald's, und da habe ich dann auch die Serviette her. Wäre das ein Alibi?«

Die Kommissare wechselten einen Blick. Heiko besah sich die beiden braunen Papierkügelchen, es schien sich tatsächlich um zusammengeknüllte, leere Zuckerpäckchen zu handeln.

»Haben Sie vielleicht noch eine Quittung?«, forschte Lisa. Der Mann zückte seinen Geldbeutel und suchte eine ganze Weile. Schließlich förderte er tatsächlich eine Rechnung zutage.

»Bingo«, freute sich der Anwalt. »Mit EC-Karte und PIN bezahlt. Ein Kaffee und zwei Cheeseburger«, erläuterte der Mann und wirkte nun deutlich gelöster.

Heiko schnappte sich die an den Ecken etwas zerknickte Quittung und studierte sie. »Um 00.17 Uhr. Das würde bedeuten …«

»… dass mein Mandant zur Tatzeit bei McDonald's war. Zu Fuß und fünf Kilometer entfernt vom Tatort.«

»Er kann mit dem Auto zurückgefahren sein«, hielt Lisa schwach dagegen.

Der Anwalt schnaubte. »In seinem Zustand? Ich bitte

Sie. Er hat sich bei McDonald's gestärkt und ist dann vollends nach Hause geschwankt.«

»In die Sankt-Martin-Straße«, vollendete Brunner.

»Aber Sie erinnern sich nicht?«, vergewisserte sich Heiko.

»Doch, dunkel. Jetzt schon.«

Lisa und Heiko hatten recht schnell eine Dame im McDonald's in der Haller Straße ausfindig gemacht, die sich noch ganz gut an »den Besoffenen im Löwenkostüm«, erinnerte. Die sehr hübsche, große Frau mit dem roten Lippenstift spielte mit ihrem dunklen Pferdeschwanz, während sie den Kommissaren erklärte, sie habe sich schon gedacht, dass der vom Hammeltanz gekommen sei. Und dass sie den Mann sogar nach einer Weile habe anstupsen müssen, weil er auf der bequemen Bank vom McCafé eingenickt sei. So um eins sei das gewesen, kurz, bevor sie zugemacht hatten, das wisse sie noch ganz genau. Sie habe den Löwen noch gefragt, ob sie ihm ein Taxi holen solle, aber der habe nur den Kopf geschüttelt und sei losgeschwankt.

Es war Nachmittag, und Manuela Sichler saß in ihrer Küche und trank einen Kaffee. Klaus hatte ihr geschrieben, die Bullen hätten ihn verhaftet, und sie konnte es nicht fassen. Nicht, weil sie glaubte, dass er etwas mit dem Mord zu tun hatte, denn das wusste sie besser, das konnte definitiv nicht sein. Sondern weil sie wütend war, wütend auf ihre eigene Tochter, wütend auf Sina. Was fiel der nur ein! Manuela rührte in ihrer Tasse, damit sich der Süßstoff besser verteilte, ein bisschen musste man ja schon auf seine Figur achten. Wie konnte sie nur, das verzogene Gör. Gut, es war klar, dass Sina verletzt war, und das neulich Nacht war definitiv nicht optimal gelaufen, natürlich nicht. Aber dazu hatte sie kein Recht, und der Klaus hatte ihr nichts getan. Im Gegenteil, er mochte ihre Tochter, und sie hatte gehofft, dass sie die Sache eines Tages offiziell machen könnte, nach einer angemessenen Wartezeit. Das war jetzt in weite Ferne gerückt. Klaus, der eigentlich gutmütig und lieb war, würde das der Sina nicht verzeihen. Und sie ihr auch nicht. Sie hörte, wie sich der Schlüssel im Schloss bewegte und sah auf die Uhr. Um diese Zeit kam Sina von der Nachmittagsschule. Sie versuchte ein Lächeln, um ihre Tochter zu begrüßen, aber es gelang ihr nicht. Als Sina den Raum betrat, um sich ebenfalls einen Kaffee zu machen, blieb ihre Miene versteinert. Manuela erwiderte das kurze, unemotionale »Hallo« ihrer Tochter mit einem Nicken. Das Mädchen legte ein Pad in die Kaffeemaschine, nahm eine Tasse aus dem Schrank und drückte die Taste, die den vertrauten Lärm machte, als das heiße Getränk in das Gefäß floss. Dann hielt es Manuela nicht mehr aus.

»Sag mal, spinnst du eigentlich?«, fragte sie ihre Tochter, und ihre Stimme klang schrill. »Wie kannst du der Polizei vom Klaus erzählen? Die haben ihn verhaftet.«

Sina nahm seelenruhig die Tasse, drehte sich im Zeitlupentempo um, lehnte sich lässig gegen die Arbeitsplatte, trank etwas Kaffee und schluckte erst einmal. Sie betrachtete ihre Mutter, abschätzig, verächtlich, wie es Manuela schien. »Schämst du dich gar nicht?«, fragte sie dann. »So kurz nach Papas Tod mit Onkel Klaus ins Bett zu gehen?«

Die Anschuldigung traf Manuela Sichler bis ins Mark. »Du hast ja keine Ahnung«, zischte sie. »Du hast keine Ahnung, wie unsere Ehe war. Sie war schon lange kaputt.«

»Ich habe nie behauptet, dass eure Ehe toll war, und auch nicht, dass Papa perfekt war«, hielt Sina dagegen. »Aber er war mein Papa. Und du hättest trotzdem ein bisschen warten können, bis du den Klaus fickst.«

Langsam stellte Manuela die Tasse auf dem Tisch ab, erhob sich und kam auf ihre Tochter zu. Langsam, bis sie genau vor ihr zu stehen kam. Kurz studierte sie das Funkeln in den Augen ihrer Tochter, den Hass, der daraus sprach. Dann holte sie aus und ohrfeigte sie auf die linke Backe. »Was fällt dir ein«, flüsterte sie, wütend, drohend, traurig. Sina hielt sich schockiert die Wange, schleuderte wütend die Tasse zu Boden, die in tausend Splitter zerbrach, und stürmte hinaus.

»Wie gehen wir jetzt weiter vor?«, fragte Lisa, als sie den Verdächtigen wieder entlassen hatten.

»Was ist denn eigentlich mit den beiden anderen Kostümen? Mit den … vollgekotzten?«

»Das eine war ja ohne Blut, wobei das nichts heißen muss«, erinnerte Lisa.

»Und das andere? Wem hat das nochmal gehört?«

»Diesem Marco und diesem Tobias«, erinnerte Heiko. »Die haben wir doch schon in der Brandsache befragt.«

»Stimmt. Und der Tobias hatte seins in der Reinigung an der Jagst abgegeben, und der andere?«

»In der Langen Straße.«

»Dann gehen wir da jetzt vorbei«, beschloss Lisa.

Sie betraten das Ladengeschäft der Textilreinigung Jauch in der Langen Straße. Wie auch schon in der anderen Reinigung war hier der typische Geruch nach sauberer Wäsche sehr präsent. Sie waren die einzigen Kunden, und die Dame, eine brünette Kurzhaarige mit einer stylischen Brille mit auffälligen neongelben Bügeln hinter dem Tresen lächelte freundlich.

»Grüß Gott«, grüßte sie, und Heiko antwortete: »Sgott. Wüst und Luft von der Kriminalpolizei.«

»Ach, der Kollege war vorhin schon da und hat das Löwenkostüm abgeholt. Das ist ja eine Geschichte, das mit dem Mord. Weiß man denn schon was?«

Die schlanke Frau beugte sich über den Tresen und zwinkerte Heiko vertraulich zu.

»Nein, wir sind grad dabei«, meinte der ausweichend, und die Dame nickte und richtete sich leicht enttäuscht wieder auf.

»Also gut. Kann ich euch noch irgendwie helfen?«

»Haben Sie das Kostüm gereinigt?«, fragte Lisa.

Die Dame nickte. »Ja, und zwar fachmännisch. Es war auch dringend nötig, wenn Sie mir die Bemerkung erlauben.«

»Was für Flecken waren denn auf dem Kostüm?«, wollte Lisa wissen.

»Schweiß und Erbrochenes«, lautete die Antwort, die wie aus der Pistole geschossen kam.

»Blut auch?«, erkundigte sich Heiko.

Die Frau schüttelte den Kopf. »Mir ist nichts aufgefallen. Für Blut haben wir auch einen Spezialreiniger. Das müsste mit der normalen Reinigung gar nicht rausgegangen sein. Und da ich alle Kleider nochmal auf

Sauberkeit kontrolliere, und zwar sehr akribisch, kann ich mir das nicht vorstellen.«

Die Kommissare fanden durch ein schnelles Telefonat heraus, dass Tobias Meister in der Hauptstelle der hiesigen Volksbank gegenüber des alten Bücher Baier, der jetzt ein griechisches Restaurant war, arbeitete. »Apropos arbeiten – der Sichler hat doch auf dem Rathaus gearbeitet. Sollen wir da mal kurz reinschauen? Der Meister läuft uns ja nicht davon«, überlegte Lisa, als sie sich gerade in Bewegung setzten.

Heiko musterte kurz das Gebäude und meinte dann: »Ja, gute Idee.«

Die Kommissare umrundeten den Brunnen mit den beiden Figuren, der »Dicken und der Dürren«, die von den Crailsheimern auch »Paula und Dorle« genannt wurden. Aus unerfindlichen Gründen hatte man vor einigen Jahren einen Bronzefisch am Rand des Brunnens platziert, der echtes Trinkwasser in Richtung der beiden Tratschweiber spuckte. Heiko fand ja immer, dass die Damen wirklich ausnehmend hohenlohisch wirkten, von der Sorte kannte zumindest er ein paar. Sie ließen die Rathausarkaden, die von den steinernen Wappen der Crailsheimer Stadtteile bekrönt waren, links liegen und betraten das Rathaus. Geradeaus war der Empfang des »Bürgerbüros«. Seit einigen Jahren setzte man in Crailsheim vermehrt auf Stadtmarketing und darauf, dass das Rathaus für die Bürger jederzeit erreichbar war. Ein jeder guter Crailsheimer hatte eine der Gratispostkarten mit den Aufklebern mit wichtigen Terminen wie dem Volksfest und dem Kulturwochenende, die man in seinen Kalender kleben konnte. Das Pult rechts von der Vitrine, in der allerlei Crailsheimer Devotionalien wie zum Beispiel DVDs von den letzten Volksfesten und Püppchen in fränkischer Tracht feilgeboten wurden, war mit zwei Rathausmitarbeitern besetzt. Allerdings waren beide in eingehend wirkende Kundengespräche vertieft und erschienen auch sehr beflissen. Und so wandten sich die Ermittler nach rechts, wo die einzelnen Arbeitsplätze der Mitarbeiter waren. Sie waren großzügig und freundlich und waren je durch hohe, helle Holzwände voneinander getrennt, der Diskretion wegen. Lisa und Heiko wählten die nächstbeste Dame aus und setzten sich nach deren einladendem Winken auf die beiden Besucherstühle.

»Grüß Gott«, begann die Frau, eine Brünette, und zog dann fragend die Augenbrauen hoch.

Heiko grüßte ebenfalls und schob dann hinterher: »Wir ermitteln im Mordfall Sichler. Das war doch Ihr Kollege, nicht?«

Die Frau nickte heftig. »Der Andi, ja, das war ja ganz tragisch.«

»Er hat sich hier um die Ausweise gekümmert, richtig?«, erkundigte sich Lisa.

Die Frau nickte. »Ja. Und um alles, was hier sonst noch so anfällt. Unser Job ist ja viefältig. Da drüben ist er gehockt. Kaum zu glauben, dass er nie wiederkommen wird.«

Die Kommissare blickten in die angegebene Richtung und entdeckten einen ordentlichen, zugleich aber irgendwie nichtssagenden Schreibtisch.

»Wie war denn so sein Stand bei euch?«, wollte Heiko wissen.

Die Frau runzelte die Stirn und schnaubte dann: »Ach, wissen Sie, wir schauen hier alle in verschiedene Richtungen und haben eigentlich den ganzen Tag zu tun. Da ergibt sich selten, dass man miteinander ins Gespräch kommt. Smalltalk eben, aber nichts Tiefschürfendes. Eher, wenn man nebeneinandersitzt oder unter uns Mädels.«

»Der Herr Sichler war mehr so für sich?«, vermutete Lisa.

Die Frau bestätigte. »So kann man das sagen, ja.«

»Hat er sich denn mit jemandem angelegt? Jemanden übervorteilt? Hat es Streit mit Kunden gegeben?«, machte die Kommissarin weiter.

Die Frau lachte und meinte dann: »Streit? Nein. Wir sind eine Behörde. Da folgen wir ganz klaren Regeln, da gibt es nichts zu streiten.«

Sie bedankten sich bei der Dame und verließen das Rathaus, um durch die Passage am Schuh-Freitag und der Rats-Apotheke, neben der sich auch der Aufgang der Tiefgarage befand, zur Volksbank zu gelangen. Keine fünf Minuten später betraten sie das große Gebäude und stellten sich in der Kundenschlange an. Ein älterer Angestellter mit Brille führte sie endlich in eines der gläsernen Büros, in denen normalerweise Bausparverträge und Fondssparpläne besprochen wurden. Die Augen des jungen Mannes weiteten sich, als er die Kommissare erkannte. »Ihr seid die Polizisten«, stellte er fest und erhob sich. Der Bankangestellte trug die Haare ordentlich gekämmt und zu einer etwas altmodischen Welle frisiert und wirkte nicht mehr so frech wie am Hammeltanz, wie Heiko sofort feststellte, sondern ausnehmend brav. Außerdem hatte er einen anthrazitfarbenen Anzug mit Volksbank-Krawatte an, was ihn ungemein seriös wirken ließ. »Wüst und Luft«, stellte Heiko sie noch einmal vor.

»Wir müssten noch einmal mit Ihnen reden, Herr Meister.«

Der junge Mann nickte heftig und erschien zugleich überaus beflissen. Während sich die Kommissare auf den durchaus bequemen Stühlen niederließen, die er ihnen anbot, meinte er: »Ihr habt gestern das Kostüm ja nicht abholen können, gell, weil ich es in die Reinigung getan habe. Bin ich denn jetzt verdächtig?«

Lisa lächelte beruhigend. »Keine Angst, Herr Meister, so schnell verdächtigen wir niemanden.«

Der junge Mann atmete erleichtert auf und lehnte sich zurück. »Wie kann ich Ihnen denn dann helfen?«, fragte er.

»Also, natürlich überprüfen wir die Leute, die ihr Kostüm so … schnell in die Reinigung gegeben haben. Warum war das bei Ihnen denn so schnell, Herr Meister? War das so dringend?«

Meister vergewisserte sich mit einem Blick zur Tür, dass diese verschlossen war, und meinte dann: »Das Kostüm war arg versaut.« Dann seufzte er und fügte hinzu: »Vollgekotzt, um genau zu sein.«

»Hammeltanz halt, gell?«, stellte Heiko fest, und der junge Mann nickte beinahe entschuldigend.

»Ihr wisst ja, wie das ist. Diese paar Tage ist einfach Party.«

»Sie hatten nicht etwa Streit mit dem Mordopfer?«, forschte Lisa weiter. »Ich erinnere mich, dass es da ja diese Anschuldigung wegen der Brandstiftung gab …«

»Das war eine Unverschämtheit vom Andi, da stehe ich nach wie vor dazu«, entfuhr es dem Mann. »Sowas geht gar nicht. Aber deswegen bringe ich den nicht um. Das wäre ja lächerlich.«

»Ihr Hauptmann wäre da vielleicht eher ein Kandidat?«, vermutete Heiko.

Nun schüttelte der junge Mann heftig den Kopf. »Auf keinen Fall! Wissen Sie, ich finde, die Gesellschaft sollte unsere Arbeit schätzen, und das tut sie viel zu wenig. Wir machen das schließlich alles ehrenamtlich. Stattdessen hören wir uns so einen Müll an, von wegen, wir würden selber Brände legen und so. Eine Schande ist das.«

»Da haben Sie schon recht«, stimmte Heiko zu. »Aber es ist doch durchaus so, dass Sie wütend auf das Mordopfer waren. Und Sie haben eines dieser Löwenkostüme, wie der Mörder eines getragen hat.«

Nun schnaubte der junge Mann und wirkte ungehalten. »Na und? Ich war es aber nicht.«

»Haben Sie denn ein Alibi?«

»Ich war unterwegs, aber nicht in der Halle.«

»Kann das jemand bestätigen?«, fragte Heiko.

Der junge Mann dachte kurz nach. »Um welchen Zeitraum geht es noch einmal?«

»So zwischen zwölf und eins«, erinnerte Lisa.

»Vielleicht habe ich tatsächlich ein Alibi. Ein ziemlich gutes sogar«, überlegte der junge Mann laut.

»Nämlich?«

»Ich und der Marco waren mit so einem Typen zusammen, der einen Film über den Hammeltanz dreht. Ein junger Kerl, der studiert an der Filmakademie in Ludwigsburg und wollte was über seine Heimat machen. Und mit dem waren wir eigentlich ziemlich lange beieinander. Ich denke, dass das der fragliche Zeitraum war.«

Lisa und Heiko ließen sich die Adresse des Filmstudenten geben, einem rothaarigen, etwas durchgeistigt wirkenden jungen Mann. Der wohnte in Altenmünster und versicherte ihnen glaubhaft, dass beide, sowohl der Tobi als auch der Marco, die er ja noch aus der Grundschule kannte, ihn den ganzen Abend mit rumgezogen hätten und überaus hilfreich bei der Recherche und dem Erstellen von Bildmaterial gewesen seien. Dass sie nacheinander viele der Getränkestände abgeklappert hätten, er habe sich das genau notiert, die Hammeltanzbar, die Theke, der Stand der Freiwilligen Feuerwehr, Oma's Schlemmerstüble und so weiter und so fort, und dass sie dann nach einem Abstecher in die »Bierkutsche« im Partyzelt der »Rose« versumpft seien, zu dritt, und dass sie von dem Mord gar nichts mitbekommen hätten.

Heikos Handy klingelte. Die Nummer auf dem Display war unbekannt. Er nahm das Gespräch an und stellte sofort auf laut.

»Ja?«

»Hallo Herr Wüst, hier Sichler.«

»Frau Sichler. Was ist denn?«

Nun entrang sich der Stimme der Frau ein Schluchzen.

»Die Sina ist weg«, presste sie hervor.

»Wie, weg?«, fragte Heiko nach.

»Als sie heut Mittag von der Schule heimgekommen ist, haben wir gestritten. Und … mir ist die Hand ausgerutscht, und jetzt mache ich mir solche Vorwürfe …«

Wieder ein Schluchzen, höher, jaulender.

Lisa übernahm. »Beruhigen Sie sich doch, Frau Sichler«, bat sie. »Mädchen in dem Alter hauen schon mal ab. Kann sie denn bei einer Freundin sein?«

»Hab ich schon alle abtelefoniert. Zumindest alle, die ich kenne. Sie erzählt ja nichts.«

»Sicherlich haben Sie auch schon versucht, sie zu erreichen?«, vermutete Lisa.

»Pausenlos«, meinte die Frau. »Und jetzt ist ihr Handy aus. Entweder sie macht das extra, damit ich mir Sorgen mache, oder ihr ist etwas passiert. Oder sie tut sich was an …«

Die Kommissare wechselten einen Blick.

»Ist Ihre Tochter denn psychisch labil, Frau Sichler?«, fragte Lisa weiter.

Wieder ein Schniefen. »Weiß ich doch nicht. Sind die in dem Alter nicht alle labil? Scheiß Pubertät.«

»Jetzt beruhigen Sie sich erst mal, Frau Sichler. Sollen wir Ihnen jemanden vorbeischicken? Brauchen Sie einen Arzt?«

»Finden Sie nur meine Tochter«, wiegelte die Frau ab. »Die Karolin ist da. Die kümmert sich um mich.«

»Wie lautet denn die Handynummer Ihrer Tochter, Frau Sichler?«

»Sie hat das Handy doch aber aus«, erinnerte die Witwe.

»Ja, aber vielleicht können wir feststellen, wo sie zuletzt war.«

Manuela Sichler schien Hoffnung zu schöpfen. »Das wäre ja super«, flüsterte sie, bevor sie die Handynummer nannte.

Da nicht klar war, ob Sina Sichler vielleicht Hilfe brauchte und die Kommissare nicht abschätzen konnten, ob sie sich sogar etwas antun würde, erwirkten sie schnell einen richterlichen Befehl zur Handyortung. Es dauerte keine zehn Minuten, bis sie wussten, wo Sinas Handy als Letztes eingeloggt war. Und sie hatten Glück – sie konnten das Handy eindeutig orten. Und zwar befand sich das Mobiltelefon hoffentlich zusammen mit seiner Besitzerin in einer Wohnsiedlung in Ingersheim.

Es war schon dunkel, als Lisa und Heiko an dem weiß getünchten Wohnhaus aus den 90ern klingelten. Auf dem in schwarzer Schönschrift beschrifteten Klingelschild stand »Anne Kinzig.« Im Vorgarten waren mehrere Kräuterspiralen angeordnet, dazu Rosenbögen. Zwei Katzen lagen auf der Terrasse, die in den Vorgarten führte. Durch die Milchglastür konnte man sehen, dass sich eine Frau näherte. Als die Tür aufschwang, gab sie den Blick frei auf eine Mittzwanzigerin mit hennarotem, mittellangem Haar. Sie trug eine schwarze Hose und ein lilafarbenes Spitzenshirt. »Hallo«, grüßte sie und legte eine Hand auf die Tür, wohl, um sie gleich wieder schließen zu können, falls Lisa und Heiko Böses im Schilde führen würden. »Wüst und Luft, Kriminalpolizei«, beeilte sich Heiko, bevor die Tür wieder zuschlug. Erneut wurde geöffnet, und die Frau stellte sich mit verschränkten Armen in den Eingang. Sie gab den Blick frei auf einen Flur mit einem bordeauxroten Teppich und einem alten Buffet.

»Und?«, fragte sie, es klang abweisend.

»Ist denn die Sina Sichler bei Ihnen?«, fragte Lisa unbeirrt freundlich.

Die Frau zögerte genau so lange, dass ein Nein absolut unglaubwürdig gewesen wäre. »Nein«, versuchte sie anschließend und wischte sich nervös eine leicht lockige Haarsträhne aus dem Gesicht.

»Dann haben Sie ja sicher nichts dagegen, wenn wir mal nachsehen«, meinte Heiko.

Anne Kinzig seufzte und nagte an ihrer irgendwie sehr orangefarbenen Unterlippe. »Okay, okay, sie ist hier. Aber ich beschütze sie nur.«

»Beschützen? Wie meinen Sie das?«, hakte Lisa nach.

»Sie ist vor ihrer gewalttätigen Mutter geflohen. Die hat sie gehauen, stellen Sie sich das mal vor! Das ist doch eine Straftat, Körperverletzung, oder?«

Heiko nickte. »Ja, das stimmt. Allerdings denke ich, dass sowohl Sina als auch ihre Mutter gerade in einer emotionalen Ausnahmesituation sind«, gab er zu bedenken. »Jedenfalls macht sich ihre Mutter große Sorgen, weil Sina das Handy ausgeschaltet hat.«

»Das schadet mal nicht, man schlägt sein Kind nicht«, beharrte Kinzig.

»Können wir mit Sina sprechen?«, fragte Lisa nun in einem Ton, der klarmachte, dass sie keine ablehnende Antwort dulden würden.

Die Frau seufzte wieder. »Wenn sie das möchte«, erklärte sie bockig und verschwand im Haus. Nach zwei Minuten kehrte sie zurück und bat die Kommissare herein. Sie führte sie in ein Wohnzimmer, das so altertümlich und schummrig war, dass es definitiv nicht zu diesem modernen 90er-Jahre-Bau passte. Auf dem bordeauxroten Samtsofa saß eine verheult wirkende Sina mit einer Teetasse in der Hand. Der Raum war von mehreren Kerzen erleuchtet, und aus der Stereoanlage tönten irgendwelche mittelalterlichen Klänge. An der Wand hing ein Bild mit einem großen, fünfzackigen Stern, auch auf dem Sims unterhalb brannten Kerzen.

»Sie haben es aber … gemütlich hier«, fand Lisa und musterte das arg seltsame Interieur.

Anne Kinzig zuckte die Achseln und meinte dann: »Ich habe einen speziellen Stil.«

Das kann man wohl sagen, dachte Heiko bei sich und zückte sein Handy, um Manuela Sichler zu informieren, dass ihre Tochter wohlauf sei. Die nahm das Gespräch nach einmal Klingeln an und brach dann erleichtert in Tränen aus.

Heiko beendete das Telefonat und fixierte das schwarzgekleidete Mädchen. »Du weißt, dass deine Mama sich Sorgen macht, Sina?«, fragte er, und es klang ein klein bisschen tadelnd.

Sina starrte auf den Teebecher in ihrer Hand und meinte dann: »Soll sie doch. Sie hat mich geschlagen.«

»Kann sie da ihre Mutter nicht anzeigen? Das machst du, Sina!«, mischte sich die Hausherrin von der Türe her ein.

Heiko sandte der Frau einen so warnenden Blick, dass die augenblicklich verstummte.

»Woher kennt ihr euch überhaupt?«, forschte Lisa weiter. »Ich will Ihnen ja nicht zu nahe treten, Frau Kinzig, aber aus der Schule ja wohl kaum.«

»Wir sind …«, begann Sina, wurde aber von der Älteren unterbrochen.

»Wir sind befreundet. Wir kennen uns über Hanna, eine Klassenkameradin von Sina. Nicht wahr?«

Sina nickte beflissen.

»Sou«, machte Heiko und blickte zweifelnd von einer zur anderen. Es war klar, dass sie logen. Dass zumindest mehr dahintersteckte.

»Sagen Sie mal, Frau Kinzig, wenn wir schon mal hier sind«, fuhr Lisa fort. »Ein schönes Bild haben Sie da. Ein Sternchen, nicht wahr?«

Anne lächelte beflissen. »Ich mag den Sternenhimmel.«

Lisa nickte. »Aber das da ist kein gewöhnlicher Stern, stimmt's? Das ist ein Pentagramm.«

Die Frau benagte wieder ihre Unterlippe und nickte endlich. »Ja. Und?«

»Sina, zeigst du mir mal deinen schönen Kettenanhänger?«, bat Lisa mit einem freundlichen Lächeln.

Aber das Mädchen schüttelte den Kopf.

»Was geht euch das eigentlich an?«, fragte Anne zurück.

»Warum so unfreundlich, Frau Kinzig? Wir fragen doch bloß«, relativierte Heiko.

Die Frau schwieg und fixierte das Gemälde. »Also ja, das da auf dem Bild ist ein Pentagramm.«

»Und du hast auch eines um den Hals hängen, nicht wahr, Sina? Ein silbernes, mit einem blauen Stein«, unterstellte Lisa. »Hübsch ist das, ich hab's neulich gesehen, als du bei uns auf dem Revier warst.«

Nun reckte das Mädchen bockig das Kinn nach vorne.

»Ja, und?«, schnarrte sie.

»Sind Sie vielleicht eine Wicca, Frau Kinzig?«, forschte Lisa weiter. »Da brauchen Sie sich nicht zu genieren. Das können Sie doch ruhig sagen.«

Nun straffte sich die Frau, und Heiko erinnerte sich, dass Lisa ja neulich im Wald irgendwas von modernen Hexen erzählt hatte. Bestimmt würde dieses durchgeistigte Wesen sich gleich auf seinen Nimbus 2.000 schwingen und vor ihren Augen davonschweben. Er unterdrückte das Grinsen, das sich bei dieser Vorstellung auf seine Lippen stehlen wollte.

»Ich bin gern eine Wicca und stehe dazu«, trat Anne Kinzig schließlich die Flucht nach vorn an.

»Und du, Sina? Bist du auch eine Wicca?«, fragte Lisa weiter.

»Lassen Sie das Mädchen in Ruhe«, fauchte Anne. »Das geht Sie gar nichts an.«

Aber Sina hob matt die Hand und winkte ab. Dann sah sie Lisa aus sehr blauen Augen an und antwortete: »Ich arbeite daran, wenn Sie's genau wissen wollen. Müssen ja nicht alle evangelisch sein.«

Heiko war beim Anblick des Wohnzimmers ganz froh, evangelisch zu sein, aber gut, jeder, wie er mag.

»Das ist doch okay«, befand Lisa. »Ich persönlich finde das ja schön, diese Einheit mit der Natur und all das.«

Nun lächelte Anne milde. »Wicca ist ein klein bisschen mehr, Frau Luft.«

»Halten Sie denn dann auch Rituale ab? So … Mondanbetungen und solche Sachen? Kann man da mal zuschauen? Mich würde das interessieren.«

Heiko runzelte die Stirn, und er hoffte, dass Lisa die Frau nur einlullen wollte und nicht ernsthaft darüber nachdachte, eine moderne Hexe zu werden. Das fehlte noch!

»Ich kann Ihnen vor dem nächsten Treffen gerne Bescheid geben«, erklärte Anne mit einem höflichen Lächeln, allerdings in einem Ton, der klarmachte, dass sie gar nicht daran dachte, die Kommissarin wirklich zu informieren.

»Schön«, freute sich Lisa. »Und wo trefft ihr euch dann? Ich meine, habt ihr eine spezielle Stelle … im Wald zum Beispiel? Das muss doch ein heiliger Ort sein, nicht? Ich persönlich finde ja auch Geomantik sehr interessant, diese Theorie von den Energielinien der Erde … jahrhundertelang bauen die Völker ihre heiligen Orte an ein und derselben Stelle, das ist doch interessant, nicht?«

»Definitiv«, stimmte Anne zu. »Und es gibt ein paar Stellen, wo wir uns treffen. Ich gebe Ihnen beim nächsten Mal gerne Bescheid, wie gesagt.«

»Ihr trefft euch nicht zufällig in Onolzheim am Hexenstäffele?«, vermutete nun Heiko, der sich bisher zurückgehalten hatte und endlich verstanden hatte, worauf Lisa hinauswollte.

Nun wurde die moderne Hexe noch bleicher als zuvor, was Heiko für unmöglich gehalten hatte. »Nein. Was ist das denn?«

»Vielleicht ein magischer Ort«, beharrte Heiko. »Und dann kann man da keine hässlichen Schaufensterpuppen im Kittelschurz mit Kopftuch brauchen, die eine Hexe darstellen sollen. Und findet womöglich auch Leute, die solche Sachen aufbauen, nicht so toll. Oder?«

Anne Kinzig hatte ihre Fassung wiedererlangt und rümpfte die Nase. »Ich weiß nicht, wovon Sie reden.«

»Natürlich nicht.«

Sinas Blick wanderte hingegen unsicher zu Anne, und die zwinkerte dem jungen Mädchen zu.

»Jedenfalls, wenn Sie nichts dagegen haben, würden wir nun die Sina gerne mit nach Hause nehmen. Weil erziehungsberechtigt sind Sie ja nicht.«

»Aber Sie können die Sina nicht mitnehmen«, widersprach die Frau. »Denn sie will nicht. Nicht wahr, Sina?«

Die katzengrünen Augen fixierten das Mädchen, das etwas unbeholfen die Achseln zuckte.

»Vielleicht ist es besser, ich gehe jetzt heim. Mama ist ja auch allein«, meinte die junge Frau dann. »Wir sehen uns, Anne, ja? Und vielen Dank für alles.«

Lisa und Heiko forderten einen Streifenwagen an, der das Mädchen nach Hause bringen sollte, denn der M3 war ja ein Zweisitzer. Sie hatten zwar noch einige Fragen an die Tochter des Mordopfers, aber sie waren übereingekommen, dass es vielleicht besser wäre, das Mädchen für heute in Ruhe zu lassen. »Irgendwie hab ich jetzt aber noch Hunger, du nicht?«, meinte Heiko, und Lisa stimmte zu. »Vielleicht sollten wir mal in einer der Onolzheimer Wirtschaften vorbeischauen.« Lisa sah auf die Uhr. »Es ist fast neun. Glaubst du, es gibt noch was zum Essen?«

»In der ›Rose‹ bestimmt«, meinte Heiko und fügte hinzu: »Die hat immer ganz lang auf.«

Sie parkten den Wagen vor dem ältesten und traditionsreichsten Onolzheimer Gasthaus. Das schmiedeeiserne schwarzgoldene Schild ragte aus der Fassade und wies das Gebäude, das ansonsten eher an ein großes Wohnhaus erinnert hätte, zusammen mit dem braunweißen, beleuchteten Schriftzug »Gasthof Rose« an der Hauswand als Restaurant aus. Heiko öffnete die Tür, und er und seine Freundin stiegen die knarzende Holztreppe in den ersten Stock, in dem sich das Restaurant befand, hinauf. Sie wandten sich nach rechts und betraten den »Gastraum«. »Buonasera bella signorina«, begrüßte sie augenblicklich Raffaele, der italienische Koch der Wirtschaft, sobald er sie erblickt hatte. »Buonasera. Come stai?«, fragte Lisa zurück. Heiko lächelte und nickte grüßend. Während Lisa mehrere Fremdsprachen sprach, war er diesbezüglich eher unbegabt. Zwar hatte er als Kind auf dem ASG Englisch und Latein gelernt, aber prinzipiell hielt er es mit dem henglischen (hohenlohisch-englischen) Spruch: »Ai schbeak English werry well, breckelesweis und net sou schnell.« »Bene, bene«, antwortete Raffaele, der kleine, aber resolute Italiener mit der Halbglatze, der fast immer lächelte. Er war mit einigen anderen Italienern in den 80ern nach Crailsheim gekommen. Fast alle hatten damals Restaurants eröffnet und gehörten definitiv zu Crailsheim, obwohl ihr Hohenlohisch zu wünschen übrig ließ. Und Raffaele war nun eben der Koch in der »Rose«. Das Ermittlerduo musterte kurz die Stammtischler, die heute aus einigen Feuerwehrlern, dem alten Büttel Moritz Schmalfuß, dem Wirtschaftsbesitzer Jürgen Rindle und dem Ortsvorsteher Neidhard Gerlein bestand. Die Stammtischler nickten grüßend, und die Kommissare grüßten zurück. Dann setzten sich Lisa und Heiko an einen der Tische aus hellem Holz, die sich ganz in der Nähe des Stammtischs befanden. Die Bedienung, eine Brünette, Raffaeles Tochter Maria, erschien und nahm ihre Getränke auf. »Ein Bier, bitte«, gönnte sich Heiko, immerhin war nun ja mal endlich Feierabend. Lisa bestellte eine große Johannisbeerschorle. Die Gespräche am Stammtisch waren laut, es drehte sich um das Hexenstäffele und die Zerstörung der Installation. Umgehend brachte die Bedienung die Getränke, und Gerlein prostete ihnen zu.

»Und?«, fragte er. »Gibt es schon Neuigkeiten?«

Raffaeles Tochter brachte die Getränke und legte die Karte vor Lisa und Heiko ab; sie war querformatig und wirkte sehr hochwertig.

»Bezüglich dem Mord? Oder dem Hexenstäffele?«, fragte Heiko zurück und trank wieder einen Schluck Bier. Es kratzte immer noch im Hals, blöde Erkältung.

»Bezüglich allem«, meinte nun der alte Büttel.

»Wir haben einen Verdacht, was das Hexenstäffele angeht. Aber beweisen kann man das nicht und wird man wohl auch niemals können.«

»Sou«, machte Gerlein. »Und das bedeutet, die Vandalen kommen ungeschoren davon?«

Heiko zuckte die Achseln.

»Die Brandstifter habt ihr auch nicht gefunden«,

beschwerte sich Jürgen Rindle, der Besitzer der »Rose«.

Lisa schenkte ihm ihr schönstes Lächeln. »Wir haben eben so gar keine Spuren gefunden. Außerdem halten sich die Hinweise aus der Bevölkerung ja auch in Grenzen.«

Die Bedienung erschien wieder und zog fragend die Augenbrauen hoch. »Wisst ihr's schon?«, fragte sie etwas unprätentiös, aber sympathisch.

»Ich hätte gerne die Spaghetti Vongole in Weißweinsauce«, meinte Lisa.

Sofort ekelte es Heiko, er brauchte bloß an das zu erwartende schleimige Gekrauche auf Lisas Teller zu denken. Aber er musste es ja nicht essen, und er würde es tunlichst vermeiden, hinzusehen. »Eine Pizza Schinken bitte, groß«, bestellte er und klappte die Karte mit Schwung zu.

»Keine Hinweise aus der Bevölkerung?«, wiederholte Schmalfuß. »Wir können euch genügend Hinweise geben, keine Sorge, zu allem Möglichen.«

Die Männer lachten kollektiv, es hallte von den weiß getünchten Wänden so dröhnend wider, dass Lisa sich wunderte, wie so wenige Männer einen solchen Lärm erzeugen konnten.

»Wir kennen uns aus, das könnt ihr uns glauben«, bekräftigte Rindle.

»Hm«, machte Heiko und beobachtete durch die Tür, wie Raffaele sich anschickte, seine Pizza zu belegen. Er freute sich schon, er brauchte dringend was Gscheites zum Essen. »Was denn zum Beispiel?«

»Zum Beispiel könnten wir euch erzählen, dass der

Kauzen Herbert ziemlich – sagen wir – not amused war, dass dieses Jahr der Heinzen Oskar den Hammel spenden durfte. Und das, obwohl der Moritz ihm letztes Jahr versprochen hat, dass er dieses Jahr dran wäre.«

Der ehemalige Büttel hob die Hand. »Ja, aber das war ja letztes Jahr, und jetzt bin ich ja gar nicht mehr der Büttel«, widersprach er. »Da hatte ich ja gar kein Recht dazu, das war auch von mir ein Fehler.«

Rindle trank wieder einen Schluck Bier. »Ja, aber der Herbert wäre definitiv dran gewesen, weil der Oskar hat schon mal spenden dürfen, vor zwei Jahren.«

»Und letztes Jahr hast du gespendet, Rindle«, erklärte Gerlein und musterte seinen Stammtischkumpanen gespielt ernst.

Rindle nickte. »Jeder darf mal. Deswegen hätte ich auch gedacht, dass einer mal dran ist, der noch nicht war, bevor einer zweimal spendet.«

»Was hat es mit der Hammelspende nochmals genau auf sich?«, forschte Lisa und nippte an ihrer Johannschorle.

»Jeder ortsansässige Unternehmer darf theoretisch den Hammel spenden. Das ist dann eine große Ehre, ein gutes Renommee sozusagen. Vielleicht sogar gut fürs Geschäft.«

»Und wie viel kostet so ein Hammel?«, fragte Heiko weiter.

»Och, ich glaub, so 150 Euro.«

»Das geht ja noch«, fand Heiko.

»Das ist ja auch eher symbolisch. Es geht um die Ehre.«

»Und wer den Hammel spenden darf, entscheidet also der Büttel?«, erinnerte sich Heiko.

»Ja, und der Andi hat sich für einen seiner besten Kumpels entschieden. Genau wie ja rein zufällig der Sohn vom anderen besten Kumpel in diesem Jahr den Hammeltanz gewonnen hat«, mischte sich nun einer der Feuerwehrler ein.

»Wir haben schon mitbekommen, dass die Regeln anders lauten. Dass eigentlich Roland Geller hätte gewinnen müssen«, antwortete Lisa.

Gerlein nickte. »Ganz genau. Aber da halten wir mal schön den Deckel drauf, nicht wahr, genau wie auf ein paar andere Pannen, die es in diesem Jahr so gegeben hat.« Er zwinkerte den beiden zu, und die wussten, dass er den verschwundenen Hammel meinte. »Muss ja nicht jeder alles wissen.«

»Was moonsch n doa damit?«, fragte ein weiterer Feuerwehrler, der Dickere, der ihnen gegenüber damals so resolut aufgetreten war.

»Nix bsonders«, wiegelte der Ortsvorsteher ab. »Des hobb ii bloß sou allgemein gsocht.«

»Sou«, quittierte der Mann und blickte arg zweifelnd drein.

»Ja, oder der Michel Schmidt war's«, schlug Moritz Schmalfuß vor. »Der wollte doch auch unbedingt der Büttel werden.«

»Ou ja, der Michel war's«, stimmte Gerlein lachend zu. »Wenn ihr mich fragt, wäre der auch der bessere Büttel gewesen. Der mit seinem Organ. Wir nennen ihn hier alle nur ›Pavarotti‹, der hätte das gut gekonnt.«

»Wer?«, forschte Lisa nach, aber Gerlein winkte ab.

»Ach Maadle, des is blooß a Gschwätz. Der Michel is a herzensguter Dinger. Der kann net amol a Muck umbringa.«

»Ist denn der Michel bei der Feuerwehr?«, erkundigte sich Lisa.

Es war der dickere Feuerwehrmann, der den Kopf schüttelte. »Nein. Und der war das nicht. Das war wirklich nur Gschwätz. Lasst den bloß in Ruhe, der ist wirklich in Ordnung.«

Raffaele kam und brachte stolz die Pizza und die Spaghetti mit den Muscheln, die genauer anzusehen Heiko tunlichst vermied.

»Mmmmh«, lobte Heiko und betrachtete die knusprige Pizza, die dick mit Schinken belegt war.

»Buon appetito«, wünschte Raffaele und stellte die Teller richtig herum ab. Die beiden begannen sofort zu essen, Lisa pulte geschickt die schleimigen Teile aus den kleinen Muschelschalen und verzehrte ihre Spaghetti Vongole mit Hochgenuss.

»An Guada«, wünschten die Mitglieder des Stammtischs, und die Kommissare bedankten sich.

Lisa und Heiko gönnten sich anschließend noch ein Tartufo, das wirklich hervorragend schmeckte, mit flüssigem Schokoladenkern und rundherum dick mit Kakao bedeckt. Dazu tranken sie einen Espresso, denn das passte ausnehmend gut. Der Stammtisch lichtete sich nach und nach, Gerlein und der alte Büttel gingen nach Hause, ebenso Jürgen Rindle. Nach einer Weile stand Lisa auf, um kurz zur Toilette zu gehen. Sie verließ den Gastraum und fröstelte augenblicklich, der

Treppenbereich, auf dessen anderer Seite der Eingang zu einer Wohnung lag, war nicht beheizt. Sie wandte sich nach rechts und wollte soeben die Klinke der Toilette herunterdrücken, als sie von hinten an der Schulter gefasst wurde. Etwas verwundert drehte sie sich um und entdeckte den untersetzten, dicklichen Feuerwehrmann.

»Hallo, Herr …«

»Klein«, half der Mann nach, und Lisa unterdrückte ein Grinsen, denn dieser Name passte ganz ausgezeichnet.

»Was ist denn?«, fragte Lisa und hoffte inständig, dass das hier keine Anmache war.

»Ich wollte nur noch sagen, dass der alte Büttel auch in Frage kommt, vielleicht. Aber das habt ihr nicht von mir.«

»Wie meinen Sie das, Herr Klein?«, fragte Lisa weiter.

Der Mann sah sich um, ob auch niemand zuhörte, aber das war müßig, denn es war ja niemand da.

»Ich hab gehört, dass der Moritz so gar nicht zufrieden war mit dem neuen Büttel. Und dass der dem ordentlich die Meinung gegeigt hat, nach dieser Geschichte mit dem falschen Sieger.«

»Ach«, machte Lisa und wandte sich dem Feuerwehrler vollständig zu.

»Mhhhm«, bekräftigte der Mann und erlaubte sich einen Blick auf Lisas … Augen.

Lisa räusperte sich.

»Ja, und ich könnte mir vorstellen, dass der da wirklich ein Problem damit hatte, dass so einer noch ein Jahr Büttel bleiben würde.«

»Könnte man den denn nicht einfach abwählen, in so einem Fall?«, hielt Lisa dagegen.

Der Feuerwehrler schüttelte den Kopf. »Das würde man eher nicht machen. Wegen der Schande. Man würde den Deckel draufhalten, und der wäre einfach weiterhin der Büttel.«

»Aha«, machte Lisa, bedankte sich, weil sie merkte, dass der Mann irgendwie mit seiner Aussage fertig war, und öffnete endlich die Toilettentüre. Sobald sie zu Hause wären, würde sie das Ganze Heiko erzählen.

Zur gleichen Zeit saßen acht Männer und drei Frauen um einen anderen Stammtisch herum, etwa 200 Meter die Hauptstraße weiter in Richtung Altenmünster, im »Fränkischen Rigi«. Anders als in der »Rose« gab es hier gutbürgerliche deutsche Küche, und immer donnerstags traf sich ein Stammtisch aus allen möglichen Leuten, die schon seit Jahren zusammen aßen, tranken und debattierten. Sie saßen unter einer der geflochtenen Lampen in dem Raum aus hellem Holz, der immer schön jahreszeitlich dekoriert war. Alle hatten schon gegessen, um neun schloss im »Rigi« die Küche. Hinterher saß man dann noch in gemütlicher Runde beisammen, die Gäste, die nicht zum Stammtisch gehörten, gingen nach und nach, und so war man beim Tratschen unter sich. Natürlich war der Mord auch heute das Hauptthema, und soeben servierte die Wirtin, eine kleine, schlanke Frau mit ernstem, strengem Blick, mittellangen hellbraunen Haaren und Brille, eine Runde Obstler.

»Da Gellers Roland hewwas ghollt«, erzählte eine

der Damen. »Ii hobb's gseecha, awwer oowads isser widder kumma.«

»Ha, noa woor er's scheint's net«, kommentierte der Mann, der neben ihr saß.

»Nooh. Und beim Ulmer hobb ii die Bollizischda gseecha. Und scheint's hat sich die Bollizei alle Koschdüme von dr Feierwehr ghollt«, erzählte ein älterer Mann, bevor er aus seinem Bierglas trank.

»Für mii is aa die Fraa von dem a heiße Kandidatin. Doa is doch schon ewich nix mehr ganga, wenn ihr mii froochd«, meinte eine der Frauen.

»Woher waasch en des?«, forschte der Mann, der ihr gegenüber saß.

»Des hat se mir mol verzeilt, im Turna.«

Der etwas jüngere Mann, vor dem die Wirtin soeben den Obstler abgestellt hatte, winkte ab. »Alles Quatsch. Was die Bulla noch nouni wissa, is, dass der alte Schüler des beschde Motiv hat.«

»Wer?«, erkundigte sich die Frau, die als Letztes gesprochen hatte.

»Thommy Schüler. Weil der Büttel scharf auf sei Fraa wor.«

Der Älteste der Runde, der sich bisher zurückgehalten hatte, streckte seinen Zeigefinger so weit vor, dass der andere Angst bekam, er würde ihm damit ins Auge spießen. »Der Andi wor net blooß scharf uff demm sei Fraa. Der wor hinter allem her, was Titta und an Orsch hat.«

Verhaltenes Lachen.

»Also, ii wüsst nix, dass der Andi derra Fraa wo nouglangt hätt. Awwer derra Dochder vom Schüler«, gab die Frau zu bedenken, die als Erstes gesprochen hatte. »Die hat der Büttel kurz vor seim Tod im Vereinsheim … sooch mer amole, arch unsittlich berührt.«

»Die Jacky? Die hat doch den Hammeltanz gwonna. Die wor doch sou bsuffa, des hat doch die gor nimmi gmerkt, und noa hat des derra aa nix gmacht«, hielt einer der jüngeren Männer dagegen.

»Des deff mer trotzdem net, doa noulanga, wenn a Fraa des net will. Kennsch net die Mi-tu-Debatte? Häschtäck Mi-Tu?«, widersprach die Frau.

»Was sollen des sei?«, wunderte sich einer der Männer.

Die dritte Frau, die bisher noch nichts gesagt hatte, leckte sich die Lippen, kippte den Obstler und meinte dann: »Ha, dass mer sich des als Fraa net gfalla lassa deff, dass ooner oom wo noulangt, oofach sou.«

»Ach, wor des net des mit denna Schauspielerinna, die mit denna Regisseur aufs Zimmer sin und sich dann gwundert hebba, dass die dort net bloß die Rolle einstudiera wollta?«, grinste der Jüngste der Runde.

Die Frau winkte ab. »Jedafalls deff der doa net oofach sou noulanga, und ii waaß, dass der Thommy des gseecha hat. Der hat zu mir nämlich gsocht, dass er demm Andi etz amole zeicht, wua dr Bartl da Mouschd hollt.«

Es war Nacht, und Yvette war mitten im Wald. Obwohl, eigentlich war sie sich nicht sicher, ob es Nacht war – und das hier war auch nicht der Wald, nicht der hohenlohische ihrer Heimat zumindest, den sie so gut kannte. Vielmehr umstand sie hohes, gelbes Gras, und als sie an sich herunterschaute, um es etwas näher zu betrachten, bemerkte sie, dass sie seltsam aussah – sie war ganz grau, und sie hatte einen Rüssel. Irritiert stellte sie fest, dass sie wohl ein Elefant war, und fand sich bestätigt, als sie den Kopf wieder hob und erkannte, dass sie in der afrikanischen Savanne war. Um sie herum kreischten Affen, die in den Affenbrotbäumen saßen, und Löwen schlichen mit leisem Grollen umher. Aber sie fürchtete sich nicht vor ihnen, sie wusste, dass sie ihr nichts anhaben konnten, sie waren Freunde, Verbündete und ihr sowieso nicht gewachsen. Endlich wurde das Kreischen der Affen lauter, schraubte sich höher, wurde schriller. Vorsichtig blickte sich Yvette erneut um, vor allem, weil ihr ein Geruch in die Nase stieg, der sie nervös machte. Irgendetwas brannte, sicher war das nicht schlimm, aber wer konnte das schon genau sagen. Ihr war es lieber, sie konnte die Quelle des Brandgeruchs ausmachen. Endlich hörte sie auch ein Knistern, und zwar in ihrem Rücken, die Affen kreischten lauter und lauter, so laut, dass es ohrenbetäubend wurde. Sie drehte sich um, schwerfällig, wie sie war, und stellte entsetzt fest, dass direkt hinter ihr ein Buschfeuer loderte, das am Gras und an den Bäumen hochleckte, die Landschaft in ein rotes Glühen tauchte, das Fell der Affen erfasste und sie bei lebendigem Leib verbrennen ließ. Sie wandte sich wieder um, um vor dem Feuer zu fliehen, stellte aber voller Entsetzen fest, dass sie eingeschlossen war, dass die Flammen einen Kreis um sie zogen, als wären sie lebendig, bösartig, als hätten sie einen Plan. Sie rief nach Tobias, wo war der nur, der war doch Feuerwehrmann? Aber ihr Schreien ging unter im wüsten, diabolischen Lachen einer Figur mit goldener Pickelhaube und Uniform. Sie erkannte den Sichlers Andi, und spürte gleichzeitig die Flammen an ihren Füßen hochlecken. Verzweifelt versuchte sie auszuweichen, das Feuer niederzutrampeln, den Flammen zu entkommen, aber sie war erst erlöst, als ihr Körper den Albtraum in einer Art Notbremsung beendete und sie schweißüberströmt und mit einem gellenden Schrei in ihrem Bett hochschreckte.

FREITAG

Schon morgens um halb neun klingelte Heikos Handy. Es war Manuela Sichler, die schon wieder recht aufgelöst klang.

»Frau Sichler, wie können wir Ihnen helfen?«, fragte Lisa, nachdem Heiko das Gespräch auf laut gestellt hatte.

»Sagen Sie mir bitte, wo die Sina gestern war? Sie sagt es mir nicht.«

»Aber natürlich«, meinte Heiko. »Sie war bei einer Anne Kinzig.«

Eine Pause entstand, in der Manuela Sichler offensichtlich nachdachte. »Kenne ich nicht«, quittierte sie dann.

»Die ist so mittelgroß, eher blass. Rote Haare«, beschrieb Heiko.

»Wie alt?«, wollte die Frau wissen.

»25«, lautete die Antwort, die der besorgten Mutter ein Schnauben entlockte.

»Wie bitte, was?«

»Sie kennen die Dame nicht?«, vergewisserte sich Lisa.

»Nein, ich kenne die Dame nicht«, bestätigte die Sichlerin. »Ich habe keine Ahnung, wer das ist.«

»Hm«, machte Heiko und dachte bei sich, dass das aber schon blöd war, bei einer 16-Jährigen.

Lisa war da diplomatischer: »Ja, wissen Sie, Frau Sichler, die jungen Leute heute haben ja so viele Bekannte, die kann man alle gar nicht kennen. Außerdem wäre das ja uncool, alles zu Hause zu erzählen.«

»Meine Tochter kennt diese Person anscheinend so gut, dass sie sich zu ihr flüchtet, sobald sie mit mir Streit hat«, hielt Manuela dagegen. »Und die ist zehn Jahre älter als meine Sina. Was will sie denn nur von der – ich meine, muss ich mir da Sorgen machen?«

Lisa dachte an das Pentagramm und Sinas Hexenbekenntnis, beschloss aber, dass die Frau aktuell genügend Probleme hatte.

»Wir können wohl ausschließen, dass die Frau Kinzig irgendein … seltsames Interesse an Ihrer Tochter hat, soviel kann ich Ihnen auf jeden Fall jetzt schon sagen«, beruhigte die Kommissarin also.

»Woher kennen die sich überhaupt?«, regte sich die besorgte Mutter weiter auf.

»Anscheinend über eine Freundin … eine Hanna?«, erinnerte sich Heiko.

»Ich wäre Ihnen jedenfalls extrem verbunden, wenn Sie diese Dame noch einmal anschauen würden. Und ins Gebet nehmen, dass sie meine Tochter in Ruhe lassen soll. Wenn die nämlich vernünftig wäre, hätte sie der Sina gesagt, sie soll sich bei mir wenigstens melden.«

»Keine Sorge, Frau Sichler«, beruhigte Lisa. »Das hatten wir sowieso vor.«

Sie trafen Anne Kinzig allerdings nicht zu Hause an, vielmehr war die Hexe gerade an ihrem Arbeitsplatz. Schnell hatten sie nämlich herausgefunden, dass die Frau im Crailsheimer Traditions-Bekleidungsgeschäft schlechthin, dem TC Buckenmeier, als Verkäuferin arbeitete. Neben dem Burkhardt und dem Oechsle, die beide schon vor Jahrzehnten geschlossen worden waren, war das TC ein reines Bekleidungsgeschäft und hatte immer noch eine feste Klientel in der Crailsheimer Innenstadt. Sie betraten das geräumige Gebäude durch den vorderen Eingang, der sich direkt neben dem Hotel »Post Faber« befand. Sofort wandten sie sich nach rechts zu einem Kassenpult und entdeckten Anne Kinzig, die sichtlich erstarrte, als sie sich so unerwartet ihren ungebetenen Gästen von gestern gegenüber sah. »Was macht ihr denn hier?«, empfing sie die beiden schroff und blickte sich um, ob vielleicht die Kollegen etwas mitbekommen hätten, vielmehr die Kolleginnen, denn hier unten waren sie ausschließlich Damen, es war ja die Frauenabteilung. Anders als gestern war sie ebenfalls chic, aber mainstreamiger gekleidet – zu einer roten Bluse trug sie eine helle Jeans, das Haar war zu einem strengen Pferdeschwanz gebunden und sie war geschmackvoll geschminkt. Wohl ihr Verkäuferinnen-Look. »Wir hätten da noch ein paar Fragen«, begann Heiko.

Anne Kinzig wischte sich über die Frisur und verschränkte die Arme vor der Brust. »Ich muss aber arbeiten«, meinte sie, und es klang bockig.

»Dauert nicht lang«, versprach Heiko. »Sollen wir irgendwohin gehen?« Anne Kinzig seufzte und rief ihrer brünetten Kollegin zu, sie würde in die Pause gehen, und winkte den Kommissaren mitzukommen. Dann geleitete sie die Polizisten ins zweite Stockwerk, in dem sich, für

Heiko völlig unerwartet, linker Hand eine nette Caféecke befand. An den Wand befand sich ein großes Bücheregal zum Schmökern, die Sitzecken waren schön mit Lederimitat gepolstert und hinter einer Bar stand ein schlankes, groß gewachsenes Mädchen mit hübschem Gesicht, halblangen mittelbraunen Haaren und stahlblauen Augen.

»Möchtet ihr einen Espresso? Also ich könnte einen gebrauchen. Mein Kreislauf ist ziemlich unten«, meinte Anne Kinzig und wirkte plötzlich etwas nervös.

»Ja, gute Idee«, stimmte Heiko zu und dachte bei sich, dass dies die Frau sicherlich etwas entkrampfen würde. Sie bestellten bei der jungen Frau und saßen zwei Minuten später zu dritt um einen der kleinen, runden Tische, jeder hatte einen Espresso mit hervorragender Crema vor sich stehen.

»Also, Frau Kinzig«, begann Heiko, nachdem er hingebungsvoll mit dem kleinen Löffelchen die Crema von seinem Getränk geschaufelt hatte. »Die Mama von Sina macht sich Sorgen.«

Die junge Frau schnaubte, und in den katzengrünen Augen entdeckten die Kommissare erneut das Funkeln von gestern. »Die«, zischte sie, »die soll froh sein, dass die Sina noch nicht ausgezogen ist.«

»Na na, Frau Kinzig, das kann sie ja noch nicht ohne Einverständnis ihrer Mutter. Sie ist noch nicht volljährig. Ein Kind, wenn Sie so wollen«, gab Lisa zu bedenken.

Nun verzogen sich die schönen, vollen Lippen zu einem süffisanten Grinsen. »Von wegen Kind«, meinte Anne. »Sie ist viel weiser als die meisten.«

»Wie meinen Sie das, Frau Kinzig?« Nun beugte sich die Frau über den Tisch, mit wie zum Gebet gefalteten Händen. »Weise ist vielleicht der falsche Ausdruck. Ich meinte verständig. Ja, das trifft es. Ungemein, für ihr Alter.«

»Sie meinen, Sina ist empfänglich für Ihre … Lehre. Welche Rolle spielen denn eigentlich Sie in dieser Gruppe, Frau Kinzig?«

Die Frau zuckte die Achseln, offenbar nicht gewillt, nähere Auskünfte zu erteilen, überlegte es sich dann aber offensichtlich doch anders. »Ich bin die Leiterin des Covens«, erklärte sie.

»Des was?«, hakte Heiko nach.

»Des Covens«, wiederholte die Frau und schenkte Heiko ein geduldiges Lächeln.

»Sie sind also die Oberhexe?«, versuchte Heiko und dachte an seine Kindheit und an Bibi Blocksberg.

Wider Erwarten lachte die Frau glockenhell. »Wenn Sie so wollen, ja. Aber ich bevorzuge den Begriff ›Hohepriesterin‹.«

Nun musste sich Heiko ein Lachen verbeißen.

»Und Sie … coachen dann sozusagen die Nachwuchshexen?«, versuchte Lisa.

»So kann man das sehen«, meinte die Frau unbestimmt, »aber eigentlich sind wir eher eine Gemeinschaft, die die Feste des keltischen Kalenders feiert und seine Riten praktiziert. Es sind sehr kraftvolle, mächtige Riten.« Sie schien Lisa dahingehend zu mustern, ob sie vielleicht doch würdig sei, einmal teilzunehmen. Aber dann wurde ihr Blick wieder ablehnender.

»Und die Mitglieder Ihres Covens sind … wie alt?«, erkundigte sich Lisa.

»In Deutschland ist man mit 14 religionsmündig, Frau

Luft«, verteidigte sich die Frau. »Die Mädchen können glauben, was sie wollen. Das ist ein Grundrecht.«

»Aber natürlich«, beeilte sich Heiko zu versichern und kippte den Rest seines starken, schwarzen Espressos. »Trotzdem – wie alt sind die Junghexen denn?«

»So zwischen 16 und 17«, antwortete die Frau endlich und trank ebenfalls den Rest ihres Espressos.

»Und die Eltern wissen da nichts davon?«, vermutete Heiko.

Nun schürzte Anne die Lippen. »Soll ich Ihnen mal was sagen? Die meisten Eltern interessieren sich doch heutzutage einen Scheißdreck für ihre Kinder. Es ist ihnen egal, was die machen.«

»Und Sie springen dann in die Bresche und sind für die Mädchen ein Mamaersatz?«, vermutete Heiko weiter.

»Sie sagen das so sarkastisch«, beschwerte sich Anne Kinzig. »Und nein, das würde ich nicht einmal so sehen. Es geht auch nicht um mich. Es geht um Wicca, das uns allen so viel gibt. Und natürlich geht es auch um die Gemeinschaft unter uns Schwestern. Außerdem: Es stimmt, dass sich viele nicht mehr um ihre Kinder kümmern. Stattdessen schlagen sie sie oder fassen sie an. Und dafür gehören sie bestraft. Angezeigt, meine ich …«

»Na na, Frau Kinzig«, unterbrach Heiko, »das gibt es ja sicher, aber das können Sie jetzt nicht so pauschalisieren.«

Die grünen Augen funkelten wieder. Das Mädchen an der Bar betätigte einen Mixer, der recht laut war, weil offenbar jemand einen Smoothie bestellt hatte. Irgendwas Grünes, wie Heiko feststellte.

»Wissen Sie denn da irgendwas? Von Sina zum Beispiel?«, forschte Heiko weiter.

Nun zuckte die Wicca die Achseln. »Nein. Keine Ahnung. Aber ihre Mutter schlägt sie ja.«

»Und deshalb haben Sie dem Mädchen gestern Unterschlupf gewährt«, stellte Lisa fest.

Anne nickte. »Ganz genau. Und ich habe ihr gesagt, dass sie auch bei mir wohnen kann, wenn sie das will.« Dann blickte sie auf die Uhr, die über der Bar an der Wand hing, und fragte etwas genervt: »Kann ich jetzt eigentlich weiterarbeiten? Ich müsste dann mal wieder …«

»Noch nicht ganz«, bremste Heiko.

Die Frau verdrehte die Augen und schnaubte. »Was ist denn noch?«

»Wir haben eine Strafanzeige gegen Unbekannt, dass jemand die Hexenfigur am Hexenstäffele in Onolzheim zerstört hat. Wissen Sie da vielleicht irgendwas drüber?«

Lächelnd lehnte sich die Frau zurück und verschränkte die Arme. »Nein. Aber nur mal so als Gedankenspiel. Sind Sie religiös?«

»Evangelisch«, erklärte Heiko sofort und fragte sich, ob er eigentlich religiös war. Er war konfirmiert, er ging an Weihnachten und an Ostern in die Kirche, auch, wenn es ihn irgendwie packte oder wenn Lisa wollte. Und er glaubte schon irgendwie an Gott. Aber wer konnte schon wissen, ob das richtig war?

»So einigermaßen«, antwortete er also.

»Stellen Sie sich doch mal vor, jemand würde in der Kirche einen Plastikchristus mit Kittelschurz und Kopftuch aufstellen. Fänden Sie das angebracht?«

Heiko schüttelte den Kopf und seufzte. Die Frau würde sowieso niemals zugeben, dass sie und ihr Coven die Figur zerstört hatten. Aber wer sonst sollte es gewesen sein?

»Das waren einfach betrunkene Jugendliche, fertig«, fuhr die Frau fort. »Aber es ist gut, dass keine neue Figur aufgestellt werden soll, sagen wir mal so.«

»Sie kannten Sinas Vater?«, fragte Lisa weiter.

Die Hexe schüttelte den Kopf. »Noch nie gesehen. Wurde der nicht ermordet?«

»Ja. Er war der neue Büttel«, half Heiko nach. »Er ist auf den Plakaten am Ortseingang von Crailsheim abgebildet. Von Satteldorf her.«

Nun schien die Frau kurz nachzudenken. Dann antwortete sie: »Ach der. Das war ihr Vater? Nun gut. Ich hab ja mit derlei Zeug nicht viel am Hut, Hammeltanz und so. Mir geht es um wichtigere Dinge im Leben.«

»Der war auch beim Aufstellen der Figur dabei«, half Lisa nach.

»Sie denken jetzt aber nicht, dass ich den deshalb umgebracht habe? Das wäre ja lächerlich.«

Die Kommissare wechselten einen Blick.

Anne Kinzig seufzte und fuhr fort: »Wenn ich ein Problem mit jemandem habe, dann kann ich das anders lösen.«

»Verbal?«, vermutete Lisa und ärgerte sich, weil ihre Stimme plötzlich unsicher klang.

Kinzig räusperte sich. »Nein, liebe Frau Luft. Nonverbal. Aber auch nicht mit Gewalt.«

»Wie denn dann?«, wunderte sich Heiko.

»Ich kann der Person negative Energie senden. Wenn sie ein böser Mensch ist, der jemandem schadet, kann ich sie verfluchen. Dazu brauche ich einen Kessel, ein paar Kräuter, ein kleines Püppchen, eine Kröte, Nadeln, Haare und Fingernägel der Person. Dann setze ich mir meine schwarze Katze auf die Schulter, ziehe meinen Umhang an, stelle den Besen daneben, murmle Geheimnisvolles und fange einfach an.«

Heiko zog die Augenbrauen zusammen. »Sie veräppeln uns?«

Nun lachte die Frau und meinte: »Was denken Sie denn von mir? Wir Wicca tun so etwas nicht. Wir glauben, dass alles, was wir tun, Gutes oder Böses, dreifach zu uns zurückkommt. Wenn ich ein Problem mit jemandem habe, dann löse ich das natürlich verbal. Oder ich zeige ihn oder sie an. Ganz normal, bei euch, bei den Bullen.«

»Und wie gehen wir jetzt weiter vor?«, fragte Heiko, als sie die junge Frau wieder verlassen hatten.

»Vielleicht sollten wir uns einmal diesen Ex-Büttel vornehmen? Diesen … wie heißt er noch … Moritz Schmalfuß?«, überlegte Lisa laut.

»Oder den Killian Seiler«, gab Heiko zu bedenken.

»Wen?«

»Den eifrigen Leserbriefschreiber. Der meinte, mit denen, die sowas befürworten, gehöre das Gleiche gemacht. Du erinnerst dich?«

Lisa nickte. »Stimmt, den wollten wir uns auch noch anschauen. Aber erst den Büttel.«

Sina und Hanna hatten nach der sechsten Stunde Schule aus. Ihre Mutter hatte sie per Telefon ausgequetscht, wer denn diese Anne sei, der sie offenbar mehr vertraute als ihr, ihrer eigenen Mutter, und dabei ordentlich auf die Tränendrüse gedrückt. Das konnte sie so gar nicht brauchen, und das ging ihre Mutter gar nichts an. Sie hatten sich schon in der letzten großen Pause per Whatsapp mit den Mädels verabredet, mit Patti und Sophia. Anne arbeitete in der Stadt, also war es nicht sinnvoll, dass sie dazukäme. Aber so trafen sich die vier Wicca eben, so oft es ihnen möglich war. Und sie redeten natürlich über Sachen, die nur sie besprechen konnten. Aber es ging auch mal um Jungs oder um die Schule. Wie immer waren sie im Café »Mack« verabredet, und es war genug Zeit, um dort ein Belegtes zu essen und eine Cola zu trinken. Sina und Hanna betraten nach einem kurzen Spaziergang vom LMG zum »Mack« das Bäckerei-Café durch die Glastüre, die sich mit leisem Schaben öffnete. Suchend blickten sie sich nach Patti und Sophia um. Und tatsächlich – sie entdeckten die beiden an einem der hinteren Tische unterhalb des Fernsehers, auf dem zu sehen war, wie Mitarbeiter in absolut rasender Geschwindigkeit Brezeln schlangen. Aber die beiden waren nicht allein. Ein Junge saß bei ihnen, eigentlich ganz süß, wie Sina fand.

»Wer issn der Typ?«, fragte sie Hanna, und die zuckte erst kopfschüttelnd die Achseln, meinte aber dann: »Ist das nicht Pattis Bruder? Wie heißt er noch …«

»Nils?«, half Sina.

»Ja, genau, Nils.«

Sina betrachtete den jungen Mann, der nicht einmal schlecht aussah.

»Für Sie?«, fragte die beflissene Verkäuferin, eine Brünette mit Pferdeschwanz und kultigem blauem Glitzerlidschatten.

»Eine Butterbrezel und einen Cappuccino«, bestellte Sina, und Hanna fügte hinzu: »Für mich auch.«

Zur gleichen Zeit betraten Lisa und Heiko das Haus von Moritz Schmalfuß, eines jener Einfamilienhäuser aus den 50ern, die für eine vierköpfige Familie ausreichend Platz boten, aber nach heutigen Standards nicht gerade luxuriös waren. Trotzdem war das Häuschen adrett, sauber gestrichen und verfügte über einen gepflegten Vorgarten, in dem zahlreiche Astern und Dahlien regelrecht um die Wette blühten. Sie klingelten an der Tür, und ein wohltönender Gong erklang. Es war klar, dass jemand zu Hause war, denn zwei Fenster zur Straße hin waren hell erleuchtet. Und tatsächlich öffnete wenig später der alte Büttel, Moritz Schmalfuß, den charakteristischen Schnurrbart trug er heute allerdings ungezwirbelt. »Ou, Bollizei«, empfing er die beiden und fügte hinzu: »Ich trinke gerade Kaffee. Wollt ihr auch einen?«

Die Kommissare hatten die Einladung tatsächlich angenommen, auf diese Weise ließe sich vielleicht mehr aus dem Mann herausholen, sozusagen in gemütlicher Runde. Sie saßen zu dritt um einen Küchentisch, der allem Anschein nach auch als Esstisch genutzt wurde, wie die geblümte Wachstischdecke und die Salz- und Pfefferstreuer mit roten Plastikkappen vermuten ließen. Voller Entzücken hatte Lisa die grau getigerte Katze des Hauses bemerkt – eine Georgina – die sich von der Kommissarin begeistert hinter den Ohren kraueln ließ, bevor sie sich in eine Ecke verzog. Heiko kippte Milch und Zucker in seinen Kaffee, alles stand in einem hübschen Keramikset bereit.

»Ich bin Rentner«, erklärte Schmalfuß und rührte in seinem Kaffee, »deshalb bin ich um die Zeit daheim.«

»Und Ihre Frau?«

Der Mann schniefte, und irgendwie erinnerte er an den Dimpelmoser aus dem »Räuber Hotzenplotz«, so, wie sich sein Schnurrbart dabei bewegte.

»Die schafft. Aber nur halbtags.«

»Ach so.«

»Ja.«

Alle tranken aus ihren Tassen.

»Weshalb wir hier sind, Herr Schmalfuß«, begann Heiko.

»Ja?«

»Wir haben gehört, dass Sie den neuen Büttel … sagen wir, ins Gebet genommen haben.«

Schmalfuß beugte sich über den Tisch und fragte: »Und weecha was?«

»Sie seien nicht einverstanden gewesen mit seiner Entscheidung, den Simon Weichholzer zum Sieger zu erklären.«

Nun lehnte sich der Mann zurück und verschränkte die Arme. »Das war auch eine Fehlentscheidung. Die Regeln sind anders.«

»Wie lauten denn die Regeln?«, erkundigte sich Lisa.

»Sobald der Büttel den Degen hat, gehört er dem nächsten Paar. Der Roland hätte den Degen kriegen müssen, und dem wäre das wirklich zu gönnen gewesen.«

»Ach.«

»Ja, denn der Roland probiert das schon eine ganze Weile. Das war eben wichtig für den. Der Simon ist doch noch grün hinter den Ohren. Dem bedeutet das sicherlich nicht sooooo viel.«

»Aber gefreut hat sich der Junge auch«, hielt Heiko dagegen.

»Natürlich. Aber für den Roland hat diese ganze Geschichte einen ganz anderen Stellenwert. Ihr glaubt ja gar nicht, wie manche Paare drauf sind.«

»Wie meinen Sie das?«

Der Befragte nahm wieder einen Schluck Kaffee, schluckte geräuschvoll und meinte dann im Verschwörertonfall: »Wir hatten das schon, dass manche erst geheiratet haben, als sie gewonnen haben. Völlig überzogen, wenn ihr mich fragt. Verständlich, einerseits, aber nun ja.«

»Wissen Sie denn von so einem Fall, zur Zeit?«, forschte Lisa verwundert nach.

Der Mann prustete und zuckte die Achseln. »Das hört man immer mal wieder«, wich er aus.

»Aber einen konkreten Fall?«, beharrte Heiko.

Der Mann dachte kurz nach und schüttelte dann den Kopf. »Das wäre ja wohl außerdem kaum ein Mordmotiv. Denn der Büttel kann ja nicht wirklich beeinflussen, wer den Hammeltanz gewinnt.«

»Eigentlich. In dem Fall hat er es ja sehr wohl beeinflusst«, wandte Lisa ein.

Moritz Schmalfuß nickte. »Ja, aber nur, weil er die Regeln gebrochen hat.«

»Und deshalb haben Sie ihn gemaßregelt«, fuhr Heiko fort.

»Also, hören Sie mal, junger Mann, bei mir war das noch so, dass die Alten den Jungen was sagen durften. Ich hab den Job 20 Jahre lang gemacht, da habe ich ja wohl ein klein bisschen ein Recht.«

»Wo waren Sie denn am Abend des Mordes?«, erkundigte sich Heiko.

»Ich war in der Halle, bin aber um neun schon nach Hause, mit meiner Frau, und war dann ganz brav im Bett.«

»Sie gehen um neun heim? Am Hammeltanz?«, wunderte sich Heiko.

»Wissen Sie, Herr Wüst, ich liebe den Hammeltanz, mehr als das Volksfest oder die Muswies, und ganz sicher mehr als Weihnachten, viel mehr. Aber um ehrlich zu sein war ich diesmal ganz froh, nicht mehr bis in die Puppen beim Besäufnis dabei sein zu müssen. Deswegen bin ich einfach nach Hause und habe geschlafen wie ein Baby.«

Heiko brummte. »Und das kann Ihre Frau bezeugen.«

»Aber natürlich kann sie das. Da können Sie sie jederzeit fragen. Sie arbeitet in der Bäckerei.«

»Noch eine Frage«, setzte Heiko das Interview fort.

Der Mann zog die buschigen Augenbrauen hoch. »Ja?«

»Wer entscheidet denn, wer der neue Büttel wird? Weil uns zu Ohren gekommen ist, dass es da lange einen anderen Kandidaten als heißen Favoriten gegeben hat.«

Schmalfuß nickte. »Das ist auch so. Der Michel Schmidt wurde lang als Nachfolger gehandelt. Aber einige aus dem Ausschuss waren gegen den, weil sie ihn irgendwie nicht leiden können.«

»Wieso können sie den nicht leiden?«

Der alte Büttel beugte sich wieder über den Tisch.

»Also, ich will ja nicht noch mehr über den Andi lästern, aber …« – er sah sich um, was sowieso sinnlos war, weil hier ja außer ihnen und der Katze, die es sich auf dem Boden neben der Arbeitsplatte auf einer Art Kissen bequem gemacht hatte, niemand war – »ich hab mal gehört, wie der in der Ausschusssitzung ganz bös über den Michel hergezogen ist.«

»Inwiefern?«, forderte Lisa zum Weiterreden auf.

»Ach, dass der so viel saufen würde, dass der schon mittags am Hammeltanz nicht mehr grad stehen könnte und so Zeug. Dabei war das eine Gemeinheit. Das stimmt nämlich nicht. Der Michel trinkt mal ein Bier oder zwei, genau, wie die meisten. Aber der hätte den Job gut gemacht und war arg enttäuscht, als es schließlich der Andi geworden ist. Der wäre vielleicht rückblickend die bessere Wahl gewesen, wenn ich so an den Regelbruch vom Andi denke. Vielleicht wird er's ja jetzt? Aber Sie denken doch nicht, dass …«

»Wo arbeitet der Herr Schmidt denn?«, fragte Heiko unbeirrt.

Der alte Büttel schluckte. »Der war das hundertprozentig nicht, das ist so ein lieber Kerl, der kann keiner Fliege was zuleide tun.«

»Wir wollen ihn ja nur fragen«, beruhigte Lisa.

»Der arbeitet beim Obi. In der Sägerei.«

Keine zwei Minuten später saßen die Jugendlichen im »Mack« zu fünft um den Tisch und aßen und tranken. Und Sina fand Nils immer noch ganz süß. Und so ließ sie sich tatsächlich darauf ein, dass er und sie noch etwas länger sitzen blieben, quasi auf ein Date. Ihrer

Mutter hatte Sina eine Whatsapp geschrieben, dass sie noch mit Hanna ein bisschen in die Stadt ginge, denn dass sie ein Date hatte, das ging die gar nichts an. Und Nils war ganz süß, sie hatte ihn anders in Erinnerung gehabt, eher als pickeligen Jüngling. Er sah gut aus. Und er war der Bruder von Patti, also konnte er so verkehrt nicht sein, denn die war absolut in Ordnung. »Endlich sind wir mal alleine«, meinte Nils, als er die zwei Cappuccino, die er noch besorgt hatte, vor ihnen abstellte. Sina lächelte ausweichend, erst mal abwarten, dachte sie sich, nicht, dass das so ein Psycho ist. Aber Nils war freundlich, aufmerksam, und es war schön, sie unterhielten sich über alles Mögliche, über ihre Haare, über ihre Augen und Lippen, dass sie gut tanzen könne, dass er sie beobachtet habe am Hammeltanz, über die Schule und seine Ausbildung, über sein Motorrad und ihre Busfahrkarte, über das Wetter und darüber, ob die Polizei schon in dem Mordfall an ihrem Vater irgendwas wüsste.

Sie überprüften das Alibi des alten Büttels gleich noch in der einzigen Bäckerei des Ortes mitten in Onolzheim, in der Frau Schmalfuß arbeitete. Sie war ungemein nervös, als sie bemerkte, dass sie von der Polizei befragt werden sollte, und hatte regelrecht Schweißausbrüche. Lisa musste ihren ganzen Charme aufwenden, um die Frau zu beruhigen, die dann aussagte, ja, ihr Mann habe die ganze Nacht im Bett gelegen, und er sei auch nicht aufgestanden, denn sie habe einen sehr leichten Schlaf und das wäre ihr sonst sicher aufgefallen.

»Ein Alibi von der Ehefrau, uh«, machte Heiko, als sie wieder draußen auf dem Parkplatz standen.

»Na, als heißen Kandidaten würde ich ihn aber auch nicht sehen«, meinte Lisa. »Außerdem hatte er kein Löwenkostüm.«

»So ein Kostüm konnte sich jeder bestellen«, erinnerte Heiko. »Jeder, der wusste, dass die Feuerwehrler als Löwen gehen würden.«

Lisa seufzte. »Das heißt, auch alle Freunde, Familie, Angehörige, Passanten …«

»Lass uns den Mut nicht verlieren«, meinte Heiko, hustete und zündete sich eine Zigarette an.

»Du sollst nicht schon wieder rauchen, da kommt der Husten her«, tadelte Lisa.

»Quatsch, der Husten kommt von meiner Erkältung«, hielt Heiko dagegen und räusperte sich, bevor er ein weiteres Mal an der Kippe zog.

»Aber die wird auch nicht besser, wenn du so viel rauchst. Komm, jetzt gehen wir in den Obi und suchen nach dem verhinderten Büttel.«

Sie betraten den Obi und passierten die Besucherschranke. Sofort wurden sie von einer freundlich lächelnden Dame an einem Stand empfangen, die sie fragte, ob sie ihnen irgendwie helfen könnte. »Wir suchen den Herrn Schmidt«, informierte Heiko, und die Frau schickte sie geradeaus durch, ganz nach hinten, und dann nach links. Heiko hätte auch so gewusst, wo im Obi die Sägerei war, schließlich war er ein echter Kerl und machte zu Hause alle anfallenden Arbeiten selbst, soweit das ging. Aber er fand es recht aufmerksam von der jungen Dame. Und so kamen sie nach einer etwa einminütigen Wanderung – so musste man das bei der schieren Größe des Obis beinah nennen, an der Sägerei an. Heiko fluchte, als er die Schlange vor dem Abteil sah. Soeben war eine üppige Blondine vorne, die dem Mann an der Theke erläuterte, sie wolle Bilder auf Holz malen, denn sie sei ein großer Fan der mittelalterlichen Tafelmalerei und wolle das jetzt auch mal probieren und so weiter und so fort. Der dunkelhaarige, etwas molligere Mann, der tatsächlich ein Schildchen mit dem Namen »Schmidt« trug, nickte achselzuckend und nahm den Zettel der Dame entgegen, erkundigte sich, ob die Maße wirklich 71,3 mal 54,7 und so weiter seien, ging dann mit der Frau zum Holzlager, um die passende Platte auszuwählen und machte sich dann an die Arbeit. Lisa und Heiko hörten das ohrenbetäubende Kreischen der riesigen Plattensäge, die durch das Holz pflügte und saubere Stücke in der gewünschten Größe aus dem Holz trennte. Die Blondine bedankte sich überschwänglich, versprach dem Mann noch, ihn zu ihrer Vernissage im Rathaus Satteldorf einzuladen, klemmte die Platten unter den Arm und ging. Bei den beiden, die direkt vor den Kommissaren standen, ging es Gott sei dank schneller, sie wollten nur drei Dachlatten auf eine bestimmte Länge gekürzt haben. Schließlich war auch das etwas griesgrämig wirkende Paar mit seinen Dachlatten abgezogen, und Lisa und Heiko waren an der Reihe. »Grüß Gott, wie kann ich Ihnen helfen?«, fragte Schmidt, und Heiko dachte bei sich, dass dieser gemütlich wirkende Mann mit den Grübchen in der Wange, seinem leichten Bäuchlein und den freundlichen Augen in der Tat einen wesentlich besseren Büttel abgegeben hätte als der Sichlers Andreas.

»Sie sind der Herr Schmidt?«, vergewisserte sich Heiko und wies auf das Schildchen.

Der Mann grinste und meinte dann, mit einer leicht heiseren, aber irgendwie volltönenden Stimme: »Wenn's da steht, dann ist das wohl so. Und wer seid ihr?«

»Wüst und Luft von der Kriminalpolizei«, stellte Lisa vor und fragte dann: »Ist es möglich, sich irgendwo ungestört zu unterhalten?«

Der Mann blickte sich um und meinte: »Wir können auch hier schwätzen, wenn ihr nichts dagegen habt. Grad ist ja keiner da.«

»Also gut, Herr Schmidt«, begann Heiko. »Wir ermitteln im Mordfall Andreas Sichler.«

Der Mann nickte. »Ja, das hab ich mir schon gedacht, dass ihr deshalb hier seid.«

»Ach so?«

»Ja. Onolzheim ist ein Dorf, und dass eine hübsche Polizistin und ein dunkelhaariger Kommissar da ermitteln, ist mit Verlaub schon rum. Ich verstehe nur nicht ganz, was ihr in dem Zusammenhang von mir wollt.«

Der Mann drückte mit einer schnellen Bewegung die Klingeltaste vor sich, die kurz darauf aufleuchtete. Auf diese Weise rief er wohl einen Kollegen, weil sich von hinten ein Mann mit mehreren Holzpfählen näherte. Er bedeutete dem Mann, dass er kurz würde warten müssen, und der nickte bereitwillig.

»Das können Sie sich wirklich nicht denken, Herr Schmidt?«, forschte Lisa nach.

Der Möchtegern-Büttel sog scharf die Luft ein. »Okay. Wenn ich ehrlich bin, dann doch. Die Idee mit dem Büttel-Sein war neu vom Andi, und dann hat er angefangen, rumzuintrigieren. Und ich hätte das wirklich gerne gemacht.«

»Das hat Sie geärgert«, vermutete Lisa weiter, »nicht wahr, dass es dann der Herr Sichler geworden ist, und nicht Sie.«

Schmidt zog die Augenbrauen zusammen, und die Kommissare bemerkten, wie der Pfahlmann näher heranrückte, wohl, um auch ja nichts zu verpassen.

»Wie meint ihr das denn?«, entrüstete sich Schmidt. »Also ich hab da sicher nichts damit zu tun.«

»Wie man hört, sind Sie ja jetzt wieder im Rennen für den Posten des Büttels«, machte Heiko weiter.

Nun zuckte Schmidt die Achseln. »Ist mir eigentlich egal. Mir ist die Lust vergangen.«

»Sagen Sie sowas nicht, Herr Schmidt«, widersprach Lisa und schenkte dem Mann ein charmantes Lächeln. »Sie würden das gut machen, da bin ich mir sicher. In der ›Rose‹ nennen die Leute Sie doch ›Pavarotti‹, wegen ihrer Stimmgewalt.«

Wieder ein Achselzucken, allerdings mit Grinsen, dann ein gemurmeltes: »Kann sein. Mal sehn.«

»Sie sind nicht bei der Feuerwehr«, stellte Heiko fest. »Aber vielleicht jemand aus ihrer Familie?«

Der Kollege erschien und begann, den Kunden nach seinen Wünschen zu befragen. Die Kommissare und der Verdächtige wichen um die Ecke herum aus, zu den Küchenarbeitsplatten.

»Nein. Und ich war es auch nicht«, behauptete der Mann.

»Wo waren Sie denn am Montagabend?«

»Ich war in Berlin. Meine Freundin studiert da Kunst, und sie hatte am Dienstag Geburtstag, und wir haben reingefeiert, in ihrer WG. Ich bin erst am Mittwochmorgen wiedergekommen.«

»Sie haben den Hammeltanz verpasst?«, wunderte sich Heiko.

»Nein. Ich habe ja den Samstag und den Sonntag mitgemacht und mir am Montag noch den Tanz selber angeschaut. Danach bin ich aber los. Das hat mir für dieses Jahr auch irgendwie gereicht, weil die Büttelsache hat mich dann doch genervt. Außerdem hätte die Selina mich umgebracht, wenn ich nicht zu ihrem Geburtstag erschienen wäre.«

»Können Sie beweisen, dass Sie dort waren?«, erkundigte sich Heiko.

Der Mann zückte sein Portemonnaie aus der hinteren Hosentasche, stöberte eine Weile darin und legte schließlich mehrere Tankquittungen vor, vom Hammeltanzmontag, 22.37 Uhr, von einer Tankstelle in Wannsee, bezahlt mit seiner EC-Karte mit PIN.

Sie ließen sich noch die Namen und Telefonnummern der Freundin und diverser anderer Mitfeiernder geben. Bevor sie den Obi verließen, machte das hohenlohisch-westfälische Ermittlerteam noch einen kurzen Abstecher in die Orchideenabteilung, und Lisa entdeckte eine pinkfarbene, ausgesprochen wohlriechende und hohe Pflanze, und beschloss, dass sie sie ihrer Sammlung im Büro einverleiben würde. Als sie auf dem Weg zur Kasse waren, stellte sich ihr eine Verkäuferin in den

Weg, lächelte und fragte beflissen: »Kann ich Ihnen helfen?«

»Wir sind eigentlich schon fertig, danke«, lautete die Antwort, aber die Dame nickte, zückte einen kleinen Klebebogen mit orangefarbenen EAN-Code-Aufklebern und meinte dann: »Gell, ich darf Ihnen so ein Zettele draufkleben, dass ich Sie angesprochen habe?«

Lisa zuckte die Achseln und ließ zu, dass die Dame den rechteckigen Aufkleber auf den Blumentopf pappte. »Neue Servicestrategie?«, vermutete sie, und die Verkäuferin nickte.

»Und wenn Sie zufrieden waren, dann freuen wir uns, wenn Sie beim Rausgehen auf dem Panel auf den grünen Smiley drücken, auf den dunkelgrünen, ganz links, um genau zu sein.«

Unterwegs beauftragten sie über die Zentrale noch die Kollegen in Berlin, dass die kurz das Alibi überprüfen sollten. Allerdings sahen beide Ermittler Michael Schmidt nicht mehr wirklich als heißen Kandidaten an. Etwas nachdenklich standen die beiden nun auf dem Parkplatz. Lisa hatte die Orchidee in den Kofferraum verfrachtet und lehnte sich mit verschränkten Armen an den M3.

»Und jetzt?«, fragte sie.

»Hm. Wer bleibt noch übrig? Killian Seiler?«

»Der Tierschützer?«

»Womöglich war er es, der der Zanzinger geholfen hat, den Hammel zu entführen«, gab Heiko zu bedenken. »Und er schreibt militante Leserbriefe.«

»Das war doch nicht militant. Der will eben die Hammelrechte schützen, das ist doch vollkommen nachvollziehbar. Mir hat der arme Hammel auch leid getan«, widersprach Lisa.

Heiko verdrehte die Augen. »Dem Hammel geht es da jedenfalls gut, dass der gequält wird, ist Quatsch.«

»Ja, solange, bis sie ihn schlachten«, beharrte Lisa. »Eigentlich sollte man gar kein Fleisch mehr essen!«

Heikos Augen weiteten sich. Lisas Anwandlungen kamen immer häufiger, er hoffte inständig, dass sie nicht irgendwann zur Vegetarierin mutierte. Oder, was noch schlimmer wäre, zur Veganerin. Er hatte schon mehrfach traumatisierende Erlebnisse mit Veganern gehabt, am schlimmsten war bisher ein veganes Barbecue gewesen, auf das er sich extrem gefreut hatte, weil es als »Barbecue« angekündigt gewesen war. Er hatte den ganzen Tag nur wenig gegessen und abends den ärgsten Hunger mit einem Tofu-Burger stillen müssen. Alleine bei dem Gedanken daran drehte sich ihm heute noch den Magen um. »Ich wüsste nicht, wen wir sonst noch anschauen könnten«, meinte Heiko etwas desillusioniert und wechselte so gleichzeitig wieder das Thema.

Eine halbe Stunde später schlugen die beiden bei Killian Seiler auf. Allerdings war der Mann nicht daheim in Altenmünster, sondern, wie sie kurze Zeit später feststellten, an seinem Arbeitsplatz im Crailsheimer Hallenbad, wo er, wie Lisa und Heiko schnell herausgefunden hatten, als Bademeister arbeitete.

Das Hallenbad war schon etwas in die Jahre gekommen. Im Grunde war es nett, lag relativ zentral in der

Stadt in direkter Nähe zum Schulzentrum und erfüllte auch seinen Zweck. Allerdings gab es in Crailsheim dermaßen viele begeisterte und disziplinierte Hobbyschwimmer, dass *das Baden* zu Stoßzeiten doch arg überfüllt war. Es kam dann ganz darauf an, ob die *Profischwimmer*, die man an Schwimmbrille und Badekappe erkannte, auf *ihrer* Bahn beharrten oder auch mal bereit waren, ein klein bisschen auszuweichen. Sonst konnte das Schwimmen zum regelrechten Spießrutenlauf werden. Insgesamt war das Hallenbad aber nett und weckte vor allem bei Heiko nostalgische Gefühle, weil es eben auch das Bad seiner Kindheit war, wo man samstags am Spielnachmittag in den 90ern mit 14 die ersten Flirts seines Lebens auf der rotweißen Krake im Großen Becken gehabt hatte. Den Spielnachmittag gab es noch immer, die Krake war inzwischen einem eher wunderlichen Getier gewichen, das allerdings nicht mehr rot-weiß war, sondern rot, blau und gelb. Laut Aufdruck sollte es sich bei dem etwas debil grinsenden Ungetüm um einen Hummer handeln, allerdings erinnerte das fünf Meter lange Vieh eher an eine atomar mutierte Ameise. Ab und zu schwammen auch Lisa und Heiko hier, und so kannten sie einige der Bademeister, den älteren mit dem Schnurrbart, den kleineren dunkelhaarigen und so weiter. Killian Seiler war ihnen allerdings noch nicht direkt aufgefallen, und so mussten sie, nachdem sie das Kassenhäuschen passiert hatten – in dem im Übrigen immer noch dieselbe Dame mit derselben dunklen, perfekt gelegten Frisur und roten Lippen wie in Heikos Kindheit saß – im Bad direkt nach dem eifrigen Leserbriefschreiber Ausschau halten. Sofort schlug ihnen der vertraute Chlorgeruch entgegen, Kinder sprinteten fröhlich kreischend an ihnen vorbei zur Dusche. Lachen und Wasserspritzen hallten von der hohen Decke wider. Und das Große Becken war proppenvoll mit Damen, die in Dreierreihen mit schildkrötenpanzerartigen Gebilden auf dem Rücken Aqua Jogging betrieben und mit Schwimmern jeder Sportlichkeits- beziehungsweise Unsportlichkeitskategorie, die teilweise stur geradeaus, teilweise notgedrungen slalomartig ihre Bahnen zogen. Im kleinen Becken war eine Gruppe dabei, Wassergymnastik zu betreiben, die Mitglieder ahmten mit großem Eifer die Bewegungen der drahtigen, kleinen Brünetten nach, die den Kurs offenbar leitete. Lisa entdeckte den Bademeister in seiner Kabine, sie winkte ihm, herauszukommen, und der Mann, ein Rothaariger mittleren Alters, der die übliche rotblaue Bademeisterkluft trug, hob den Kopf, nickte und gesellte sich dann zu ihnen.

»Ja?«, fragte er und musterten die beiden Gäste von oben bis unten. »Sie wissen schon, dass Sie hier mit Straßenschuhen nicht reindürfen? Oder haben Sie was vergessen?«

»Sind Sie der Herr Seiler?«, fragte Heiko unbeirrt.

Die Miene des Mannes verfinsterte sich, und er zog die Augenbrauen tadelnd zusammen. »Wer will das wissen?«, fragte er.

»Kriminalpolizei. Wüst und Luft«, informierte Heiko knapp. Den Typen hatte er jetzt schon gefressen.

Lisa hingegen schien den Mann ganz sympathisch zu finden. »Wir ermitteln im Mordfall Andreas Sichler«, erklärte sie mit ihrem schönsten Lächeln.

»Mordfall wer?«, fragte der Mann nach und kratzte sich am Kopf.

»Sichler, Andreas. Der Büttel. Vom Onolzheimer Hammeltanz.«

»Ach der«, meinte nun der Mann und fügte dann sofort hinzu: »Und was hab ich damit zu tun?«

Er verschränkte abwehrend die Arme, was seiner mittelgroßen, aber immerhin einigermaßen kräftigen Statur deutlich mehr Präsenz verlieh.

»Sie haben da einen interessanten Leserbrief geschrieben, Herr Seiler«, erklärte Heiko.

»Ach das. Ja, das war definitiv überfällig. Ich bin überzeugter Veganer.«

»Sagt Ihnen die VERT was?«

»Die was?«

»Die VERT. Die Verteidiger der Rechte der Tiere.«

Der Mann nickte langsam und meinte dann: »Schon mal gehört, ist das nicht PETA light?«

»Sowas in der Art«, bestätigte Heiko.

»Sind Sie denn da Mitglied?«, forschte Lisa weiter.

Der Mann schüttelte den Kopf. »Wissen Sie, ich finde das ja grundsätzlich ganz gut, deren Einstellung und so. Ich bin aber gegen illegale Aktivitäten.«

»Wie die Entführung des Hammels oder aber Mord?«

Der Mann schluckte, und sein relativ großer Adamsapfel hüpfte dabei auf und ab. »Wie bitte? Hammelentführung? Mord? Klären Sie mich doch bitte auf.«

Heiko beschloss, nicht weiter auf der Hammelentführung herumzureiten, sie war einerseits ein Kavaliersdelikt und andererseits hatte er versprochen, die Sache nicht überall herumzuerzählen, um die Ehre Onolzheims nicht zu gefährden. »Ihr Leserbrief war doch einigermaßen brachial in der Wortwahl«, half er dem Bademeister also auf die Sprünge. »Sie erinnern sich vielleicht selbst?«

Nun lachte der Mann nervös auf. »Nicht direkt, nein«, behauptete er.

»Da stand sowas, wie, die Schlächter gehörten ebenso behandelt wie der Hammel selbst und so weiter und sofort. Und da haben wir uns gedacht … vielleicht meinen Sie ja damit den Büttel? Denn das wäre dann eine öffentliche Drohung und würde Sie, Herr Seiler, verdächtig machen.«

»So, würde es das«, meinte der Mann.

»Mhm«, bekräftigte Heiko. »Deshalb wäre es für uns interessant, wo Sie denn am Abend des Mordes waren.«

»Am Mordabend? Wann war das denn?«

Ein etwa elfjähriger Junge zupfte den Bademeister plötzlich am Shirt und meinte: »Herr Bademeister, können wir vom Dreier springen?«

Seiler lächelte den Junge strahlend an, schüttelte dann aber den Kopf und meinte: »Leider nein, es sind grad zu viele Leute im Becken.«

Der Junge verschwand wieder mit unzufriedenem Brummen und mit ihm auch das freundliche Lächeln aus Seilers Gesicht. Dann antwortete er: »Am Montag war ich mit meiner Freundin in einem Wellnesshotel in Biberach, im Jordanbad. Wir haben da unseren Jahrestag gefeiert, und dann war das ganz gschickt, weil das Hallenbad ja montags sowieso zu hat für die Öffentlichkeit.«

»Ihre Freundin kann das bestätigen?«

»Natürlich. Und die Leute von der Hotelbar, wo wir bis um zwei Uhr nachts zusammengesessen sind. Die haben da einen ganz hervorragenden Gin Tonic. Außerdem …« – er kramte sein Smartphone aus der hinteren Hosentasche hervor und tippte eine Weile darauf herum – »… habt ihr hier schon mal die Reservierungsbestätigung. Für alle Fälle.«

Als sie auf dem Weg nach draußen waren, entdeckte Lisa im kleinen Schaufenster an der Kasse etwas, was sie gänzlich entzückte. Neben Schwimmhandschuhen, Schwimmbrillen, Badekappen, Tauchringen, Wasserpistolen und Schwimmgürteln waren da nämlich noch kleine, gehäkelte Püppchen ausgestellt. Es gab einen Eilooder, das Volksfest-Maskottchen, sowie mehrere Tiere und einen kompletten Satz Krippenfiguren.

»Das ist ja niedlich«, befand sie und musterte die kleinen Kunstwerke eingehend.

»Gell«, mischte sich die Kassiererin ein. »Das macht die Zieglers Toni.«

»Wer?«

»Toni Ziegler. Aus Goldbach. Die häkelt die Sachen selbst.«

»Hinreißend«, fand Lisa und zeigte eine Sekunde später auf eine Figur. »Was kostet denn das Bärchen?«

Sie grinste Heiko an und der verdrehte die Augen, weil das sein Kosename war. Witzigerweise brummte er dann meistens wie ein Bär.

»Das kostet 7 Euro«, erklärte die Dame.

»Dann nehm ich das mit«, beschloss Lisa, kramte ihren Geldbeutel hervor und reichte der Frau das Geld.

»Was willst du denn damit? Das kann man doch überhaupt nicht brauchen. Und außerdem sind das Fingerpüppchen, und wir haben ja noch gar keine Kinder.«

»Irgendwann aber vielleicht schon mal«, widersprach Lisa. »Und außerdem ist das Bärchen süß und ganz klein. Stell dich nicht so an.«

»Wir haben schon genug Zeug zum Rumstellen«, versuchte es Heiko noch einmal, etwas matter.

Aber Lisa bekam bereits von der Kassiererin das niedliche Bärchenpüppchen von der Zieglers Toni gereicht und verstaute es zufrieden in ihrer Tasche.

Die Kommissare hatten etwas entnervt beschlossen, zum Revier zurückzukehren, vielleicht würde ihnen ja bei der Sichtung der Fotos noch etwas auffallen. Im »Bratpfännle«, dem Imbiss in der Blaufeldener Straße, verzehrten sie schnell einen Cheeseburger, der ausgezeichnet schmeckte, denn immerhin war es schon deutlich nach Mittag und sie hatten noch nichts gegessen. Frisch gestärkt schlugen sie kurze Zeit später auf dem Revier auf, positionierten erst die Orchidee auf der Fensterbank und statteten anschließend Uwe einen Besuch ab. Der winkte ab und erklärte, dass er zwar auf einem der Kostüme tatsächlich Blut entdeckt hätte, dass es aber nicht zum Mordopfer gepasst hätte und von der Menge her eher von einer kleineren Schlägerei stammen musste. Sonst wäre nichts mehr dabei gewesen. Enttäuscht statteten die Kommissare anschließend Johnny einen Besuch ab, der ihnen den USB-Stick mit den Bildern überreichte.

»Wiegsocht, nach wie vor kein Bild von einem Löwen, der sich grad den Degen schnappt«, desillusionierte er.

»Aber?«, hoffte Lisa.

Johnny zuckte die Achseln. »Mir ist aufgefallen, dass die Löwen sehr unterschiedlich sind in Statur und Größe.«

»Da sind ja auch Kinder dabei«, erinnerte sich Heiko.

»Um die Zeit doch nicht mehr. Und die Kinder waren außerdem Leoparden«, widersprach Lisa.

»Richtig.«

»Hast du noch irgendwas, Johnny?«, forschte Lisa weiter.

Der junge Kollege schüttelte den Kopf. »Jedenfalls habt ihr jetzt zwei Ordner, jeweils, wo der Degen mit drauf ist, und wo Löwen drauf sind. Das müsste so passen, ich denke, mir ist nichts entgangen, hab's zweimal gmacht.«

»Danke, Johnny«, meinte Lisa und schenkte ihrem Kollegen ein strahlendes Lächeln, was Heiko so gar nicht gefiel.

Mit dem Stick und jeweils einer frischen Tasse Automatenkaffee zogen sich Lisa und Heiko alsbald in ihr Büro zurück. Heiko steckte den Datenträger in den Port und wartete, bis sich die Ordner öffneten. Lisa trat hinter ihn und schaute ihm über die Schulter. Der Stick enthielt drei Ordner, »Löwen«, »Degen« und »Sonstiges«.

»Mach zuerst mal die ›Löwen‹ auf«, forderte Lisa und nippte am Automatenkaffee.

Gehorsam klickte Heiko auf das Symbol und stöhnte sofort auf. 273 Fotos, na toll.

»Jetzt lass mal durchlaufen«, bat Lisa, und gemeinsam sahen sie sich nacheinander die Bilder an.

Allerdings fiel ihnen nichts auf, beim besten Willen nicht. Nur, dass Johnny recht hatte, dass es viele verschiedene Löwen gab, kleine, große, zierliche, dicke.

»Der ist ganz schön klein und propper«, meinte Lisa und zeigte auf einen, der an der Bar stand. »Das ist bestimmt der eine, der bei der ersten Befragung von den Feuerwehrlern dabei war, wegen der Brandstiftung … wie hieß der noch?«

»Klein«, erinnerte sich Lisa. »Der hat mich ja auch gestern auf den Büttel gebracht.«

»Schon komisch, dass so viele noch ihre Maske aufhaben. Das nervt doch nach einer Weile«, gab Heiko zu bedenken.

»Kapuze rauf oder runter, Maske an oder aus, das geht ja schnell und hat nichts zu sagen«, hielt Lisa dagegen. »Der hat ja noch gemeint, die Hammelstifter seien unter Umständen auch verdächtig. Weil da einer übervorteilt worden sei, der … wie hieß er noch?«

In diesem Moment klopfte es an der Tür zu ihrem Büro, und der Kollege vom Empfang trat ein, zusammen mit einer kleinen, runden und ungemein nervös wirkenden Frau, die ein rosa Twinset mit Seidentuch trug.

»Das ist die Frau Lang«, stellte der Kollege vor. »Sie hat eine Information für euch, im Mordfall Sichler.«

Die Frau nickte und umklammerte den Griff ihrer cremefarbenen Handtasche. Der Kollege verließ wieder den Raum, und Heiko erhob sich, um der Dame die Hand zu schütteln. Dann wies er auf den Besucherstuhl und lächelte aufmunternd.

»Sie können uns weiterhelfen, Frau Lang?«, ermutigte Lisa.

Die Dame schluckte und nickte. »Ja, also, ii waaß net, ob des richtich is, weil ii will ja näämerds verpfeifa.«

»In einem Mordfall würde ich mir da gar keine Gedanken machen«, hielt Heiko dagegen.

»Ii waaß ja aa gor net, ob er's wirklich wor«, fuhr die Dame fort.

Lisa winkte ab. »Da machen Sie sich mal keine Gedanken. Wir brauchen da schon Beweise, wenn wir jemand wegen Mordes anklagen.«

Nun schien die Frau sich entschieden zu haben. »Also gut«, meinte sie und erklärte dann: »Ii hobb am Hammeltanz ghärt, wie der Schülers Thomas zum Sichlers Andi gsocht hat, er däd em zeicha, wua dr Bartl da Mouschd hollt.«

»Wo was?«, fragte Lisa nach.

»Wo der Bartel den Most holt. Für dich als Hochdeutsche: Wo der Hausdiener den Cidre holt«, erläuterte Heiko.

Lisa grinste, und Heiko fuhr fort: »Wo es kühl und dunkel ist. Zum Beispiel Keller, Grab, unter der Erde …«

»Aha«, machte Lisa. Komische Metapher.

»Und warum hat er das gesagt?«, forschte Heiko weiter.

»Weil der Andi wohl seiner Frau nachgestiegen ist. Und manche meinten auch, dass er seine Tochter arg angetatscht hat beim Tanzen in der Halle.« Die Frau war zu leidlichem Hochdeutsch gewechselt.

»Schüler – ist das nicht die Hammeltanzsiegerin?«, erinnerte sich Lisa.

»Genau die.«

»War denn der Büttel bekannt dafür, dass er seine Finger nicht bei sich behalten konnte?«

Die Frau zuckte die Achseln. »Sou ebbes gätt scho rum, ja.«

»Gesehen haben Sie aber nichts?«, fragte Heiko noch einmal nach.

Die Frau schüttelte den Kopf. »Ii wollt eich des bloß verzeila. Awwer gell, des hebt ihr net von mir.«

»Selbstverständlich nicht.«

Die Kommissare fanden schnell heraus, dass Schüler Banker war und in der Stadt auf der Sparkasse arbeitete. Das hohenlohisch-westfälische Ermittlerduo betrat deshalb kurze Zeit später das Hauptgebäude der Sparkasse in der Wilhelmstraße, gegenüber des ehemaligen »Ihr Platz«, in dem sich jetzt das »Lager«, ein Laden für Frauen, in dem es Dekokitsch jeglicher Art zu erstehen gab, befand. Die Tür glitt sanft auf, und Lisa und Heiko wandten sich nach rechts zum Kundenbereich. Sie fragten eine junge blonde Mitarbeiterin nach dem Herrn Schüler, und die wies auf den soeben vorbeieilenden, durchtrainierten und für sein Alter durchaus gutaussehenden Mann um die 50 im anthrazitfarbenen Anzug. »Herr Schüler?«, sprach die Blondine ihn etwas kleinlaut an, offenbar hatte er einen höheren Posten inne. Der Mann stoppte und wandte sich der jungen Mitarbeiterin zu, die ihn an die Kommissare verwies.

Zwei Minuten später saßen die drei in einem der Büros im oberen Stockwerk, Lisa und Heiko hatten einen Kaffee vor sich stehen. Der Mann war eben ganz Banker.

Schüler setzte sich geräuschvoll in seinen Sessel und meinte dann mit einem verbindlichen Lächeln: »Also, was kann ich für euch tun?«

»Herr Schüler, uns ist zu Ohren gekommen, dass Sie auf den Herrn Sichler gar nicht gut zu sprechen waren«, begann Heiko.

»Ach, Tatsach.« Schüler wirkte schlagartig nervös, leckte sich die Lippen und faltete die Hände so fest, dass die Fingerknöchel weiß hervortraten.

»Können Sie was dazu sagen?«, forderte Lisa höflich auf.

»Der Andi war eine Sau«, meinte der Mann nun, und in seinen Augen blitzte Wut auf.

»Inwiefern?«, fragte Heiko nach.

»Der ist allem nachgestiegen, was nicht bei Drei auf den Bäumen war.«

»Wir haben Informationen, dass er es auch auf Ihre Frau abgesehen hatte?«, machte Lisa weiter. Wenn Sie Glück hatten, würde das hier mit einem Geständnis enden.

»Der hatte es auf alle abgesehen«, präzisierte der Mann. »Das mit meiner Frau hätte ich mir ja noch gefallen lassen«, fuhr er endlich fort, weil die Kommissare auffordernd schwiegen. »Und das war auch nicht wirklich ein Problem, denn zum Fremdgehen gehören immer zwei, und meine Frau und ich, wir lieben uns, und der wäre auch gar nicht ihr Typ gewesen.«

»Aber?«, fragte Heiko weiter.

»Aber dann hat der Kerl meine Tochter angetatscht, und die ist ja wirklich ein hübsches Mädchen, die Jacky, aber die ist 19, die ist noch ein Kind.«

»Haben Sie denn gesehen, wie er sie … angetatscht hat?«, erkundigte sich Lisa.

Der Mann nickte. »Der hat mit ihr einen Discofox getanzt, und dabei ist seine Hand ein paar Mal ausgerutscht, in Richtung Hintern und auch obenrum, und sowas geht halt nicht.«

»Hat sich denn die Jacky nicht gewehrt?«, wunderte sich Heiko.

Der Mann leckte sich erneut die Lippen und fuhr sich durch die perfekt gegelte Frisur. Dann meinte er: »Das sag ich jetzt nicht gern, aber die war schon ziemlich dicht. Deshalb bin ich zu ihm hin und hab gesagt, er soll seine Drecksgriffel von ihr lassen.«

»Sonst würden Sie ihm zeigen, wo der Bartel den Most holt«, half Lisa nach, sorgfältig betonend.

Schüler nickte nach kurzem Nachdenken. »Möglich«, meinte er dann.

»Und wie hat der Herr Sichler dann reagiert?«, wollte Heiko nun wissen.

»Der hat nur frech gelacht und gesagt, die Jacky sei volljährig und der würde das doch gefallen. Und das ginge mich gar nichts an.«

»Hat Sie das wütend gemacht, Herr Schüler?«, machte Lisa weiter.

Schüler nickte und beugte sich verbindlich über den Tisch. »Da ist es doch gut, dass ich ein Alibi habe. Ich hatte nämlich Dienst an der Bar, von 23.00 bis 1.00 Uhr. Und da war so viel los, dass ich zwischendurch nicht mal auf dem Klo war.«

»Man kann sich immer mal kurz verdrücken«, hielt Heiko dagegen.

»Könnte man«, stimmte der Mann zu. »Aber wir waren zu fünft an der Bar. Und keiner war weg, nicht für eine Minute. Das können die anderen vier bezeugen.«

Die Kommissare ließen sich die Namen der Leute geben und versprachen, das Alibi gewissenhaft zu überprüfen. Schüler begleitete sie hinaus und meinte dann: »Verdient hat er es trotzdem, auch, wenn ich das nicht war. Der hat schon mehr Mädels angetatscht. Das hätte nochmal böse enden können. Ist schon gut so, bevor noch was Schlimmeres passiert.«

Die Kommissare verließen bald darauf die Bank und beschlossen, einen schnellen Kaffee zu trinken, um wieder einen klaren Kopf zu bekommen. Sie setzten sich ins »Kaffee Kett«, eines der Crailsheimer Traditionscafés. Lisa bestellte sich eine Latte macchiato und Heiko einen Espresso, dazu noch zwei Horaffen, das traditionelle Hefegebäck der Crailsheimer, das der Legende nach das Hinterteil der Bürgermeisterin symbolisierte. Verena Kett, die Junior-Chefin, brachte bereits nach kurzer Zeit die Getränke und stellte zwei Horaffen vor den sich bedankenden Kommissaren ab. Heiko hatte schon auf dem Weg die anderen vier von der Schicht erreicht, sie alle bestätigten Schülers Alibi, auch die anderen Alibis hatte er noch schnell, telefonierend vor dem »Kett«, bestätigen lassen.

»Also«, begann Lisa und biss in ihren Horaff. »Wer steht noch auf unserer Liste?«

»Der Unternehmer, der den Hammel nicht spenden

durfte«, erinnerte Heiko und biss seinerseits in das fluffige, traditionsreiche Hefegebäck.

»Na, ich weiß nicht. Das reicht doch nicht für einen Mord.«

»Den Hammel zu spenden ist aber eine so große Ehre, dass es vielleicht doch reicht?«, gab Heiko zu bedenken und löffelte die feine Crema von seinem Espresso.

»Weißt du, wer aber schon noch interessant wäre?«, fuhr er dann fort.

»Hm?« Lisa trank Latte macchiato mit ihren wunderschönen Lippen.

»Simon Weichholzer. Wenn der gemerkt hat, dass der Büttel seine Freundin antatscht, dann wäre der auch ein Kandidat. Und der war derjenige, der mit dem Degen am wenigsten aufgefallen wäre.«

Lisa dachte nach. »Er hatte kein Kostüm. Und außerdem war der tonnenvoll«, hielt sie dagegen.

»Vielleicht hat er sich eines ausgeliehen? Und hat seinen Bolla – äh, Rausch, nur gespielt?«

Lisa biss wieder in den Horaff, während zwischen ihren Augen die entzückende Nachdenk-Steilfalte entstand. »Das spräche dann aber gegen einen Totschlag im Affekt. Und wenn das Antatschen der Auslöser war … dann würde das nicht passen.«

»Da gebe ich dir recht«, meinte Heiko, fuhr dann allerdings fort: »Wenn der das aber schon eine Weile betrieben hat? Wäre doch möglich. Die Jacky ist ja wirklich eine Erscheinung …«

Lisa hielt inne und musterte ihn wütend. »Ach, eine Erscheinung ist die, ja?«

»Du doch auch«, beeilte sich Heiko zu versichern. »Außerdem ist die doch viel zu jung für mich.«

Lisa stellte ihr Glas Latte macchiato, das sie eigentlich aufgenommen hatte, um daraus zu trinken, mit Schwung auf den hellen Tisch zurück. »Jetzt will ich dir mal was sagen, du stoffeliger Hohenloher. Bei anderen Männern muss ich nicht um Komplimente betteln. Von denen kriege ich die auch so, und zwar laufend.«

»Ach ja, von wem denn?«

Lisas blaue Augen schossen Blitze. »Du glaubst mir nicht? Denkst wohl, dass mich keiner toll findet oder was?« Die Steilfalte war tiefer geworden.

Panik brach in Heiko aus. Wie sollte er da nur wieder rauskommen, während Lisa aufzählte: »Der Baumann, der Uwe, der Johnny sowieso, der eine neulich im EBERL …«

Sie war doch die Schönste und Beste für ihn, nur … fand er das immer schwierig, das zu sagen. Und sie wusste das doch. Deshalb brauchte man es doch nicht zu sagen. Oder? Sie starrte ihn weiter an, funkelte noch wütender.

Heiko schluckte und meinte dann: »Du weißt doch, dass du die Schönste und Beste für mich bist.«

Lisa starrte noch einen Moment, nickte aber endlich und meinte dann gnädig: »So, und das kannst du mir ruhig ab und zu sagen, bevor du hier 20-Jährige lobst.«

»Okay«, machte Heiko und wusste, dass das nochmal gut gegangen war.

»Also. Schauen wir uns den Weichholzers Simon an«, beschloss Lisa, und Heiko nickte.

Simon Weichholzer war zu Hause, wie es sich für einen ordentlichen Onolzheimer und noch dazu Hammeltanzgewinner am Freitag vor dem Hammelessen gehörte. Wieder war Jacky Schüler bei ihm, und wieder knarzten die Treppenstufen, als die Kommissare sie auf dem Weg nach oben betraten.

»Und was genau wollen Sie jetzt?«, eröffnete Jacky Schüler das Gespräch. »Anscheinend waren Sie ja bei meinem Vater?«

»Woher wissen Sie das?«, erkundigte sich Heiko.

»Hat er mir geschrieben. Also ich will ja nicht respektlos klingen, aber – sonst haben Sie nichts zu tun? Weil der war das ganz bestimmt nicht. Der ist zwar temperamentvoll, aber ein ganz Lieber. Der killt nicht mal Schnaken.«

Lisa lächelte ihr schönstes Beruhigungslächeln und meinte dann: »Wir sind wegen etwas anderem hier.«

»Weswegen denn?«, meinte Simon, der sich lässig an die Arbeitsplatte der Küche der Studiowohnung gelehnt hatte.

»Uns ist zu Ohren gekommen, dass der Herr Sichler Sie … beim Tanzen unsittlich berührt hat«, erklärte Heiko.

Jacky verzog das schöne Gesicht zu einem schiefen Grinsen und wischte sich eine blonde, lange Haarsträhne aus dem Gesicht. »Das kann gut sein, dass der mir mal an den Arsch gelangt hat. Aber, auch wenn mir das peinlich ist, das habe ich nicht mehr wirklich mitbekommen.«

»Haben Sie das vielleicht mitbekommen, Herr Weichholzer?«, fragte Lisa weiter.

Der Hammeltanzsieger straffte sich, seine Hände verkrampften sich um die Arbeitsplatte.

Lisa dachte bei sich, dass er sich womöglich absichtlich in der Nähe dieses Messerblocks positioniert hatte, und tastete unauffällig nach ihrer Waffe.

»Natürlich habe ich das mitbekommen«, stimmte er dann endlich zu. »Und ich hab zu ihm gesagt, er soll die Finger von ihr lassen.«

»Und was hat er geantwortet?«

»Er hat gesagt, das ginge mich gar nichts an und er würde jetzt eine rauchen gehen. Dass die Jacky einen echten Kerl braucht und kein kleines Kind.«

Er wirkte wütend, und seine Hände ballten sich zu Fäusten.

»Und das hat Sie aufgeregt?«, machte Lisa weiter, empathisch, in der Hoffnung, den jungen Mann zu einem Geständnis bewegen zu können.

»Was heißt aufgeregt, kein Mann findet es toll, wenn so ein schmieriger Alter seine Frau antatscht. Aber ich war sowieso zu betrunken, um ihm eine reinzuhauen, und außerdem muss die Jacky sich halt auch selber wehren.«

»Na, vielen Dank auch«, meinte die Hammeltanzsiegerin und funkelte ihren Freund so böse an wie vorhin Lisa Heiko, obwohl, vielleicht sogar noch böser.

»Sorry, Schatz, hab ich nicht so gemeint«, entschuldigte sich Simon und warf ihr eine Kusshand zu, und Jacky nahm die Entschuldigung gnädig nickend an.

So einfach wäre das bei Lisa nicht gewesen, dachte sich Heiko.

»Man kann Betrunkenheit auch vortäuschen«, hielt die Kommissarin dagegen.

Nun lachte Jacky, offensichtlich schon wieder vollständig versöhnt, unfroh auf. »Sie haben den doch gesehen am Montagabend. Der konnte doch kaum mehr sprechen und stehen. Sowas kann man nicht vortäuschen. Und der kann in diesem Zustand ganz sicher keinen Mord begehen.«

Ein guter Schauspieler schon, dachte sich Heiko und musterte den jungen Mann. »Sie selbst waren aber nicht so betrunken, Frau Schüler, wenn ich mich richtig erinnere.«

»Iiiich?«, machte die junge Frau, und ihre Stimme schraubte sich in ungeahnte Höhen. »Sie denken, es würde nicht auffallen, wenn ich oder er aus der Halle latschen würden und den Büttel mit dem Degen umbringen? Sagten Sie außerdem nicht, der Mörder trug ein Löwenkostüm?«

»Nein, das sagten wir nicht«, widersprach Heiko und zog die Augenbrauen nachdenklich zusammen.«

»Woher wissen Sie das denn?«

Fahrig fuhr sich die junge Frau durch die Frisur. »Oh, bitte. Also das ist inzwischen schon rum. Keine Ahnung, wo ich das gehört habe. Der Simon und ich hatten unsere Hammeltanzkleider an, und zwar den ganzen Abend.«

»Sie hätten das Kostüm verstecken, schnell ausziehen und später entsorgen können.«

»Dann hätten wir aber eines gebraucht. Und wie schon gesagt, wir haben keines. Ich bin mit keinem Feuerwehrler verwandt, und der Simon auch nicht.«

»Bestellt im Internet? Rofu Kinderland? Handelshof?«, riet Heiko.

»Na, wenn, dann im Internet. Der Rofu und der Handelshof haben nur am Fasching Kostüme«, relativierte Lisa.

»Beweisen Sie's«, forderte Simon.

»Sie haben aber ein Motiv, alle beide«, behauptete Heiko.

Jetzt schnaubte der junge Mann. »Also hören Sie mal, Herr Wüst, nach der Logik hat halb Onolzheim ein Motiv.«

»Wie meinen Sie das?«

»Der Sichlers Andi macht das doch schon jahrelang, Mädels antatschten. Vor drei Jahren gab es da mal ein größeres Gerede … weißt du noch, Jacky?«

»Ou ja«, erinnerte sich die blonde Frau. »Da ging es drum, dass der Andi in einem Jugendcamp als Betreuer dabei war und dann eines der Mädchen ganz blöd angefasst hat. Ist aber nur ein Gerücht.«

»Ach ja? Was war denn da genau?«, hakte Lisa nach.

»Anscheinend hat der eine damals Minderjährige angetatscht. Die sei danach ziemlich abgedriftet, hat sich nur noch schwarz angezogen und hat angefangen, sich zu ritzen.«

»Wie, ritzen?«

»Borderline-Syndrom«, erläuterte Jacky, als wäre es das Natürlichste von der Welt, darüber Bescheid zu wissen. »Kennt ihr das nicht? Das war vor ein paar Jahren ein richtiger Trend unter Teenagern. Gibt es natürlich wie fast alles auch als schwere psychische Störung.« Sie lachte unfroh auf.

»Was ist das denn?«, wollte Heiko wissen.

»Die Leute tragen dann nur noch langärmelige Sachen,

um die Narben zu verstecken. Denn keiner soll sehen, dass sie sich in die Unterarme ritzen, damit sie überhaupt wieder etwas spüren, wenigstens den tröstlichen Schmerz. Krank, wenn ihr mich fragt, absolut krank. Aber irgendwie lassen die so ihren Psychostress raus, und die meisten schneiden ja nur quer, nicht längs zur Ader, meistens zumindest …«

»Das ist ja furchtbar«, fand Lisa.

Jacky nickte. »Ja, und diese Eine habe damals angefangen mit dem Scheiß, ich weiß aber nicht, um wen es sich handelt.«

»Sie auch nicht, Herr Weichholzer?«, erkundigte sich Lisa.

Der schüttelte den Kopf.

»Halten Sie sich bitte zu unserer Verfügung, alle beide«, bestimmte Heiko.

Das Siegerpaar lachte glucksend, und Jacky meinte: »Keine Angst, Herr Wüst, wir hauen nicht ab. Denn morgen ist unser großer Tag. Das Hammelessen, und das wollen wir um nichts in der Welt verpassen.«

Die Kommissare schauten erst bei den Sichlers vorbei, allerdings war niemand zu Hause und die Witwe ging auch nicht an ihr Telefon. Auch Sina war nicht zu erreichen, und so beschlossen die Kommissare, für heute Feierabend zu machen. Morgen war Samstag und im Idealfall würden da die Sichlers wieder zu Hause sein.

Das Date mit Nils hatte Sina gefallen, und zwar so gut, dass sie seinem Drängen, heute Abend mit ihm auf das Konzert im »Ratskeller« zu gehen, nachgegeben hatte. Sie hatten sich allerdings zuerst in der »7180-Bar« getroffen. Die Bar, die mit ihrem Namen auf die alte Postleitzahl Crailsheims anspielte, war mit Crailsheimer Devotionalien und Fotos geradezu vollgestopft beziehungsweise die Wände damit tapeziert. Die Sitzgelegenheiten waren kultig zusammengestückelt, es gab Stadionsitze ebenso wie Holzklötze und Wohnzimmersessel. Die Fenster waren mit Glitzervorhängen verhangen, und auf dem Weg zum Klo hing ein rätselhaftes Ölbild, das das Meer zeigte, darunter prangte der Schriftzug »Freiheit.« Hinten rechts, unweit des echten Wildschweinkopfes auf der Herbstwaldfototapete, der ebenfalls eine Glitzergirlande trug, stand der obligatorische Tischkicker. Und hier hatten sie zuerst mal ein Bier getrunken, bevor sie gegen zehn weitergezogen waren zum »Ratskeller«. Seit Generationen war der Kellerraum unter dem Rathaus neben der »Club Factory«, landläufig »Epfel« oder »P« genannt, und dem Juze, dem Jugendzentrum am Volksfestplatz, die Hauptlocation, wo man in Crailsheim Party machen konnte. Gemeinsam zahlten sie die drei Euro Eintritt und stiegen die Treppe hinunter, und bereits hier schlug ihnen die ratskellertypische, nicht mehr ganz frische Luft entgegen. Nils nahm ihr galant die Jacke ab und legte sie in den Raum mit dem hier ebenfalls vorhandenen Tischkicker. Da würde sie nicht wegkommen, denn das hier war der »Ratskeller«. Auf dem Weg von der »7180-Bar« hierher hatte er ihr ein Kompliment gemacht, wie hübsch sie aussähe, und sie hatte sich auch wirklich Mühe gegeben. Zwar würde sie niemals an Mädels wie die Jacky rankommen, das wusste sie.

Aber sie gefiel sich heute. Und sie hatte sich so hergerichtet, dass sie auch einem älteren Jungen gefallen könnte. Zu ihrem bordeauxfarbenen Spitzenshirt mit Puffärmeln trug sie einen gleichfarbigen Lippenstift und eine dunkle Jeans. Die Augen hatte sie mit dunklem Kajal umrandet, dazu ein kräftiges Mascara. An ihrem linken Handgelenk klimperten drei silberne Armreifen und um den Hals trug sie ihren Stern-Anhänger, der ihr immer Kraft und Energie spendete. »Schön, dass ich nicht alleine hinmuss«, meinte Nils und berührte ihren Arm. Das war okay, es war nicht anzüglich, sondern nett. Er würde sie nicht bedrängen, aber vielleicht konnte etwas daraus werden. Wenn er sich noch ein bisschen bemühte. Er hatte sie bisher gut unterhalten, sie hatte gern mit ihm geredet und fand ihn anziehend. Sein Lachen, sein Gesicht, seinen Körper. »Willst du was trinken? Ein Bier?«, fragte er, und Sina nickte. Er zwängte sich durch den Menschenpulk, der sich vor der Bar im hinteren Bereich des »Ratskellers« drängte, um zwei Minuten später mit zwei Flaschen Pils wieder aufzutauchen. Sie wandten sich in Richtung der Band, die soeben noch einen Soundcheck machte, stießen an und tranken.

»Die Band soll gut sein. Metal. Magst du das?«, fragte er und ließ seinen Blick scheinbar unauffällig über ihren Körper gleiten, wieder einmal.

Sie gefiel ihm, das konnte sie sehen, und das freute sie. »Ach, naja, mal so, mal so.«

»Was hörst du denn so?«, fragte er und sah ihr tief in die Augen.

»Unterschiedlich. Was im Radio läuft.«

»Echt? Mainstream? Hätte ich gar nicht gedacht«, wunderte er sich.

»Aber dann auch noch so Mittelaltersachen. Und keltische Musik«, beeilte sich Sina zu erzählen.

»Trägst du deshalb das Pentagramm?«, fragte er und fasste nach ihrem Anhänger, der gerade noch so weit oberhalb ihres Dekolletés war, dass es als anständig durchging, ihn anzufassen.

»Auch«, wich sie aus.

»Mit Satan bist du aber nicht im Bunde, oder?«, fragte er scherzhaft.

Sie trank einen Schluck Bier, während der Bassist der Band, ein junger Mann mit langen, dunklen Haaren, die zur Hälfte sein Gesicht verdeckten, seinem Instrument ein dunkles Schrammeln entlockte. »Nein. Du etwa?«

Er lachte auf, es wirkte etwas gekünstelt. »Nein, ich bin evangelisch.«

Und dann begann die Band zu spielen, und sie tanzten ab und zu und unterhielten sich dabei den ganzen Abend lang. Über ihre Schule und seine Ausbildung, über sein Motorrad und ihre Busfahrkarte, über das Wetter und darüber, ob die Polizei schon in dem Mordfall an ihrem Vater irgendwas wüsste.

ZUR GLEICHEN ZEIT IM ROTEN BUCK

Sie fühlte sich nicht schlecht dabei, auch nicht, weil sie es jetzt schon tat. Im Gegenteil. Die Phase, in der sich Manuela Sichler schlecht gefühlt hatte, wenn sie mit Klaus zusammen war, war längst überwunden. Es bestand keine Gefahr, dass sie entdeckt werden würden, denn Sina war heute Abend mit Hanna unterwegs, und sie, Manuela, hatte ihn heute Abend besucht, zur Abwechslung. Er hatte sich hinreißend liebevoll um sie gekümmert. Er hatte gekocht, ein Fischfilet mit Salzkartoffeln und Salat, und es hatte hervorragend geschmeckt. Sie liebte es, ihm zuzusehen, wie er am Herd stand – nicht aus einem verkappten Feminismus heraus, sondern weil er so kochte, wie er alles tat – voller Hingabe, Leidenschaft, nachgerade zärtlich. So, wie er sie berührte, jede Berührung zeigte ihr, wie sehr er sie liebte, verehrte, vergötterte. Sie lagen nach ihrem Liebesspiel entkräftet und verschwitzt eng umschlungen in den Laken seines frisch bezogenen französischen Bettes. Aus den Lautsprechern seiner Stereoanlage tönte Musik, irgendeine Ballade von Elements of Crime. Wie sehr hatte sie sich all die Jahre in der Ehe mit Andi nach etwas Vergleichbarem gesehnt. »Schön war das«, murmelte er, zog sie näher an sich und hauchte ihr einen Kuss auf die Stirn. Sie lächelte und schmiegte ihre Wange noch enger an seine nackte Brust. »Sehr schön«, bestätigte sie. »Hast du mich denn auch ein bisschen lieb?«, fragte sie dann. Wieder küsste er sie. »Und wie«, versicherte er ihr. »Merkst du das nicht?« Ihre rechte Hand streichelte seine Wange. »Doch. Natürlich«, versicherte sie und kuschelte sich wieder an ihn.

»Ich hab dich so lieb, dass ich mit dir was aufbauen will, Manu«, fuhr er dann fort. »Wenn du das auch willst.« Sie schluckte, nickte dann und fuhr fort, sein Gesicht zu streicheln. »Das können wir. Und wir werden es gut haben, denn bald ist die Kohle von der Lebensversicherung da.«

SAMSTAG

Am nächsten Morgen beschlossen Lisa und Heiko, erst einmal zu Hause zu frühstücken. Es war absehbar, dass sie wieder den ganzen Tag lang würden ermitteln müssen, und so wollten sie wenigstens den Morgen in Ruhe verbringen. Sita bettelte wie immer um ein Stück Gsälzbrot, Garfield sprang bei Lisa auf den Schoß und stierte Heiko hasserfüllt an, und Alfred scharrte auffordernd in der Einstreu seines riesigen Luxusgeheges. Nebenher las Heiko das Hohenloher Tagblatt und Lisa blätterte sich auf dem Diensttablet, das sie vom Revier mitgenommen hatten, durch die Degen- und Löwenbilder. Garfield pendelte wild mit dem Schwanz hin und her, als Lisa ihn gedankenverloren, aber überaus gewissenhaft, streichelte.

»Aber der Johnny hat schon recht«, sinnierte Lisa, »die Löwen sehen wirklich alle sehr unterschiedlich aus.« Sie scrollte weiter und weiter, dann plötzlich stutzte sie.

»Komisch«, fand sie und runzelte die Stirn.

»Was denn?«, wollte Heiko wissen und ließ die Zeitung – er hatte sich natürlich den Regionalteil geholt – sinken.

»Dieser Löwe da ist aber arg klein und zierlich«, fand Lisa und schob Heiko das Tablet hin. »Findest du nicht?«

Heiko betrachtete das Bild. »Vielleicht ein Jugendlicher?«

»Die von der Jugendfeuerwehr waren als Leoparden verkleidet«, erinnerte Lisa.

»Richtig«, stimmte Heiko zu.

»Haben die denn so jemand schmächtigen bei der Feuerwehr?«

Lisa zuckte die Achseln. »Der Klein ist zwar klein, aber … zierlich würde ich den jetzt nicht nennen.«

Heiko zoomte die Gestalt ungelenk mit seinen großen Fingerkuppen etwas näher heran und betrachtete den Kopf. »Der schaut nach unten, man sieht gar nichts vom Gesicht. Scheint außerdem die Maske aufzuhaben.«

»Und dahinter ist ein Papagei«, stellte Lisa fest, als sie aufgestanden, um den Tisch gegangen und hinter Heiko getreten war, um ihm über die Schulter zu schauen. Plötzlich stutzte die Kommissarin und forderte: »Zoom mal noch näher ran.« Dann zeigte sie auf einen roten Fleck im Bild und fragte: »Was ist das denn?«

»Das gehört doch zum Papagei«, fand Heiko und deutete auf den Vogel hinter dem Löwen.

»Nein, das ist ein anderes Rot. Eher ein Rostrot«, widersprach Lisa und ließ zwischen ihren Augen die Steilfalte entstehen, weil sie sich konzentrieren musste. »Das sind Haare, die aus der Kapuze rausschauen.«

Nun sah Heiko ebenfalls genauer hin.

»Zoom es noch ein bisschen weiter ran«, forderte Lisa.

»Tatsach«, stimmte Heiko zu. »Das sind wirklich Haare.«

»Rote längere Haare, klein und zierlich?«

»Die Hexe«, erinnerte sich Heiko.

»Anne Kinzig.«

»Wir müssen sicher sein«, widersprach Heiko, griff zum Handy und rief Willi Ulmer an, um ihn zu fragen, ob einer der Feuerwehrmänner vielleicht klein und zierlich sei und rote Haare habe. Die Antwort kam lachend, sowas gäbe es bei ihnen nicht, bei der Oonzamer Feuerwehr wären nur echte Kerle dabei.

ZUR GLEICHEN ZEIT IN ONOLZHEIM

Sabine hatte schon wieder ein Frühstück gerichtet, ein ganz, ganz perfektes, eines, mit dem sie André ihre Liebe beweisen würde. Sie liebten sich, das war klar. Er liebte sie. Das hatte er auch heute Nacht wieder gezeigt, er war so zärtlich gewesen, doch zugleich männlich und stark, der perfekte Liebhaber, der perfekte Mann, der perfekte Ehemann. Nur hatte er seit dem scheißblöden Hammeltanz wieder nichts vom Heiraten gesagt, kein Wort. Er saß vor ihr, wie jeden Tag dieser Woche schon, in seinem gestreiften Pyjama mit den hellen Plastikknöpfen, und heute Abend wäre das Hammelessen. Die Urlaubswoche war fast vorbei, sie hatte sogar noch bis Dienstag Urlaub, er nur bis Sonntag. Und er hatte sie nicht gefragt. Vor dem Tanz, ja, da versprach er ihr jedes Mal, dass sie heiraten würden, wenn sie gewinnen würden, denn so ein Fell würde sich doch gut machen, im Wohnzimmer vor dem Kamin. Er saß in seinem Morgenmantel vor ihr und kaute an seinem Marmeladenbrot, das Rührei hatte er nicht angerührt. Womöglich könnte sie es nachher wieder entsorgen, auf die Miste kippen, wie auch ihre Heiratspläne. Plötzlich blickte er hoch und meinte: »Ist irgendwas, Schatz?« Sie verschränkte die Arme vor der Brust und schüttelte den Kopf. »Dann ist ja gut«, meinte er und nahm das HT auf, so, dass er hinter der Zeitung verschwand und sie nur seine Finger sehen konnte, die so zärtlich, aber auch gleichzeitig fordernd sein konnten. Und sie konnte die Anzeige auf der Rückseite sehen, »Große Hochzeitsmesse im Hangar, am Samstag / Sonntag« stand da. Auf der Anzeige war das Brustbild eines Brautpaars abgebildet, die brünette Braut war dezent geschminkt und blickte züchtig zu Boden, ihr dunkler Dutt wurde von einem zarten Schleier bekrönt. Der Mann schmiegte sich von hinten zärtlich an seine Frau, das Haar mit Gel hochgestellt, die silberfarbene Krawatte kokett zum Windsorknoten geschlungen. So musste das aussehen. So würde das bei ihr einmal aussehen. Bestimmt. Wieder verschwand die Zeitung von seinem Gesicht, und er kam dahinter zum Vorschein, diesmal mit Stirnrunzeln. Sie hatte einmal in einer Frauenzeitschrift gelesen, dass Männer neun Minuten brauchten, um das Schweigen von Frauen für unbehaglich zu halten und anzufangen, sich zu wundern. Er war gut. Die neun Minuten waren noch nicht um. Er ließ die Zeitung sinken und meinte nun: »Sag mal, du hast doch was!« Sie biss in ihren Zwieback, es krachte, als sie ihn zerkaute, und sie spülte mit ihrem ayurvedischen Kräutertee nach.

Dann schluckte sie geräuschvoll und erwiderte endlich sein etwas schiefes Lächeln. »Ach, ich hab mich nur gefragt, was wir heute unternehmen könnten«, begann sie.

»Aber heute ist doch das Hammelessen«, erinnerte er sie, es war ein Wunder, dass er nicht noch »du Dummerle« hinterher schob.

»Das weiß ich, André. Aber davor.«

Er legte die Zeitung auf den Tisch und verschränkte die Arme. »Worauf hast du denn Lust? Wir könnten mal wieder in den Parc Vital, findest du nicht? Bei dem Wetter, so langsam …«

»Im Hangar ist eine Hochzeitsmesse«, hörte sie sich sagen, sie hatte es eigentlich gar nicht sagen wollen, nie, nie wieder.

Ihr Freund lächelte breiter. »Aber Sabinchen, das geht nicht, wir können noch nicht heiraten, wir müssen erst den Hammeltanz gewinnen.«

Sabine fühlte die Wut in sich aufsteigen, dann erhob sie sich langsam und kam auf ihn zu.

Er öffnete die Arme, um sie in Empfang zu nehmen, aber sie entzog sich seinem Griff und zischte: »Sag mal, ist das eigentlich dein Ernst?«

»Was?«

»Du heiratest mich erst, wenn wir den Hammeltanz gewonnen haben? Und wenn wir nie gewinnen?«

Nun lachte er, und es klang irgendwie irr. »Du wirst sehen, nächstes Jahr gewinnen wir.« Er fasste wieder nach ihr, aber sie hob abwehrend die Hände und wich zurück.

»Weißt du, André, ich hatte ja sogar schon einen Hass auf den Büttel, weil der den Wecker falsch eingestellt hat. Jetzt weiß ich, dass das ziemlich abstrus war.«

André runzelte die Stirn und meinte dann gespielt ernst: »Ach, hast du ihn umgebracht? Deswegen?« Dann zwinkerte er ihr zu und lachte wieder, aber sie fand es nicht lustig, gar nicht, hingegen fühlte sie, wie Tränen in ihr hochstiegen, nicht nur die Augen, sondern ihren ganzen Körper anzufüllen schienen. Bis sie zu explodieren drohte.

»Was hast du gesagt?«, wisperte sie, und ihre Stimme war nunmehr ein heiseres Flüstern.

»Aber Sabinchen, das war doch nur Spaß«, lachte er. Und er erhob sich, um sie zu umarmen, aber sie ging wortlos ins Schlafzimmer, schloss sich ein, packte ihre Sachen, ignorierte sein Trommeln gegen die Tür, seine Beteuerungen, letztlich sein Flehen, es war ihr egal. Dann buchte sie mit dem Handy einen Last-Minute-Flug nach Malle, verließ an ihm vorbei das Haus, wortlos, grußlos, und ging.

Das hohenlohisch-westfälische Ermittlerteam ließ derweil alles stehen und liegen und machte sich auf den Weg nach Ingersheim, um die Verdächtige festzunehmen und sie danach eingehender zu verhören. Als sie die junge Frau nicht zu Hause antrafen, versuchten sie es im TC, und tatsächlich, sie entdeckten die Hohepriesterin an einem Kleiderständer, wo sie soeben die Bügel, auf denen rote und hellblaue Wollpullover mit Schneekristallmotiv hingen, akkurat ausrichtete. Die Kommissare traten näher heran, und Heiko legte seine Hand auf die Waffe, für den Fall, dass die junge Frau aufmucken sollte. »Frau Kinzig?«, machte Lisa auf sie aufmerksam, und die Angesprochene hob den Kopf. Die Haarfarbe passte genau, die Strähnen, die ihr Gesicht umrahmten, hatten dieselbe Struktur wie der rote Fleck auf dem Foto.

»Wir müssen Sie bitten mitzukommen«, eröffnete Heiko, und die Frau runzelte die Stirn.

»Wie bitte? Das geht nicht. Ich muss arbeiten.« Etwas unsicher sah sie sich um, offenbar war ihr nicht daran gelegen, dass die Umstehenden etwas mitbekamen.

»Entschuldigung, gibt es diese Hose auch in 36?«, fragte plötzlich ein Mädchen und warf den Kommissaren einen schnellen Blick zu, weil sie offenbar nicht sicher war, ob sie die Verkäuferin jetzt ansprechen durfte.

»Jetzt nicht«, murmelte Anne Kinzig und ließ das verdutzte Mädchen stehen. »Ich muss den Kollegen Bescheid sagen«, erklärte sie, und Heiko beeilte sich, sie zu begleiten, damit sie nicht würde abhauen können.

Eine halbe Stunde später saßen sie zu dritt mit Frau Brucker im Verhörraum des Polizeireviers Crailsheim. Man wartete noch auf den Anwalt der jungen Frau, allerdings hatte sie sich bereit erklärt, auch ohne Anwalt auf Fragen zu antworten. »Ich verstehe nicht ganz, warum das nicht auch im TC gegangen wäre«, maulte die Hexe, die nun ihr Selbstbewusstsein wiedererlangt hatte – jegliche Unsicherheit war gewichen. Trotzig verschränkte sie die Arme vor der Brust und musterte die Kommissare herausfordernd. Frau Brucker, die dezent mit ihren Laptoptasten klackerte, würdigte sie hingegen keines Blickes.

»Das ging deshalb nicht, weil sie jetzt dringend tatverdächtig sind«, erklärte Heiko gelassen.

Anne Kinzig schnaubte. »Wie bitte? Ich? Tatverdächtig? Ich bin unschuldig. Ich würde niemals jemandem schaden, das lässt mein Glaube nicht zu.«

»Nun, im esoterischen Bereich gibt es ja viele Fassons, selig zu werden, ich würde das nicht so eng sehen«, meinte Heiko unbestimmt.

»Sie diskriminieren mich«, beschwerte sich die Verdächtige. »In Deutschland haben wir Religionsfreiheit, das ist eines der Grundrechte.«

Heiko verdrehte die Augen. »Jedenfalls ist sowas kein Alibi, liebe Frau Kinzig.«

Die Tür schwang auf und gab den Blick frei auf den kleinen, schon älteren und untersetzten Anwalt der Verdächtigen, der sich als Theobald Werner vorstellte. »Sie sagen kein Wort, Frau Kinzig«, forderte er, spießte sie mit seinem ausgestreckten, dürren Finger imaginär auf und setzte sich schließlich demonstrativ neben sie.

»Es ist schon gut, Herr Werner«, beruhigte Anne Kinzig. »Bisher wurde mir nichts Konkretes vorgeworfen, ich wurde lediglich diskriminiert.«

Der Mann warf Heiko einen strafenden Blick zu und meinte dann: »Wie meinen?«

Lisa rettete die Situation, indem sie das Tablet auf den Tisch legte und das fragliche Bild heraussuchte. »Ich sage Ihnen gern, Herr Werner, wie wir überhaupt auf Ihre Mandantin kommen.«

»Bitteschön«, forderte Werner und blickte abwartend auf das Tablet. Lisa rückte das Gerät so hin, dass er und seine Mandantin das Foto sehen konnten, und erklärte dann: »Der Onolzheimer Büttel Andreas Sichler wurde ja am Abend des Hammeltanzes ermordet. Wie wir bereits herausgefunden haben, trug der Mörder mit hoher Wahrscheinlichkeit ein Löwenkostüm, genau wie die Feuerwehrler. Ein Löwe ist uns besonders aufgefallen, er ist klein und zierlich. Nun sind aber alle Feuerwehrler in Onolzheim männlich, und keiner ist klein und zierlich. Dieser Löwe« – sie tippte auf die betreffende Stelle im Foto – »hat noch dazu rote Haare, genau wie Ihre Mandantin. Nun die Frage: Was macht Ihre Mandantin in einem Löwenkostüm auf dem

Hammeltanz, wenn sie doch gar nicht bei der Feuerwehr ist?«

Anne Kinzig lachte auf. »Das bin ich nicht«, erklärte sie und machte sich nicht einmal die Mühe, das Bild genauer anzusehen.

»Neulich haben Sie doch gemeint, Eltern, die ihre Kinder misshandeln, gehörten bestraft. Hat der Herr Sichler vielleicht seine Tochter angefasst?«, mutmaßte Lisa weiter. Womöglich konnte sie die Frau so aus der Reserve locken.

Laptoptastenklacken.

»Wie bitte?«, machte die Hexe und schnappte nach Luft.

»Es gehen Gerüchte um, dass der Herr Sichler junge Frauen und Mädchen angefasst hat. Vielleicht konnte er seine Finger nicht von seiner Tochter lassen? Vielleicht haben Sie davon gewusst und fanden, dass er bestraft gehört?«

»Meine Mandantin hat überhaupt kein Löwenkostüm«, behauptete nun der Anwalt. »Nicht wahr, Frau Kinzig?«

Die Frau hob die Hand, gebot Einhalt. Es wirkte sehr hoheitlich, einer Hohepriesterin würdig. »So weit müssen wir gar nicht gehen, Herr Werner. Ich habe nämlich für die Zeit ein Alibi. Ich bin das nicht auf dem Foto. Ich war von Sonntag bis Dienstag 800 Kilometer weit weg, auf einem Schamanenkongress auf Usedom.«

»Auf der Insel? Die neben Polen?«, wunderte sich Heiko.

»Richtig. Sehen Sie es als Fortbildung. Es ist immer gut, seinen Horizont zu erweitern. Denn sonst bleibt der ziemlich beschränkt. Nicht wahr, Herr Wüst?«

Heiko schluckte, gut, die Retourkutsche hatte er wohl verdient. »Können Sie das beweisen, dass Sie dort waren?«

Die Frau zückte ihr Smartphone und scrollte ein wenig herum, bis sie schließlich eine Buchungsbestätigung vom Hotel »Zum Krug« in Zinnowitz gefunden hatte, die sie den Beamten unter die Nase hielt.

»Wir müssen das erst noch überprüfen lassen«, erklärte Heiko und notierte sich die Daten. »Bis dahin bleiben Sie in Untersuchungshaft.«

Die Frau nickte. »Tun Sie das. Und was den Löwen angeht: Viel Erfolg bei der Suche. Ich persönlich würde ja nie eine von meinen Schwestern verraten.«

Damit erhob sich die Frau und rauschte, begleitet von ihrem Anwalt, hinaus, wo sie sich widerstandslos in die Untersuchungshaft abführen ließ.

»Die glaubt, dass es eine von den Hexen war«, resümierte Heiko mit offenem Mund, während sie da so alleine saßen und Frau Brucker ihren Laptop zusammenpackte, sich endlich verabschiedete und ging. »Dann fragen wir doch die Sina. Die müsste doch alle kennen. Oder?« Sie riefen noch schnell bei den Kollegen in Zinnowitz an, damit diese das Alibi der Coven-Leiterin überprüfen konnten, und nach zehn Minuten war Anne Kinzig nicht mehr verdächtig.

Sina und ihre Mutter waren beide zu Hause, die unvollständige Familie wirkte wieder versöhnter als bei ihrem letzten Zusammentreffen und saß bei einem gemeinsamen späten Frühstück. Manuela Sichler bat die Ermittler zu Tisch und schenkte jedem ebenfalls einen Kaffee ein. Auf das angebotene Weckle verzichteten die Kommissare allerdings.

»Und?«, fragte Manuela und trank Kaffee. »Habt ihr den Mörder schon?«

Sina saß eher unbeteiligt da und stierte einen imaginären Punkt an der gegenüberliegenden Wand an. Das Mädchen wirkte nervös.

»Wir haben eine neue Spur«, begann Heiko.

»Bevor ihr loslegt, muss ich euch, glaub ich, etwas erzählen«, unterbrach Sina plötzlich und tastete nach ihrem Sternanhänger, um damit zu spielen. Die Kommissare wechselten einen Blick.

»Ja?«, fragte Lisa.

Die junge Frau räusperte sich. »Ich war gestern zweimal mit dem Nils Mauser weg.«

»Also Sina!«, entrüstete sich die Mutter. Aber Sina schnalzte mit der Zunge.

»Was? Ich bin ja wohl alt genug. Tu nicht so.«

»Aber das kannst du mir doch erzählen. Warum erzählst du mir das denn nicht? Du erzählst mir gar nichts«, beschwerte sich die Frau und schien fassungslos.

Sina winkte ab, auf derlei Diskussionen hatte sie jetzt keine Lust. »Jedenfalls hat sich der Nils für meinen Geschmack ein bisschen zu ausgiebig erkundigt, ob die Polizei schon irgendjemanden verdächtigen würde, im Mordfall an meinem Vater.«

»So? Und was haben Sie dem jungen Mann gesagt?«

»Dass ich es nicht wüsste. Und ich finde auch nicht, dass ihn das etwas angeht. Als ich dann aber im Bett war – und zwar alleine, Mama – habe ich mich schon ein bisschen gewundert.«

»Du denkst nicht, dass der einfach nur Tratsch hören wollte?«, forschte Lisa nach.

Aber das Mädchen schüttelte den Kopf. »Wie er gefragt hat, so auffällig beiläufig, das war … irgendwie komisch.«

»Sag mal, der junge Mann ist nicht zufällig zierlich und hat rote, längere Haare?«, erkundigte sich Heiko.

Nun runzelte Sina die Stirn. »Nein. Wieso?«

»Nils? Ist das nicht der Bruder von der Patrizia?«, mischte sich Manuela wieder ein. »Die ist doch ziemlich klein und seit Neuestem rothaarig. Früher war die doch blond. Oder etwa nicht?«

In Sinas Hirn arbeitete es. »Wieso wollt ihr das wissen?«, fragte sie, und sie wirkte nervös.

»Weil wir Grund zu der Annahme haben, dass der Mörder rote Haare hat.«

»Die Patrizia färbt sich hennarot«, beharrte Manuela. »Ich hab sie doch neulich erst in der ›Rose‹ gesehen. Stimmt doch, Sina, oder? Sag doch was!«

»Kennen Sie diese Patrizia denn gut?«, fragte Heiko weiter, weil ihm Sina zunehmend verstört vorkam.

»Die Patti … die kenne ich schon seit dem Kindergarten, ja.«

»Hat sie sich vielleicht in letzter Zeit verändert?«, forschte Lisa weiter.

Sina Sichlers Körperhaltung wurde ablehnend, sie ließ den Anhänger fallen und verschränkte die Arme. »Da muss ich doch nicht darauf antworten, oder?«, fragte sie zurück und reckte das Kinn.

»Aber Sina!«, beschwerte sich Manuela. »Wenn du was weißt, dann musst du das den Polizisten sagen.«

»Ich weiß nur, dass sie ein paar Probleme hatte. Sie hat sich mal eine Zeit lang geritzt.«

»Wie, geritzt?«, fragte die Witwe. »Was heißt das denn?«

»Frau Sichler«, mahnte Lisa und schüttelte leicht den Kopf. Dann erkundigte sie sich: »Weißt du auch, warum sie das gemacht hat?«

Sina schüttelte den Kopf. »Nein, keine Ahnung. Aber es ist ja schon viel besser. Seit wir beide bei den Wicca sind …«

»Wo seid ihr? Bei den Satanisten? Ja, kriege ich denn jetzt überhaupt nichts mehr mit?«, mischte sich die Witwe nun wieder ein.

Lisa sandte der besorgten Mutter einen warnenden Blick, das war gerade wirklich kontraproduktiv.

»Wir sind keine Satanisten, sondern Wicca. Jedenfalls tut uns das sehr gut, das ist insgesamt eine gute Sache, und ich habe das Gefühl, dass ihr das auch irgendwie Halt gibt. Und mir auch.« Sina blickte ihre Mutter herausfordernd an.

»Du weißt nicht, ob etwas vorgefallen ist, das die Patrizia so aus der Bahn geworfen hat?«, hakte Lisa nach.

Sina schüttelte den Kopf.

»Also gut. Dann statten wir jetzt mal der Patrizia einen Besuch ab. Kriegen wir das hin, dass du sie nicht vorwarnst?«, bat Heiko und sah Sina eindringlich an.

»Da können Sie ganz sicher sein«, versprach Manuela Sichler. »Dafür sorge ich schon.«

Das Mädchen wohnte noch zu Hause, wie die Kommissare schnell herausgefunden hatten. Zusammen mit ihrer Familie lebte sie in einem Einfamilienhaus in der kleinen Siedlung rechts hinter der »Rose«. Lisa und Heiko klingelten an der Haustür, die über wenige Stufen einer betonierten Treppe zu erreichen war. Ein Schrillen ertönte, endlich hörten sie Schritte, die sich der Haustür näherten. Es öffnete ein junger Mann, der sie misstrauisch anblickte und die Tür so vor sich hielt, dass er sie gleich wieder ins Schloss stoßen könnte, sollte es nötig sein.

»Nils Mauser?«, fragte Heiko und stellte geistesgegenwärtig einen Fuß in die Tür.

»Hey, lassen Sie das, sonst rufe ich die Polizei«, beschwerte sich der Mann und haute Heiko mit voller Wucht die Tür gegen das Schienbein. Der Kommissar unterdrückte einen Schmerzensschrei.

»Nicht nötig, die ist schon hier«, erklärte Lisa. Der junge Mann wirkte verdutzt, und endlich ließ er von der Türe ab, trat einen Schritt zurück und ließ sie eintreten. »Sagen Sie das doch gleich«, maulte er und fügte hinzu: »Nix für ungut.«

Heiko brummte und sah sich in dem Flur, in dem sie sich befanden, um. Linker Hand war eine marmorne Treppe, die in das obere Stockwerk führte. Voraus sowie links und rechts gingen Türen weg, die in einzelne Zimmer führten.

»Wir hätten gern Ihre Schwester gesprochen, Herr Mauser«, informierte Heiko und wandte sich dem jungen Mann zu. »Ist sie denn da?«

Nils nickte, Lisa bemerkte, dass er für sein Alter durchaus gutaussehend war, vor 20 Jahren hätte sie ihn als *süß* bezeichnet. Sie konnte verstehen, was Sina an ihm fand und dass sie ihn gedatet hatte.

»Sie ist in ihrem Zimmer und lernt. Die schreibt am Montag eine Mathearbeit. Ich hole sie.«

»Bringen Sie uns doch bitte zu ihr«, bat Lisa. »Ihre Eltern sind nicht zu Hause?«

»Meine Eltern sind geschieden. Und meine Mutter ist nicht da. Sie kauft ein, in der Stadt, glaube ich. Muss sie denn dabei sein?«

»Erst einmal nicht, Herr Mauser, wir kommen dann schon zurecht.«

Der junge Mann zuckte die Achseln, zeigte auf einen Raum hinten links und verschwand mit einem gemurmelten: »Sie entschuldigen mich, ich habe zu tun«, die Treppe hinauf.

Lisa und Heiko betraten den kleinen Gang, der zu dem Zimmer führte, aus dem laute, irisch anmutende Musik dröhnte. Sie klopften an, erst zaghaft, dann etwas energischer, weil keine Reaktion erfolgte. Schließlich wurde die Tür schlagartig aufgerissen, gefolgt von einem wütenden: »Was? Ich lerne, hab ich doch gesagt.« Das Mädchen, das vor ihnen stand, erstarrte, als sie die beiden Fremden erblickte. Sie ging Heiko ungefähr bis zur Schulter, und ihr rotes Haar hing ihr in wilden Strähnen ums Gesicht.

»Wer seid ihr denn?«, wunderte sie sich. »Und wie kommt ihr hier herein?« Die blauen Augen taxierten die Kommissare, ganz ähnlich denen eines gehetzten Tieres. »Kriminalpolizei, Wüst und Luft. Haben Sie keine Angst«, begann Heiko, weil ihm plötzlich einfiel, wie furchteinflößend es auf ein junges Mädchen wirken musste, wenn plötzlich zwei Fremde vor ihrer Zimmertüre standen. Da hätte aber auch ihr Bruder mitkommen können … wo war der eigentlich hin? Lisa war mit zwei Schritten an dem Mädchen vorbei und griff sich ein Schraubglas vom Tisch, das neben diversen anderen seltsamen Utensilien ein Foto des Mordopfers enthielt.

»Ist das ein Fluchglas?«, fragte sie.

Patrizia war ihr mit Blicken gefolgt und reckte nun das Kinn. »Nein, das ist Deko«, behauptete sie, trat neben Lisa, nahm der das seltsam anmutende Glas aus der Hand, um es wieder abzustellen und schaltete bei der Gelegenheit mit einem Tippen auf ihr Handy auch noch die Musik aus.

»Sie hatten etwas gegen den Herrn Sichler?«, unterstellte Heiko in ihrem Rücken.

Die junge Frau fuhr herum. »Wie bitte?«

»Ich wette, wenn wir dieses Zimmer durchsuchen, dann finden wir ein Löwenkostüm, vielleicht mit Blut drauf.«

Jetzt lachte die junge Frau, und es klang zu laut für das zierliche Geschöpf, beinahe etwas irre. »Ihr seid ja krank«, behauptete sie und fuhr dann fort: »Raus jetzt, aber schnell.«

»So einfach ist das leider nicht, Frau Mauser. Sie sind dringend tatverdächtig im Mordfall Sichler, und Sie müssen uns leider begleiten.«

»Ich muss gar nichts«, hielt das Mädchen dagegen und streckte sich.

»Leider …«, begann Heiko, wurde aber von einem Klicken in seinem Rücken unterbrochen. Er erstarrte schlagartig, denn er wusste ganz genau, was das für ein Klicken war.

»Lasst meine Schwester in Ruhe«, murmelte eine Stimme hinter ihnen, und es klang drohend.

Verdammt. Sie hatten den Bruder vergessen. Deshalb war er so schnell verschwunden.

»Umdrehen, Herr Wüst, ganz langsam. Und nehmen Sie die Hände über den Kopf.«

»Nils!«, schrie Patrizia, und ihre Stimme schraubte sich hoch und höher, gleichzeitig blieb sie aber wie angewurzelt stehen, unfähig, sich zu bewegen. »Tu das nicht«, bat sie, und eine Träne glitzerte in ihrem Augenwinkel.

»Beruhigen Sie sich, Herr Mauser. Das, was er ihrer Schwester angetan hat, wird bei der Urteilsfindung berücksichtigt werden. Und sie ist noch minderjährig.«

»Umdrehen, hab ich gesagt, denken Sie, ich bin zum Spaß hier?«

Heiko nahm endlich die Hände über den Kopf und drehte sich um, langsam, koordiniert. Er starrte in die zwei Meter entfernte Mündung eines alten Jagdgewehres, das der junge, grünäugige Mann gegen sein rechtes Auge presste.

»Meine Schwester hat gar nichts gemacht. Ich war das. Ich hab das Schwein umgebracht. Also lassen Sie sie jetzt gehen. Patrizia?«

Das Mädchen hatte die Arme um den Körper geschlungen und war in leises Wimmern ausgebrochen.

»Nils, tu das nicht«, wiederholte sie, und es klang flehend.

»Sie tun bitte auch Ihre Hände nach oben, Frau Luft«, befahl nun der junge Mann und ruckte mit dem Gewehr.

Lisa gehorchte, gleichzeitig tat ihr das Mädchen leid, sie hätte sie fast gerne in den Arm genommen. Trotzdem sagte sie: »Machen Sie keinen Fehler, Herr Mauser. Sie verbauen sich gerade Ihre Zukunft.«

Der Mann lachte, heiser und kaum hörbar. »Ich kümmere mich nur um meine Schwester. Und das Aas hat ihr damals wehgetan. So wehgetan, dass sie sich umbringen wollte. Schauen Sie sich ihre Arme an. Sie hat sich fast selbst zerstört, dieser Dämon, den er in ihren Kopf gepflanzt hat, nur er. Wissen Sie, was unsere Familie durchgemacht hat, wegen ihm? Da habe ich …«

»Es reicht, Nils«, unterbrach Patrizia, deren Stimme wieder an Selbstsicherheit gewonnen hatte. Dann fügte das Mädchen hinzu: »Ich will das nicht. Du hast schon genug für mich getan.«

Der junge Mann leckte sich die Lippen, Schweiß trat auf seine Stirn. »Patti, du gehst jetzt an den Bullen vorbei durch diese Tür, und dann gehst du raus und kommst nicht mehr wieder«, bestimmte er, und fügte ein gebrülltes »Los!« hinzu, weil Patrizia immer noch mit um den Körper geschlungenen Armen dastand.

Ein Weinkrampf schüttelte sie endlich, und ein hysterischer Anfall schien kurz bevorzustehen. »Ich will das nicht«, heulte sie jetzt. »Lass das. Ich will nicht, dass du das tust.«

Lisa fasste sich endlich ein Herz und schlang von hinten ihre Arme um das Mädchen, denn sie musste ihr irgendwie helfen, sie tat ihr so unendlich leid.

Und tatsächlich, die Verdächtige ergab sich ihrer Umarmung, ließ sich in sie hineinfallen und schluchzte hemmungslos.

»Was ist denn hier los?«, war plötzlich eine Stimme hinter dem Jungen zu vernehmen. Eine Frauenstimme.

Heiko spähte an Nils vorbei in den dunklen Flur und entdeckte eine resolute Dame in den 50ern mit zwei Handelshoftüten.

»Wer sind Sie denn? Ich rufe die Polizei«, entrüstete sie sich, ließ die Tüten zu Boden fallen und zückte ihr Handy.

»Das müssen Sie nicht. Wir sind die Polizei«, erklärte Heiko.

Die Frau blinzelte, so, wie Nils es vorher getan hatte, und wies ihren Sohn dann barsch an: »Nimm Opas Jagdgewehr runter, aber sofort.«

Nils zögerte noch einen Moment, bis noch einmal kam: »Sofort, Nils. Mach keine Dummheit. Wenn die Patti schon eine gemacht hat.«

Nils atmete schwer, ein Schweißtropfen hatte sich von seiner Stirn gelöst und rann ihm ins linke Auge.

»Herr Mauser. Es ist vorbei«, erklärte Heiko und streckte die Hand aus, um die Waffe entgegenzunehmen. Und tatsächlich ließ Nils die Waffe sinken und streckte sie Heiko hin.

»Er hat das verdient, was ich mit ihm gemacht habe«, grollte nun im Hintergrund das Mädchen.

»Patrizia! Sei still! Nicht ohne Anwalt!«, entfuhr es der Mutter. »Die können doch vielleicht gar nichts beweisen.«

Aber Patrizia schüttelte den Kopf. »Nein, Mama. Das ist okay. Ich stehe jetzt dazu. Und vor allem will ich nicht, dass jemand anderes für mich ins Gefängnis geht, vor allem du nicht, Nils.«

Sie fasste unters Bett und zerrte eine Alditüte hervor. Darin befand sich das zusammengeknüllte Löwenkostüm. Patrizias fahrige Finger krallten sich in den Plüschstoff, zerrten daran und hielten Heiko das Kostüm hin. »Das da habt ihr gesucht. Ich war's. Nicht der Nils. Der könnte so etwas gar nicht.«

Sie veranlassten, dass Patrizia aufs Revier mitgenommen wurde und in die Untersuchungshaftzelle kam. Ihre Mutter hatte bis zum Eintreffen der Polizeistreife die Hand ihrer Tochter gehalten und ihr versichert, es würde alles gut werden. Auf dem Revier führte das Mädchen in Anwesenheit ihres inzwischen eingetroffenen Anwalts aus, dass sie die »Tötung«, wie der Anwalt es nannte – er verwendete wohl absichtlich nicht den Begriff »Mord« verübt habe, weil Sichler sie damals im Jugendcamp zu Dingen gezwungen hatte, die sie nicht habe tun wollen. Sie sei daraufhin psychisch zusammengebrochen und habe sich aber nur dem Bruder anvertraut, weil sie sich geschämt habe und weil sie gedacht hatte, dass ihr sowieso niemand glauben würde. Danach hätte sie sich so geschämt, dass sie nicht zur Polizei gewollt habe. Und sie sei ganz gut damit klar gekommen, nach zwei Jahren, sie sei ihm halt aus dem Weg gegangen, habe ihn ignoriert. Aber jetzt, wo er die ganze Zeit auf den Plakaten und Prospekten abgebildet gewesen sei und so oft in der Zeitung gekommen war, da habe das nicht mehr funktioniert. Da sei alles wieder hochgekommen, und sie habe den Plan geschmiedet, ihn umzubringen. Der Herr Sichler hätte ihr Leben zerstört, und jetzt hätte sie seines genommen.

Als sie den Verhörraum verließen, begegneten die Kommissare Anne Kinzig, die soeben aus der Untersuchungshaft entlassen wurde.

»Danke für den Hinweis, Frau Kinzig«, sagte Heiko.

»Welchen Hinweis?«, meinte die Frau und fügte dann leise hinzu: »Sie werden sich gut um sie kümmern, ja? Sie ist eigentlich ein guter Mensch.«

»Und trotzdem haben Sie uns einen Tipp gegeben«, wunderte sich Heiko. »Obwohl sie Ihre Schwester ist.«

Anne Kinzig nickte. »Sie muss lernen, dass das Böse, das wir tun, dreifach zu uns zurückkommt. Und es ist gegen die natürliche Ordnung zu töten. Wir Hexen tun nichts Unrechtes.« Dann fügte sie hoffnungsvoll hinzu: »Sie ist noch ein Kind und wird sicherlich nicht allzu lange ins Gefängnis müssen?«

»Es wird womöglich mildernde Umstände geben«, erklärte Lisa. »Wegen ihrer psychischen Instabilität. Und wegen dem, was vorgefallen ist.«

Die Coven-Leiterin nickte. »Das ist gut. Sie soll ihre Strafe absitzen. Und mit all dem abschließen. Und dann soll ihr Leben anfangen.« Es klang wie ein Versprechen, nein, eher wie ein Zauberspruch, ein wohlmeinender.

Lisa und Heiko hatten den Verdacht gehabt, dass sie nicht ohne Hintergedanken zum Hammelessen eingeladen worden waren – womöglich hoffte so manch ein Onolzheimer, auf diese Weise Informationen aus erster Hand über den Mordfall zu erfahren. Dennoch wäre es eine große Unhöflichkeit gewesen, die Einladung, die von Ortsvorsteher Neidhard Gerlein höchstpersönlich gekommen war, auszuschlagen. Denn außer den

Hammeltänzern selbst waren nur Familie und engste Freunde, der Oberbürgermeister von Crailsheim, der Ortsvorsteher und andere Honoratioren und der Hammeltanzausschuss eingeladen. Es war also eine Ehre, die das hohenlohisch-westfälische Ermittlerduo kaum ausschlagen konnte. Sie parkten den M3 auf einem der Parkplätze beim Vereinsheim und machten sich auf den Weg zur Halle. Sofort schnitt ihnen die Kälte in die Glieder, es war nun Ende Oktober, und bald würden die Nächte immer noch kürzer werden und der Winter wäre da. Fast hatten sie die Halle erreicht, als sich ihnen plötzlich eine Gestalt in den Weg stellte, die wasserblauen Augen weit aufgerissen und ein Plakat vor die Brust gedrückt. »Stoppt den Hammelmord«, rief Killian Seiler und fixierte Heiko mit einem wütenden Blick. »Für einen humaneren Umgang mit Tieren«, skandierte er weiter. Heiko seufzte und meinte dann: »Herr Seiler. Der Hammel ist schon tot. Lassen Sie das doch«, bevor er den verdutzten Mann zusammen mit Lisa einfach umrundete. Lisa konnte sich das Lachen kaum verkneifen. »Hey, das war gemein«, beschwerte sie sich. Heiko zuckte die Achseln. »Is doch wahr«, meinte er, als er gemeinsam mit Lisa die Halle betrat. »Hoch, hoch, hoch!«, riefen soeben die Hammeltänzer im vorderen Bereich der Halle und prosteten Simon und Jacqueline, die ja heute sozusagen die Hauptpersonen waren, zu. Kaum, dass sie die Halle betreten hatten, hoben sich die Köpfe, nur, um sich gleich darauf unauffällig wieder zu senken. Lisa und Heiko hörten Wortfetzen wie »Bollizischda«, »Büttel« und »Mord«, aber sie hatten sich vorher eisern geschworen, keine Fragen zum Fall zu beantworten, egal, was passieren würde. Neidhard Gerlein hatte sie bereits entdeckt und geleitete sie zu seinem Tisch, an dem auch der neue Oberbürgermeister von Crailsheim, Christoph Grimmer, sowie der gesamte Ausschuss und, als offenbar kommissarischer Büttel, Michel Schmidt saßen. Die Kommissare begrüßten die Anwesenden, bevor sie sich setzten und Lisa bemerkte: »Die Uniform steht Ihnen aber gut, Herr Schmidt.« Michel Schmidt sah an sich hinunter, lächelte glücklich und strich die Jacke über seinem Bäuchlein glatt. »Gell, mir gfällt's au«, meinte er dann. Keine zwei Minuten später standen vor Lisa und Heiko je ein Teller mit dampfendem Hammelbraten mit Knödeln, und obwohl Lisa sich vorgenommen hatte, wenigstens ganz fest an die lieben Hammelaugen zu denken, damit sie beim Essen wenigstens ein schlechtes Gewissen bekam, musste sie letztendlich zugeben, dass der Hammel einfach hervorragend schmeckte. Auf der Bühne wurde letztlich ein Gedicht verlesen, das die Hammeltänzerinnen über ihre Partner und umgekehrt verfasst hatten und bei dem jeder auf liebevolle Weise sein Fett weg bekam. Heiko entdeckte Roland Geller, der sich auch wieder zu den Hammeltänzern gesellt hatte. Offenbar hatte er seinen Groll überwunden, soeben stieß er mit dem Weichholzers Simon an, und sie tranken gemeinsam. Und so feierten die Kommissare zusammen mit der Hammelessen-Gesellschaft den letzten Tag des Onolzheimer Hammeltanzes.

André trat hinaus in die kalte Nachtluft. Er war betrunken, und so hatte er sich das Hammelessen nicht vorgestellt. Sie hätte an seiner Seite sein müssen, das gehörte sich so. Er liebte sie doch. Sie war perfekt. Seit heute Morgen war er am Heulen, er war von sich selbst schockiert, wie sehr es ihn mitnahm. Er hatte immer angenommen, dass ihr das auch wichtig war, den Hammeltanz zu gewinnen, denn so ein Fell machte sich ausnehmend gut vor dem Kamin. Er fingerte eine Zigarettenschachtel aus seiner Tasche. Er hatte angeben wollen mit ihr heute Abend, denn sie war die Schönste, und sie war seine Freundin, seine Frau. Fahrig nestelte er ein Feuerzeug aus der Hosentasche, ließ es klicken, einmal, zweimal, dreimal, aber es kam nur ein Funken, keine Flamme. Dann fühlte er Tränen in sich hochsteigen, hemmungslos schluchzte er, verzog sich schnell um die Ecke, damit es die anderen nicht bemerkten, denn das musste ja nun wirklich nicht sein. Er zog sein Handy aus der Tasche, das kaum mehr Akku hatte, so oft hatte er heute versucht, sie anzurufen. Er würde es ein weiteres Mal probieren, noch einmal, nur noch einmal. Zitternd lauschte er dem Klacken in der Leitung, dann endlich klingelte es, ach, wenn er nur ihre Stimme gleich hören könnte, er wäre schon zufrieden! Dann wurde abgenommen, und alles, was er hörte, war Musik und Grölen: »Wir wollen Malle zurück!«, aber dahinter lag ihre Stimme,

»Ja?«, schrie sie, »André, bist du das? Wart, ich geh kurz raus.«

Es raschelte, ungefähr für eine Minute, und er presste weiterhin das Handy ans Ohr, sie war dran! Dann war sie offenbar draußen, denn es wurde schlagartig ruhig.

»André?«, vergewisserte sie sich, dass er noch da war.

»Sabine?«, krächzte er ins Telefon.

»Ja. Was ist denn? Was rufst du denn andauernd an?«

Er blickte zum Mond, dachte bei sich, dass das derselbe Mond war, den sie gerade auch sah, auf Malle. Dann brach es aus ihm heraus: »Willst du mich heiraten?«

Sabine sagte nichts, lange, zu lange? »Ohne Hammeltanz?«, hakte sie nach.

»Ja. Ohne Hammeltanz. Heirate mich.«

Dann lachte Sabine. Es klang hysterisch, aber irgendwie positiv. »Du bist schon ein Seggl«, erklärte sie.

Aber dann sagte sie: »Ja. Ich will.«

80 Kilometer weiter, irgendwo auf einem Bauernhof, blickte noch jemand zum Mond. Der Hammel schnupperte in die kalte Nachtluft. Seine warme Wolle wärmte ihn wohlig, und leise, aber zufrieden und glücklich blökte er. Er wohnte hier in einer kleinen Herde, und sie kuschelten sich jede Nacht auf der Weide eng aneinander. Noch immer konnte er nicht ganz verstehen, was das alles sollte. Die Menschen waren schon verrückt. Wie sie ihn gebadet hatten, das hatte ihm gefallen, dann dieser Tag, an dem er auf dem Wagen gestanden hatte und alle mit ihm mitgelaufen waren wie eine große Herde, bei der er der Hirte war. Die komischen goldglänzenden Dinger, die diesen schönen Lärm verursacht hatten, zu dem sich die Menschen dann so ungewöhnlich bewegt hatten. Und letztlich die beiden Menschen mit den hohen Stimmen, die ihn neulich Nacht einfach von diesen seltsamen braunen, rosanasigen Tie-

ren weggeholt hatten, von denen es hier in Sichtweite auch ein paar gab. Seltsam war das gewesen, wirklich seltsam, und er hatte sich keinen Reim darauf machen können. Der Hammel senkte sein Schafsmaul, rupfte etwas von dem aromatischen Gras, das hier wuchs. Und während er so kaute, dachte er bei sich, dass das schon ein gefährliches Abenteuer gewesen war. Aber dass man auch ein bisschen Vertrauen in die Menschen haben musste, so als Schaf.

DANKSAGUNG

Liebe Leserinnen und Leser,

der »Hammeltanz« ist bereits der siebte Band um das Ermittlerduo Lisa Luft und Heiko Wüst. Ich bedanke mich für den Kauf, hoffe sehr, dass Sie die Lektüre genossen haben und freue mich über ein Feedback.

Auch dieses Mal möchte ich mich bei verschiedenen Leuten für ihre Unterstützung bedanken.

Einblicke in den Ablauf des Hammeltanzes hat mir Jürgen »Joschi« Herrmann ermöglicht. Das umfassende Interview mit ihm bildete den Grundstock meiner Arbeit. Weiterhin durfte ich mich bei Fragen an Bianca Kern halten, auch die Stammtischler in der »Rose« haben sich von mir immer ausquetschen lassen. Danke an dieser Stelle an die Freiwillige Feuerwehr für die Führung durchs Magazin. Natürlich ist es vollkommen gelogen, dass die Feuerwehrler ihre Kostüme kaufen – diese bösartige Unterstellung war dem Romanverlauf geschuldet. Jürgen Herrmann hat das Buch auch Probe gelesen, ebenso wie Rainer Zörlein, der wieder an der Sprache mitgeschliffen hat, und meine Mutter Sonja Streng. Cora Zitz habe ich zum Wicca-Kult befragen dürfen. Ich möchte an dieser Stelle betonen, dass es nicht meine Absicht war, diesen Kult ins Lächerliche zu ziehen. Ich respektiere jede Art von Religion, sofern sie niemandem schadet. Danke auch an Herrn Polizeirat Heiner, dass ich mich in Sachen Polizeiarbeit jederzeit an ihn wenden darf. Zahlreiche Oonzamer haben mir während des Hammeltanzes und auch über das Jahr verteilt Rede und Antwort gestanden, wenn ich Fragen hatte. Vielen Dank an Raffaele und seine Familie für die gute Verköstigung während der Recherchen in der »Rose«. Ebenfalls möchte ich mich bei meiner Lektorin Claudia Senghaas für ihr sehr aufmerksames und qualitätsvolles Lektorat und beim tollen Verlagsteam ganz allgemein bedanken; Dank ergeht auch an Lutz Eberle für die Covergestaltung – ist der Hammel nicht niedlich? Danke an meine Freunde Juliane, Anke, Marina, Regina, Marc und Uwe, dass ihr immer für mich da seid. Das Gedicht auf Seite 175 ist, mit freundlicher Genehmigung von Kurt Klawitter, seinem Gedichtbändlein »Hammkumma« entnommen – vielen Dank dafür und für alles andere. Auch diesmal hat mich natürlich der echte Heiko wieder inspiriert, und kaum zu glauben: Er hat tatsächlich das Rauchen aufgegeben! Danke an alle anderen Hohenloher, die mich laufend zu neuen Figuren anregen, weil sie so sind, wie sie sind. Und falls Sie, die Leser, den Hammeltanz erst durch das Buch kennen gelernt haben, kann ich Sie nur ermutigen, sich das bunte Treiben einmal in natura anzuschauen – denn der Onolzheimer Hammeltanz ist wirklich einzigartig, genau wie die Hohenloher selbst.

Ihre Wildis Streng.

Weitere Titel finden Sie auf den folgenden Seiten und im Internet:

WWW.GMEINER-VERLAG.DE

WILDIS STRENG
Muswiese

978-3-8392-2158-7 (Paperback)
978-3-8392-5555-1 (pdf)
978-3-8392-5554-4 (epub)

VERSUMPFT Kurz bevor der älteste Jahrmarkt Hohenlohes im beschaulichen Musdorf seine Pforten öffnet, wird an einem kalten Morgen im Oktober die Muswiesen-Wirtin Erika Böckler tot im Seebach aufgefunden. Schnell stellt sich heraus, dass das Opfer unmittelbar vor seinem Tod versucht hat, die Konkurrenz zu sabotieren. Doch auch in ihrem privaten Umfeld hat sich die Gastronomin viele Feinde gemacht. Für das Ermittlerteam Lisa Luft und Heiko Wüst beginnt zwischen Kittelschürzen, heiratswütigen Jungbauern und Schlachtplatten die fieberhafte Suche nach dem Mörder.

GMEINER SPANNUNG

WWW.GMEINER-VERLAG.DE
Wir machen's spannend

LIEBLINGSPLÄTZE AUS DER REGION

JÖRG BERGHOFF
Frische Fahrt ins
Romantische Franken

978-3-8392-1626-2 (Buch)
978-3-8392-4539-2 (pdf)
978-3-8392-4538-5 (epub)

AUF NEUEN PFADEN Hier wurde der erste Motorflieger geboren. Hier starb Kaspar Hauser. Und hier verlief der Limes. Nicht nur Rothenburg und Dinkelsbühl locken mit ihrer mittelalterlichen Architektur ins Romantische Franken. Jörg Berghoff hat eine Entdeckungsreise zu seinen 66 Lieblingsplätzen unternommen und fächert diese in kurzen Anekdoten und Porträts vor dem Leser auf. Als Stärkung bietet er zusätzlich 11 Orte für Leib und Seele. Folgen Sie ihm zu mystischen Bäumen, in den Glanz des Rokoko und zu rustikalen Fachwerkhäusern.

WWW.GMEINER-VERLAG
Mensch, Kultur, Reg